D1389877

LIEFDE OP DE JAVAZEE

Omslag: CO2 Premedia, Amersfoort
Binnenwerk: Mat-Zet bv, Soest
Druk: Practicum, Soest

Liefde op de Javazee
ISBN 978-94-6204-127-1
Reeks: Cruiseschip Cupido(1)

© 2015 Uitgeverij Cupido
Postbus 220
3760 AE Soest
www.uitgeverijcupido.nl

MIX
Papier van
verantwoorde herkomst
FSC® C015781

Anita Verkerk

Uitgeverij Cupido

Hallo allemaal,

'Liefde op de Javazee' is de eerste liefdesroman in een nieuwe reeks romantische boeken die zich afspelen op het superdeluxe cruiseschip Cupido, dat met een bonte verzameling passagiers en bemanningsleden over de zeven zeeën vaart.

In elk volgend deel spelen vaak ook 'oude bekenden' uit eerdere boeken mee, maar iedere liefdesroman krijgt haar eigen unieke hoofdpersonen. Daarom zijn alle delen uit deze heerlijke serie ook afzonderlijk te lezen.

In 'Liefde op de Javazee' maken we om te beginnen kennis met Fleur Zomerdijk en haar familie.

Ik wens jullie heel veel leesplezier met deze zonnige nieuwe reeks!
Liefs,
☺ Anita

Hoofdstuk 1

"Laatste oproep voor passagier Fleur Zomerdijk, reizend naar Singapore. U vertraagt de vlucht. Onmiddellijk aan boord via uitgang E5."

Ik schoot verschrikt rechtop en keek verwilderd om me heen. Wat was dat nou? Hoorde ik daar mijn naam roepen of verbeeldde ik me dat?

"Herhaling: laatste oproep voor passagier Fleur Zomerdijk, reizend naar Singapore, u vertraagt de vlucht."

Nee, toch! Ik was in slaap gevallen. Mijn vlucht!

"Wilt u zich onmiddellijk melden bij uitgang E5, anders wordt uw bagage van boord gehaald."

Oh help! Ze wilden mijn koffer al uit het ruim gaan halen. Ik moest als de vliegende bliksem naar E5!

Maar waar wás E5 in vredesnaam?

Terwijl mijn hart als een razende in mijn keel bonkte, gleden mijn ogen paniekerig over de wegwijzers in de enorme vertrekhal.

Daar!

Daar, links. Dáár moest ik heen.

Ik graaide bibberig naar het handvat van mijn hemelsblauwe trolly, trok mijn bijpassende schoudertas stevig tegen me aan en spurtte door de enorme hal, de bordjes met E5 achterna.

Ik merkte niet eens dat ik het luxe slaapkussentje – dat ik amper een uurtje geleden in de Schipholwinkel had aangeschaft – nog steeds om mijn hals had.

Ik weet niet of je weleens op Schiphol bent geweest, maar het lijkt wel of het gebied achter de controle vooral uit gigantische hallen, ontelbare winkels en barretjes, en ellenlange gangen bestaat.

Er kwam maar geen eind aan en met iedere minuut die voorbijging, begon mijn hart nog wilder te kloppen, en op het laatst had ik bijna geen adem meer over.

"Passagier Fleur Zomerdijk, onmiddellijk aan boord via uitgang E5. Uw bagage wordt van boord gehaald."

Het zweet liep intussen met straaltjes over mijn rug, maar ik moest wel door. Want als ik mijn vlucht miste, was ik straks helemaal de sukkel van de familie. Hoewel, erger dan het nu was, kon het eigenlijk al niet meer, want mijn twee zussen deden het altijd beter.

Mijn zus Claudia (de oudste) was getrouwd met een spannende knappe spetter met veel geld en had twee leuke kindertjes die ze met hulp van een *nanny* in een droomhuis-met-zwembad-en-tennisbaan opvoedde.

Mijn zus Marleen (een jaar jonger dan Claudia) had intussen de titels *Professor* en *Doctor* voor haar naam staan. Ze was gepromoveerd in Keltische taal- en letterkunde en gaf les aan de Universiteit van Amsterdam.

Ja, mijn ouders waren helemaal tevreden over hun twee oudste dochters, terwijl ik...

Achtentwintig, single, een huurflatje in een achterstandswijk en werkeloos, daarmee had je mij in één trieste zin wel op de kaart gezet.

En ik was mijn baan amper drie dagen geleden pas kwijtgeraakt, dus daar had ik al die succesvolle familieleden nog niet eens van op de hoogte gebracht.

"Allerlaatste oproep voor passagier Fleur Zomerdijk..."

Shit! Als ik nu mijn vlucht miste, ging het luxe cruiseschip – waarop mijn ouders hun vijfendertigjarige huwelijksfeest zouden vieren – morgen ook zonder mij weg... Dan hoefde ik mijn familie nooit meer onder ogen te komen.

Ik zoog de lucht gierend naar binnen. Misschien maar goed ook, als ik ze nooit meer zag. Wat moest ik met al die medelijdende blikken?

Maar net op het moment dat ik totaal uitgeput was en de drang om te stoppen met rennen ondraaglijk werd, kwam er dan toch een einde aan mijn nachtmerrie. Ik sjeesde een compleet lege wachtruimte in, waar twee grondstewardessen verveeld achter een balie stonden te gapen.

"Nou, dat werd tijd," fluisterde de opgeverfde blonde net niet zacht genoeg, terwijl haar kastanjebruine collega meteen na het inscannen van mijn instapkaart met resolute gebaren het computersysteem afsloot.

Daarna doemde de volgende barrière voor me op in de vorm van de veiligheidscontrole. Maar gelukkig wilden die harde werkers blijkbaar ook naar huis of ze hadden er geen zin in om mijn druipende lichaam te fouilleren, want ik was er bijna letterlijk in drie tellen doorheen.

Op mijn tandvlees stormde ik de slurf in – die ook veel langer was dan ik me van vorige vluchten kon herinneren – maar uiteindelijk belandde ik puffend en hijgend bij de vliegtuigdeur, waar ik hartelijk werd ontvangen door een stewardess met een tandpasta-glimlach. Vlak achter haar stond een knappe spetter in een KLM-uniform en die had maar liefst vier goudgele strepen op zijn donkerblauwe mouw.

De captain himself...

"Zo, dat is een *narrow escape*, mevrouw Zomerdijk," verklaarde de captain vrolijk. "We zouden net afsluiten."

Hij stak zijn duim omhoog tegen een man in een oranje veiligheidshesje die uit het niets leek op te doemen en beende weg.

"Hartelijk welkom aan boord, mevrouw Zomerdijk," zei de stewardess. "U zit op stoel 30K, hè? Loopt u maar snel mee."

Terwijl ik – met een vuurrood hoofd – langs rijen nieuwsgierige hoofden de stewardess probeerde bij te houden, ging achter mij de grote vliegtuigdeur dicht.

Uiteindelijk kwamen we bij rij 30 bij de nooduitgang, waar in het hoekje bij het raam – naast twee mannen – nog een plekje vrij was. Er was minstens een meter lege ruimte voor de rij, dus ik hoefde over niemand heen te klimmen om op mijn plaats te komen. Dat viel alweer mee.

De stewardess wees uitnodigend op de lege stoel. "Ga maar snel zitten. Dan zet ik uw bagage voor u weg."

Ze greep het handvat van mijn trolly en deed vervolgens een aanval op mijn schoudertas en het slaapkussentje.

Mijn trolly en kussentje mocht ze van mij opbergen, maar mijn tas trok ik in stil protest nog eens extra stevig tegen me aan. "Nee, die heb ik nodig, daar zit mijn kauw..."

"Bij de nooduitgang geen bagage tijdens start en landing, mevrouw," verklaarde de stewardess op strenge toon en een tel later waren mijn spullen al achter het bagageluik verdwenen.

"Wilt u dan nu gaan zitten en de stoelriem vastmaken?" De stewardess sloeg haar armen kordaat over elkaar, wachtte tot ik het bevel had opgevolgd en draafde daarna weg.

"Veel te laat aan komen kakken en dan nog praatjes ook," hoorde ik de man in de stoel naast me zeggen.

Ik keek steels opzij. Mijn buurman was duidelijk al een dagje ouder, maar zag er voor zijn leeftijd nog goed uit met zijn netjes gekamde grijze haren en zijn keurig geschoren gezicht. Hij was slank gebouwd en droeg een vlotte spijkerbroek met een bijpassend overhemd.

Naast hem zat een jongere uitgave van mijn eigen leeftijd met een hoog spetter-gehalte. Bruine haren, bruine ogen, knap gezicht en een lijf waar ik het subiet warm van had gekregen, als ik niet al in brand had gestaan.

Boven mijn hoofd begon de luidspreker te kraken.

"Dames en heren, dit is de captain vanuit de cockpit. Onze laatste passagier is inmiddels ook aan boord gegaan en we zijn nu klaar voor vertrek."

Het ontbrak er nog maar aan, dat hij mijn naam nog een keer noemde. Ik had niet gedacht dat het kon, maar ik werd nog roder van pure schaamte. Het leek wel of het hele vliegtuig misprijzend naar me zat te kijken, want overal draaiden verwijtende hoofden mijn kant op.

Wat een gigantische afgang! En dit was een enorm lange reis, dus daar was ik de komende veertien uur mooi klaar mee...

Terwijl de captain uitvoerig de vliegroute begon te bespreken, porde de oude meneer naast me mij ongegeneerd in mijn zij.

"Daar heb je mee geboft, meissie. Dat je nog mee kunt, bedoel ik. De verslaafde gokkers onder ons hadden al de nodige weddenschappen draaien op de foute afloop." Hij was even stil en tikte de knappe man bij het gangpad stevig op zijn hand. "Dus krijg ik tien eurootjes van jou, Koen."

"Ja, opa. Daar zullen we in Singapore een biertje op nemen."

"Ammenooitniet," verklaarde opa. "Tien euro, handje contantje. Voor minder ben je niet van me af."

"Is goed, oop. Als we straks zijn opgestegen, zal ik je meteen betalen."

Ik kon op opa's gezicht aflezen dat dit eigenlijk nog steeds niet naar zijn zin was, maar op dat moment begonnen de vliegtuigmotoren een enorme herrie te maken en het commentaar bleef in zijn keel steken.

De herrie nam weer af en vervolgens konden we genieten van de gebruikelijke opwekkende demonstratie van zuurstofmaskers, zwemvesten en andere narigheid.

Alsof dat nog niet genoeg was, kwam de stewardess mij ook nog even persoonlijk uitleggen dat ik bij een onverhoopte crash geacht werd om haar te helpen de enorme nooddeur boven de vleugel open te maken.

Ja, bij die vliegreizen weten ze de feeststemming er vlak voor vertrek altijd fijn in te brengen!

***

Maar goed, de captain wist het enorme gevaarte uiteindelijk toch gewoon zonder brokken de lucht in te krijgen en toen het *Fasten Seat Belts*-lampje uitging, deed ik mijn gordel wat losser en probeerde mijn stoelleuning achterover te krijgen. Maar ik kwam niet verder dan een paar centimeter.

Naast me zat opa over hetzelfde euvel te klagen. "Moet ik nou de hele nacht rechtop zitten?" mompelde hij.

"Dat wist je van tevoren, oop," zei Koen ontspannen. "Het was óf met je kin op je knieën óf wat minder achterover hangen. Dat heb je nou eenmaal bij de nooduitgang."

"Mevrouw Van Hout, hier is uw speciale maaltijd," klonk de stem van een steward voor me. "Als u uw tafeltje even wilt uit-klappen?"

"Ik heet helemaal geen..." begon ik, maar op dat moment stoot-te opa me aan. "Heet je ook Van Hout? Is me dat toevallig! Van welke tak ben je? Van Loek of van Ton?"

Voor ik iets terug kon zeggen, boog de steward zich een beetje naar opa toe en zei: "Ik heb uw speciale maaltijd hier ook, me-neer Zomerdijk. "Als u uw tafeltje dan ook even..."

"Speciale maaltijd?" viel opa hem in de rede. "Wat mag dat we-zen?"

"Een heerlijke vegetarische lasagne," verklaarde de steward opgewekt.

"Vegetarisch? Voor mij? Ammenooitniet, meneer. Wat is er mis met een lekker biefstukje?"

De steward keek hem wat uiig aan en ging weer rechtop staan. "Dat moet dan een misverstand zijn, ik..."

Voor de man weg kon draven, tikte Koen hem aan. "Ik heb een vega-maaltijd besteld, meneer. Zet u hier maar neer."

"Maar u zit op 30H en ik heb voor K en J..."

"We hebben van plaats gewisseld, mijn grootvader en ik."

"Oh, neem me niet kwalijk, meneer Zomerdijk."

De steward zette het dienblad voor Koen neer en keek mij aan. "Maar u heeft toch ook een speciale maaltijd besteld, mevrouw Van Hout?"

"Dat van het eten klopt, maar ik heet Zomerdijk."

De steward trok een wenkbrauw omhoog, maar nog geen tel later zat de professionele glimlach weer op zijn gezicht. "Sorry voor het misverstand, mevrouw Zomerdijk. Als u dan nu uw tafeltje..."

"Maar dat heb ik helemaal niet," verklaarde ik wat gegeneerd. "Er staat immers geen stoel voor me?"

"Die zit in je leuning, meissie," zei opa naast me. "Wacht maar, ik help wel even." Hij haalde het ding behulpzaam uit de stoelleuning tevoorschijn en een paar tellen later had ik het culinaire hoogstandje voor me staan.

Opa keek eerst wat misprijzend naar Koens maaltijd en daarna trok hij hetzelfde zure gezicht bij de aanblik van mijn warme hap.

"Dat heb ik weer," klaagde hij vervolgens luid en duidelijk. "Zit ik de komende veertien uur met twee milieu-activisten opgescheept."

Koen boog zich langs zijn opa heen en gaf me een knipoog. "Eet ze, mevrouw Van Hout."

Ik grinnikte. "Van hetzelfde, meneer Zomerdijk." En in een opwelling voegde ik eraan toe: "Ik heet trouwens Fleur."

"Ik ben Koen," zei Koen een beetje overbodig en hij wees met zijn duim op zijn grootvader. "En mijn opa heet Coenraad. Ik ben naar hem vernoemd."

"Aangenaam," zei opa formeel. "Jammer dat je geen familie

bent."

Tja, wat moest ik daar nou op terugzeggen?

U heeft best een leuke kleinzoon, dus je weet maar nooit hoe het balletje nog gaat rollen?

Ik baalde meteen van mijn eigen onzin-gedachte. Ik was intussen alweer minstens een jaar alleen, sinds Merijn mij na precies dertig maanden samenwonen zo lekker had laten stikken en er – heel cliché – met zijn secretaresse wat gezelligs van had gemaakt.

Ik wilde helemaal geen andere man meer, er deugde er toch geen eentje. Bovendien was Koen een lekker ding, die had ongetwijfeld allang een relatie.

Met een diepe zucht trok ik de folie van het bakje lasagne en begon met smaak te eten.

***

Een ruim uurtje later waren de restanten van de maaltijd afgeruimd en omdat het intussen tegen middernacht liep, wikkelde ik me in mijn dekentje om een poosje te gaan slapen.

Daarna drapeerde ik het kussentje weer om mijn nek. Het ding was heerlijk zacht en daarom was ik bij het uitproberen op Schiphol in slaap gevallen en had daardoor bijna mijn vlucht gemist.

Misschien ging het er nu voor zorgen dat de uurtjes vannacht om zouden vliegen.

Ik had me amper lekker in het hoekje geïnstalleerd of er klonk een pingetje boven mijn hoofd.

"Is er misschien een dokter of verpleegkundige aan boord? Wilt u zich bij het cabinepersoneel bekendmaken?"

Naast me begon opa onrustig te schuifelen en ik dook wat dieper weg in mijn dekentje. Ik heb ooit een blauwe maandag een verpleegstersopleiding gedaan, maar al dat gesjouw met piespotten en de aanblik van mannen die je tijdens de wasbeurt ongegeneerd op gezwollen edele delen trakteerden, was het absoluut niet voor mij. Ergens wel jammer dat ik nu niet kon helpen, maar ze hadden echt niks aan mij.

Even later kraakte de stem van de steward alweer door de intercom: *"Is er misschien een dokter of verpleegkundige aan boord? Wilt u zich alstublieft bij het cabinepersoneel bekendmaken?"*

"Verdraaid," mompelde opa naast me. "Ik had nog wel zo gehoopt dat er snel in de vacature zou worden voorzien. Het is ook altijd hetzelfde gezeur als ik een dutje wil doen."

Er klonk een belletje en scheef boven mijn hoofd ging het lampje aan waarmee je de cabincrew kon oproepen.

Drie tellen later stond de steward in het gangpad en die keek vol verwachting naar Koen. "U heeft gebeld, meneer?"

Koen schudde zijn hoofd en wees naar zijn opa.

Daar ging de steward iets minder blij van kijken.

"Bent u arts?" vroeg hij aarzelend. "Of verpleeg..."

Opa knikte en viel hem ongegeneerd in de rede: "Ik ben huisarts. Tenminste, gepensioneerd, maar ik zal het nog wel niet verleerd zijn."

"Oh, dat is heel fijn, dokter," antwoordde de steward. We hoorden allemaal dat het ware enthousiasme een beetje ontbrak en je zag aan zijn gezicht dat hij zich afvroeg wat hij nou met een hoogbejaarde opa moest. Maar het was duidelijk dat hij niet veel keus had, want hij vervolgde: "Er heeft zich helaas nog niemand gemeld, dus..."

Opa wuifde het commentaar met een luchtig handgebaar weg.

"Wat scheelt eraan?"

"Een passagier met blauwe lippen en buikpijn."

"Blauwe lippen en buikpijn," herhaalde opa. "Man of vrouw?"

"Een man. Loopt u even mee, alstublieft."

Opa kwam wat stijfjes overeind, legde zonder vragen zijn dekentje en kussentje bij mij op schoot en liep achter de steward aan, het gangpad af.

Ik wurmde me onder mijn eigen dekentje uit en legde opa's spullen op zijn stoel.

"Ja, opa is van het makkelijke soort," verklaarde Koen grinnikend.

"Geeft niet, hoor," zei ik. "Ik ben het alweer kwijt."

Ik ging rechtop zitten en praatte door: "Ik zou nooit gedacht hebben dat hij arts was. Ik ben tenminste nog nooit een dokter tegengekomen die *meissie* tegen me zei."

"Opa komt uit Amsterdam. Hij had zijn praktijk in een gezellige volksbuurt."

"Oh, vandaar."

"En hij moppert nou wel," vervolgde Koen, "maar dat is allemaal toneel van de oude baas. Hij vindt het maar wat fijn dat hij op zijn leeftijd nog steeds nodig is."

Ik glimlachte. "Dat ga ik tegen die tijd waarschijnlijk zelf ook fijn vinden."

Tegen die tijd...

Dat extra stukje zin sloeg eigenlijk nergens op. Ze hadden mij op mijn werk immers nu al niet meer nodig. En bij andere bedrijven lag er ook geen rode loper voor me uit.

Ik was de afgelopen paar dagen elke vrije minuut op zoek geweest naar een nieuwe baan, maar ik had nog nergens een voor mij geschikte vacature voor een ervaren reisbureau-manager zien staan. Geen wonder natuurlijk. Er waren nog tig andere ontslagen collega's van opgeheven reisbureaus in hetzelfde water aan het hengelen. Ik had natuurlijk alle diploma's en een schat aan ervaring, maar toch... Hoe moest ik in deze crisistijd nou ooit nog aan een nieuwe baan komen?

Opeens hoorde ik ergens in mijn achterhoofd de stem van mijn moeder verwijtend roepen: *'Zie je nou wel dat die stomme wereldreis je reinste onzin was? Dat frivole gedoe is nergens goed voor! Je had gewoon naar ons moeten luisteren en aan de universiteit moeten gaan studeren, dan had je nu alle papieren op zak gehad en stonden de werkgevers voor je in de rij te dringen.'*

Tja, die ellendige discussie met de titel '*Je had naar ons moeten luisteren*' zouden we straks op die cruiseboot vast ook wel weer gaan krijgen, zodra ze hoorden dat ik mijn baan kwijt was. Zucht...

Ik heb mijn hele jeugd naar de pijpen van mijn ouders moeten dansen. Mijn mening telde nooit, zij wisten het altijd beter.

Als klein kind moet je dan wel gehoorzamen, want mam zag er geen been in om mij zonder eten naar bed te sturen als ik weer eens een – wat zij dan noemde – *grote mond* had opgezet.

Als er kermis was, kreeg ik een week huisarrest, terwijl mijn twee zussen vol verhalen over spannende ritjes in de achtbaan en de botsautootjes terugkwamen. Ik heb nooit begrepen waarom zij wel mochten en ik niet.

Mam heeft me zelfs een keer op een eenzame bosweg uit de auto gezet en was hard weggereden, omdat ik geen zin had om verplicht op tennisles te gaan en dat duidelijk liet merken.

Ik weet nog hoe wanhopig ik me toen voelde. Ik was acht of zo en doodsbang in dat donkere bos. Ik zag bij wijze van spreken achter elke boom een enge vent zitten.

Uiteindelijk was ze dan toch weer teruggekomen om me op te halen en toen ik overstuur bibberend weer instapte, schalde het hoongelach van mijn twee brave zussen me vernederend tegemoet.

Onnodig te zeggen dat ik ook in mijn pubertijd een heel gehoorzaam meisje ben geweest. Ik moest immers wel?

En die ene keer dat ik na een feestje per ongeluk te laat thuis kwam, omdat de batterij van mijn horloge ermee opgehouden was, had mam gewoon de deur op het nachtslot gedaan, zodat ik er niet meer in kon. Er zat een briefje op de deur met het bericht dat het tochtige schuurtje wél open was en daar zaten dus muizen, waar ik destijds doodsbang voor was.

Over een liefhebbende moeder gesproken...

Want pap valt op zich wel mee, maar hij zit erg bij mijn moeder onder de plak.

Gelukkig kon ik die nacht bij mijn vriendin Thelma op een luchtbed terecht, maar daarna ben ik dus nooit meer te laat thuisgekomen.

Dat autoritaire gedoe van mam ging door totdat ik kort na het halen van mijn VWO-diploma achttien werd.

Eindelijk officieel volwassen!

Ik pakte mijn rugzak in en – terwijl mijn ouders een enorm drama schopten – ging ik lekker met Thelma op wereldreis.

Dat was helemaal te gek. We waren bijna een jaar weg en hadden samen echt de tijd van ons leven.

Op de terugweg naar huis liepen we op het vliegveld van Lima in Peru tegen Olmar aan.

Olmar was blond, knap en hij had ogen van het soort blauw waar het beroemde Titicacameer subiet jaloers op zou worden.

Ik was binnen de kortste keren helemaal hoteldebotel van hem en bij aankomst op Schiphol wisselden we adressen uit.

Ik had natuurlijk geen eigen woonruimte en trok noodgedwongen weer in mijn oude tienerkamer bij mijn ouders in.

Zoals te verwachten was, begon vanaf dag één het gezeur van mijn moeder weer. Ze zanikte werkelijk over alles wat je maar kon bedenken. Dat ik me in moest schrijven voor een studie, dat ik 's morgens te lang in mijn *luie nest* lag, dat ik mijn tandenborstel moest afdrogen voor ik hem in het bakje terugzette...

En pap riep – opgestookt door mam – te pas en te onpas dat ik kostgeld moest gaan betalen, omdat ik ze blijkbaar de oren van het hoofd at.

'Als je volwassen wilt zijn, moet je ook financieel je eigen broek ophouden, jongedame.'

Kortom, ik werd weer helemaal gek van het gedoe. Daarom was ik misschien extra gevoelig voor de charmes van Olmar.

Olmar studeerde voor arts en hij maakte mij zo enthousiast

voor de medische wereld dat ik me voor die opleiding verpleeg-kunde inschreef.

Mijn moeder ontplofte bijna toen ze het hoorde: *'Maar Fleur, dat gesloof op zo'n afdeling is helemaal niks voor jou! Moet je kijken hoe je kamer eruitziet! Je bent zelfs nog te beroerd om je vuile bordje in de vaatwasser te zetten!'*

Oké, als ik nu heel eerlijk ben, had ze daar wel een klein beetje gelijk in, maar dat ga ik natuurlijk nooit toegeven.

Bovendien riep ze er steeds achteraan dat ik rechten moest gaan studeren en ik had echt geen zin in saaie wetten en duffe regel-tjes.

Toen ik de opleiding in het ziekenhuis voor gezien hield, trok ik bij Olmar in en zocht een baan in het reiswezen.

Olmar moest nog ongeveer drie jaar studeren en we spraken af dat ik in die tijd voor het geld zou zorgen. Zodra hij dan als huis-arts aan de slag ging, draaiden we de taken om en was ik aan de beurt om een universitaire studie te volgen.

Tja, hoe gaan die dingen? Het eerste deel van onze afspraak liep al niet echt geweldig. Ik werkte keihard, volgde intern de nodi-ge opleidingen op het gebied van *Toerisme en Management*, en deed ook nog eens het hele huishouden, terwijl Olmar alle stu-dentenfeestjes afliep die er maar georganiseerd werden.

"Ik studeer keihard, dan heb ik af en toe ook een beetje ont-spanning nodig, Fleurtje. Dat moet je toch begrijpen."

Dat snapte ik ergens ook wel, maar toch... Ik werkte ook hard en hield ook wel van een beetje ontspanning.

De tijd vloog voorbij en pas na vijf jaar kwam er eindelijk voor Olmar eens een afstudeerdatum in zicht.

Helaas verscheen er in vrijwel dezelfde periode opeens ook een zekere Angelique in beeld. Zij was fotomodel en had een voorgevel waar de antieke beelden van het Parthenon scheel bij weg zouden trekken.

Op het afstudeerfeestje danste Olmar meer met haar dan met mij en een paar dagen daarna trakteerde de ploert mij op het fijne bericht dat hij definitief voor Angelique had gekozen.

Of ik maar even wilde opzouten uit zijn huis en uit zijn leven, daar kwam de boodschap op neer.

Ik zuchtte diep. Op dat ellendige moment had ik met mezelf afgesproken dat ik me nooit meer zó zou laten bedriegen door een vent, maar een tijdje later was ik toch weer in de praatjes van smakelijk hapje Frank en later in die van de al net zo goed uitziende Merijn getrapt.

Ik was een hopeloos geval op mannengebied!

Ik besefte opeens dat Koen me onderzoekend zat aan te staren en ik trok mijn mond in een vrolijk plooitje.

"Ga je voor zaken naar Singapore?" vroeg Koen.

"Nee, ik eh..." Ik aarzelde even. Eigenlijk was deze hele trip een verplicht nummer waar mam mij weer op haar autoritaire manier ingekletst had. Maar aan de andere kant had ik me ook vrij snel laten overhalen, omdat ik nou eenmaal erg veel van reizen hou. Bovendien vond ik Indonesië een leuk land en ik wilde graag ook de dingen gaan zien die ik tijdens de reis met Thelma gemist had.

"Het is voor vakantie," praatte ik door. "Tenminste... Ik ga op cruise naar Indonesië."

Koen glimlachte vrolijk. "Wij gaan ook cruisen. Met de

Cupido."

Nou had ik net in mezelf al die ellende met Olmar zitten oprakelen en toch ging er onverwacht een blij steekje door mijn buik.

Koen ging ook met de Cupido mee! En alle kans dat er nog meer leuke mannen aan boord waren. Misschien werd de reis wel veel leuker dan ik had durven dromen.

"En jij?" vroeg Koen ondertussen. "Met welke maatschappij vaar jij?"

"Ook met de Cupido," antwoordde ik.

Er kwam een blijde glans in de ogen van Koen, tenminste dat maakte mijn oververhitte fantasie ervan. "Dat is leuk, dan komen we elkaar vast nog weleens tegen."

"Dat gaat zeker lukken in zo'n varend flatgebouw," knikte ik.

"Als we nou allebei met een roos in ons haar gaan lopen, dan vissen we elkaar zo tussen die drieduizend andere passagiers uit." Ik grinnikte. "Maar dan heb ik het natuurlijk nog niet over die duizend bemanningsleden gehad."

Koen schoot in de lach. "Die roos is helemaal niet nodig. Je hoeft alleen je oren maar open te doen om mijn opa te horen mopperen."

Er klonk een verontwaardigd kuchje boven ons hoofd en we keken allebei verschrikt op.

"Mooie boel om hier een beetje achterbaks over mij te gaan zitten roddelen," bromde opa bits en hij zakte met veel bombarie en binnensmonds gemompel weer op zijn plek.

Koen boog zich om zijn opa heen en tikte mij op mijn arm.

"Opa kan wel tegen een geintje. Wat is je hutnummer?"

Ik haalde mijn schouders op. "Geen flauw idee, dat krijg ik nog te horen. Mijn ouders betalen alles, zij vieren hun trouwdag op de boot."

"Zo..." Koen floot bewonderend. "Ik wou dat mijn ouders dat eens deden."

"Weinig kans," bemoeide opa zich met het gesprek. "Als die gierige vader van jou wat geeft, is het hooguit de geest."

Koen trok een gezicht. "Dat kan wel kloppen, ja. Maar eh... Fleur, ik zal even ons hutnummer voor je opzoeken, oké?"

"Lijkt me een goed plan," vond opa. "Een mooie vrouw op bezoek is nooit weg."

"Maak je maar geen illusies, oop. Fleur komt dan natuurlijk voor mij."

"Ik denk niet dat Lydia daar blij van wordt," verklaarde opa opgewekt.

Lydia? Bij het horen van die vrouwennaam ging er even een lelijk steekje door mijn buik en ik keek vanuit mijn ooghoeken naar Koen. Maar die zat druk in zijn tas te rommelen en vertrok geen spier.

Opa wreef ondertussen vergenoegd in zijn handen en praatte verder: "Bovendien delen jij en ik samen hutnummer 10140, dus zit ik mooi bij de koop in."

Koen had intussen zijn papierwinkel doorgebladerd en boog zich weer naar mij toe. "Het is inderdaad hutnummer 10140."

"Tuurlijk klopt het nummer," verklaarde opa. "Met mijn geheugen is niks mis." Hij zat even voldaan voor zich uit te kijken en vervolgde: "Mijn medische kennis mag er trouwens ook nog best wezen."

"Oh ja," reageerde Koen. "Dat is waar ook. Je ging naar een zieke man met een hartkwaal. Toch?"

"Niks mis met die man zijn hart. Hij kwam rechtstreeks van een vlucht uit Mexico en die appelflauwte van hem was een combinatie van te weinig eten, te weinig rust en..."

"Maar hij had toch blauwe lippen?" viel Koen hem in de rede.

"*Montezuma's revenge,*" legde opa uit. "Oftewel: schijteritis in optima forma. Een gevalletje van te veel foute taco's gegeten."

Ik zat natuurlijk mee te luisteren en trok wat verbaasd mijn wenkbrauwen op. "Maar hoe kwam hij dan aan die blauwe lippen? Dat klinkt naar mijn idee toch meer naar een hartprobleem."

"Die waren niet blauw, maar zwart. Van de Norit, welteverstaan. Zijn tong zag er ook niet uit." Opa leunde voldaan achterover. "Hij zit nu liters water te drinken en ik heb hem het advies gegeven om vooral achter in het vliegtuig naar de wc te gaan, anders zitten wij hier straks in de stank."

Ik hoorde Koen lachen. "Goed gedaan, opa. Je denkt ook overal aan."

"Dat wou ik zeggen," verklaarde opa met een brede grijns. "En nou ga ik een dutje doen."

Hoofdstuk 2

Het duurde nog even voor iedereen zich zo goed en kwaad als dat ging in de vliegtuigstoel genesteld had, maar uiteindelijk was het getrek aan dekentjes en het in vorm stompen van de kussentjes dan toch verleden tijd en daalde er rust neer op rij 30. Mijn nekkussentje was lekker zacht, maar verder zat ik – op zijn zachtst gezegd – niet erg prettig. De zitting voelde keihard aan en de leuning kon amper achterover. Maar ik was ontzettend moe, dus ik moest er toch maar wat van proberen te maken. Tja...

In de vertrekhal had ik er geen enkele moeite mee gehad om weg te dommelen, maar nu ik zo verplicht in slaap wilde vallen, lukte dat natuurlijk voor geen meter.

De motor maakte herrie, drie rijen verder zat een groepje mannen ongegeneerd schuine moppen te tappen, naast me begon opa te snurken en een eindje verderop genoot er iemand van een schietfilm met het geluid op standje overlast. Mijn voeten begonnen door de ongemakkelijke houding raar te tintelen en ik kreeg werkelijk overal kramp.

Bovendien zat opa's opmerking over ene Lydia die het niet leuk zou vinden als Koen mij in zijn hut uitnodigde, mij behoorlijk dwars.

Koen had die opmerking trouwens niet gehoord. Of niet willen horen?

Ik zuchtte diep. Ik was echt een hopeloos geval. Wat zat ik me nou druk te maken over Koen? Oké, hij was hartstikke knap en hij had een leuke babbel, maar dat gold voor Olmar ook.

En Olmar deugde voor geen meter.

Wat wist ik verder van Koen?

Niks.

Hij was gewoon een man die toevallig bij mij in de buurt zat en wat versiertrucjes op me losliet. Ik moest nu als een braaf meisje gaan slapen en ophouden met me daar druk over te maken.

Dus trok ik mijn kussentje nog maar eens recht, leunde tegen het raampje, haalde diep adem en begon schaapjes te tellen. Maar daar schoot ik ook weinig mee op, want mijn gedachten maalden vrolijk door.

Ik kwam maar weer eens overeind, liep een rondje door het vliegtuig, haalde een wijntje en werkte dat met een pakje zoute koekjes weg.

Daarna lukte het slapen nog niet, dus zette ik net als mijn luidruchtige achterbuurman ook maar een filmpje op. Er was keus genoeg op het romantische vlak en zo kwam ik de volgende anderhalf uur redelijk prettig door.

Daarna moet ik dan toch vlak voor het *happy end* in slaap gevallen zijn, want ik schrok opeens wakker van een keihard gesnurk in mijn oor. Toen ik suffig mijn ogen opendeed, bleek dat opa met zijn hoofd op mijn schouder was gezakt.

Ik probeerde onder hem uit te kruipen, maar dat hielp weinig. En hem van me afduwen, lukte ook niet, daar was hij veel te zwaar voor.

Ik wierp een hulpzoekende blik in de richting van Koen, maar zijn stoel was leeg. Helaas was de stewardess inseinen ook al geen optie. Met opa als een slordige baal stro boven op me, kon ik niet bij het knopje van het belletje.

Daar zat ik dan te balen totdat ik Koen eindelijk in het gangpad zag verschijnen.

Die had aan één blik genoeg. "Het is ook altijd wat met die ouwe," zei hij hoofdschuddend en tegelijkertijd trok hij zijn opa weer recht.

Niet dat het veel uithaalde. Opa gaf een fikse snurk en zakte terug op mijn schouder.

"Ik kan hem natuurlijk geen ongelijk geven," grapte Koen, "maar ik snap dat jij hem liever kwijt dan rijk bent."

Hij begon opnieuw aan zijn opa te sjorren en uiteindelijk werd de oude baas dan toch wakker.

"Wat krijgen we nou weer?" mopperde hij lodderig. "Ik wil slapen."

"Wij ruilen even van stoel, oop. Je ligt namelijk bij Fleur op schoot en dat arme meisje doet zo geen oog dicht."

"Ik bij Fleur op schoot liggen?" protesteerde opa. "Hoe kom je bij de onzin?"

Het kostte Koen nog even tijd om opa ervan te overtuigen dat hij echt moest verkassen, maar een tijdje later had hij het toch voor elkaar en kwam zelf naast me zitten.

Terwijl de oude man weer vredig verder snurkte, gaf Koen me een vrolijke knipoog. "Veel gezelliger zo."

Dat vond ik zelf ook, maar dat zei ik natuurlijk niet hardop.

Ik glimlachte maar eens, schoof het door de stewardess verstrekte hagelwitte KLM-kussen tussen mijzelf en de wand naast de nooddeur, draaide mijn neksteuntje in de juiste stand en kroop terug onder mijn dekentje.

Naast me worstelde Koen met zijn beddengoed, maar uiteindelijk zat hij blijkbaar ook lekker, want ik hoorde hem zeggen: "Welterusten, Fleur."

"Truste, Koen."

Het klonk een beetje alsof we al jaren getrouwd waren en daar kreeg ik een raar gevoel van.

Sliep ik vannacht eindelijk weer eens naast een superknappe vent, schoot ik daar geen biet mee op, omdat we in een vliegtuig zaten.

Ik moest ineens aan Thelma denken, die voor mijn vertrek nogal opgewonden over de *Mile High Club* had zitten filosoferen, een verzonnen naam voor alle mensen die het in een vliegtuig met elkaar hadden gedaan.

Op de wc welteverstaan...

Daar moest je toch niet aan denken?

Oké, de toiletruimte die hier op nog geen anderhalve meter bij ons vandaan lag, was best redelijk schoon, maar toch... Om daar nou van bil te gaan, leek me ook niet echt opwindend.

Ik ben sowieso geen type voor heftige vrijpartijen buiten de deur en al helemaal niet meer sinds ik bij zo'n gelegenheid per ongeluk met mijn blote vel in een bosmierennest belandde. Wat een jeuk, zeg. Verschrikkelijk. Ik had er dagen daarna nog last van gehad.

Hè, begon ik me nou alweer van alles in te beelden over Koen? Daar moest ik nu toch heus eens mee ophouden!

Ik kneep mijn ogen stijf dicht en probeerde alle gedachten aan Koen uit mijn hoofd te zetten, maar ja... Als je niet aan roze olifanten mag denken, waar denk je dan aan? Juist ja, aan een knappe man die waarschijnlijk allang iets met ene Lydia had, maar die ook een erg spannend kuiltje in zijn wang kreeg als hij naar me lachte.

Zonder het te merken, moet ik langzamerhand weer in slaap gesukkeld zijn, want een tijdje later werd ik opnieuw wakker van een warme luchtstroom die in een regelmatig ritme langs mijn hals kriebelde.

Koen dus.

Koen lag ontspannen met zijn hoofd op mijn schouder en aan zijn rustige ademhaling kon ik zien dat hij echt sliep.

Ik keek voorzichtig opzij en zag dat opa op zijn beurt tegen Koen was aangezakt. We leken wel zo'n rijtje dominosteentjes die op het punt van omvallen stonden.

Ik deed mijn mond al open om Koen te vragen van me af te gaan, maar ik bedacht me. Alle kans dat hij net met veel moeite in slaap gesukkeld was en dan zou hij het niet waarderen als ik hem wakker schudde. En eigenlijk vond ik het helemaal niet erg dat hij tegen me aan lag. Hij rook namelijk erg lekker. Iets van shampoo vermengd met aftershave en Koen zelf. Bovendien waaide er een ijskoude tocht langs de deur van de nooduitgang en Koen was lekker warm.

Voorzichtig trok ik mijn dekentje wat verder omhoog zodat Koens ademhaling niet meer in mijn hals kriebelde en zakte langzaam weer weg naar een onrustig dromenland.

***

Een hele tijd later voelde ik een discreet tikje op mijn arm en een stem riep: "Mevrouw Zomerdijk, ik heb uw speciale maaltijd hier!"

Terwijl ik amper snapte wat er gebeurde, werd mijn dekentje door een behulpzame hand van me af gestroopt, mijn tafeltje uitgeklapt en een dienblaadje voor me neergezet. "Wat wilt u drinken, mevrouw?" vroeg de steward. "Een sapje, water?"

Ik kreeg gewoon wurgneigingen van die vent. Waarom moest hij zo overdreven vrolijk doen, terwijl ik het gevoel had dat ik net geradbraakt was?

"Wat wilt u drinken?" herhaalde de steward.

Als dat 's morgens aan me wordt gevraagd, heb ik daar altijd maar één antwoord op. "Koffie," kreunde ik sloom. "Koffie natuurlijk."

"De warme dranken gaan nog even duren tot de andere passagiers ook hun ontbijtje krijgen, mevrouw Zomerdijk. Dus wat gaat het dan worden?"

"Oh eh... Nou eh... Weet ik veel."

"Een watertje maar doen dan?" klonk het opgewekt. Al pratend schonk de steward een glas water voor me in en ik nam voorzichtig een slok. Het smaakte echt nergens naar. Een mens heeft 's morgensvroeg toch gewoon recht op een flinke portie cafeïne?

Ik wreef gapend over mijn pijnlijke nek en bestudeerde mijn dienblaadje met een lodderige blik. Het was gevuld met een frisse fruitsalade, een bakje sla met tomaat, een broodje, een pakje boter, een kuipje aardbeienjam en een aluminiumbakje waar in zwarte letters het zinnetje *Vegan dish: pasta, vegetables, tomato sauce* op te lezen was.

"Pasta met tomatensaus," mompelde ik balend tegen mezelf.

"Dat is toch geen eten zo vroeg? Ik wil koffie. Lekker sterk en zwart."

Naast me begon er iemand te lachen. "Het is al drie uur, Fleur. Niks om je bij de KLM over te beklagen."

Ik draaide mijn loodzware hoofd naar Koen. "Drie uur pas? Dat is midden in de nacht, man."

Koen grinnikte en daarna deed hij heel overdreven de stem van de steward na. "Om precies te zijn, *mevrouw Zomerdijk*: het is nu drie uur in de middag."

Maar de pret was aan mij op dit tijdstip niet erg besteed. Ik keek met samengeknepen ogen naar mijn horloge en hield het even tegen mijn oor. "Dat kan niet, want ik heb het negen uur en mijn batterij doet het nog gewoon."

Koen keek me meelevend aan. "We zitten intussen in een andere tijdzone. Fleur. Het is hier zes uur later en over anderhalf uur zijn we wel zo'n beetje in Singapore."

Terwijl ik de boodschap nog even rustig tot me liet doordringen, hoorde ik opa luid en duidelijk zeggen: "Nou, jullie passen goed bij elkaar. Dat meissie is 's morgens ook niet vooruit te branden."

Vanuit mijn ooghoeken zag ik hem op het belletje drukken en even later stond de steward in het gangpad. "Dokter, wat kan ik voor u doen?"

"Meteen koffie halen," zei opa. "Drie bekers graag."

"De koffie komt straks als de andere..." begon de steward, maar opa wuifde het protest met een kort handgebaar weg. "Drie keer koffie. Loeisterk en zwart," blafte hij autoritair. "Medisch noodgeval, meneer."

Bij die laatste woorden trok de steward verschrikt zijn wenkbrauwen omhoog en de man draafde zonder nog iets te zeggen weg.

Amper drie minuten later was hij alweer terug met het gevraagde en ik pakte de gloeiend hete beker dankbaar van hem aan.

Koen stootte zijn opa aan. "Nou, ouwe. Jij bent je gewicht in goud waard."

"Dat wou ik zeggen," knikte opa opgewekt.

Terwijl de omringende passagiers met jaloerse blikken naar ons zaten te gluren, genoten wij van ons bakje troost en daar knapte ik gigantisch van op. Daarna begon ik toch maar aan de pasta, want ik had opeens flink honger.

Naast me deed Koen hetzelfde, terwijl opa met een sacherijnig gezicht zat toe te kijken. "Absoluut oneerlijk om eerst de planteneters te voederen," bromde hij. "Ik rammel van de honger."

"Eigen schuld, oop," grapte Koen. "Dan had je ook maar vegetariër moeten worden."

Maar aan opa's gezicht kon ik zien dat hij het geintje niet kon waarderen.

***

Na het ontbijt werden er immigratieformulieren rondgedeeld die we uitgebreid moesten invullen. Dat leverde nogal wat commentaar van opa op, die een hele verhandeling begon te houden over de open grenzen van Nederland.

"Wedden dat we straks in Singapore in een speciale rij voor buitenlanders moeten gaan staan? Dat doen ze op de hele wereld, behalve in dat stomme Nederland van ons. Daar roepen ze dat zo'n aparte balie discriminatie is en dan moeten wij op Schiphol uren wachten omdat er een asielzoeker voor onze neus staat." Hij haalde diep adem en besloot: "En dat vind ik nou discriminatie van onze eigen mensen."

Koen trok een gezicht naar mij en keek daarna opa aan. "Vul nou maar gewoon in, opa. Je moet je aan de regels van het land aanpassen en zelfs als je op je kop gaat staan, verandert daar niks aan."

Opa mopperde nog een poosje door, maar Koen deed net of hij hem niet meer hoorde en begon mij uit te vragen over mijn overnachtingshotel.

Ik had alle info net op het formulier zitten invullen en ik wist het nog uit mijn hoofd. "Ik zit in het Crowne Plaza Changi Airport Hotel."

"Dat is een hele mond vol," zei Koen. "Zo te horen is dat op het vliegveld."

"Ja, ik geloof het wel. Maar dat schijnt nogal groot te zijn. Ik krijg een transfer, dus ik zie het vanzelf."

"Wij zitten ergens in de binnenstad," bemoeide opa zich met het gesprek. "In het Raffles."

"Een historisch hotel," vulde Koen aan. "Dan heeft opa een beetje het *goeie ouwe tijd*-gevoel. Hè, oop?"

Opa knikte blij en ging daarna gehoorzaam verder met het invullen van zijn formulier. Toen alles klaar was, stopten we de papierwinkel in ons paspoort en daarna werd het langzamerhand tijd om de boel op te ruimen.

Kort voor de landing stak ik nog een kauwgommetje in mijn

mond en bood ook Koen en opa er eentje aan.

Maar die schudden eensgezind hun hoofd. "Denk erom dat je die kauwgum straks netjes in een prullenbak gooit," vulde opa waarschuwend aan. "Ze zijn in Singapore niet mis met de straffen en voor je het weet, hebben ze je al veroordeeld en opgehangen."

Na dit opwekkende bericht scharrelde opa uit zijn stoel en hoewel het lampje van de stoelriemen al aan was, stapte hij nog even naar de wc. Ik zag hem op de cabine om de hoek afkoersen, omdat de ruimte voor onze neus blijkbaar al bezet was.

"Je moet je van die boute kreten van opa niks aantrekken, Fleur," legde Koen snel uit. "Hij houdt van woordspelletjes en kan het nooit laten om mensen op te jutten. Dus je hoort hem geregeld van alles roepen, maar daar meent hij niks van."

"Dat had ik al in de gaten, hoor. Maar met de kauwgom heeft hij wel gelijk. Ik heb gelezen dat je het in Singapore niet moet wagen om ook maar iets op straat te gooien."

Ik wilde er nog wat aan toevoegen, maar op dat moment kwam opa terug en die ging met zijn gebruikelijke bombarie weer op zijn stoel zitten.

'Cabin crew be seated for landing' klonk er een stem uit het luidsprekertje boven ons hoofd.

"Mooi," zei opa. "We zijn er bijna."

Maar zijn opmerking werd overstemd door de steward die uit het niets kwam aangeschicht en heftig op de wc voor ons begon te bonken. "Wilt u onmiddellijk naar uw zitplaats teruggaan!" riep hij bevelend tegen de dichte deur. "We zijn aan het landen!" Er kwam geen antwoord en de steward bonkte onverdroten door tot hij het zat werd. "Als u nu niet naar buiten komt, zal ik de deur open moeten maken," brulde hij.

Maar ook die mededeling maakte in het binnenste van de toiletruimte blijkbaar geen indruk, want er kwam geen reactie.

"Ik maak nu de deur open!" riep de steward.

Terwijl iedereen gefascineerd zat toe te kijken, draaide de steward ergens bovenaan een palletje om en trok de deur met een resoluut gebaar open.

Vervolgens zagen we hem met een verschrikt gezicht achteruit springen. "Oh... eh... Oh, neemt u me alstublieft niet kwalijk, meneer. Maar u moet nu heus naar uw stoel teruggaan, want..." Er kwam een glans van wanhoop in zijn ogen en hij slikte moeilijk. "Ach, wat een puinhoop. Dat redden we niet meer."

Zijn verwilderde blik draaide opzij en viel op opa. Meteen klaarde hij op. "Dokter, die meneer hier is uw patiënt van vannacht. Wilt u alstublieft even helpen? Dan kan ik de cockpit inseinen."

Terwijl de steward naar voren rende om de dichtstbijzijnde boordtelefoon te grijpen, kwam opa in zichzelf mompelend uit zijn stoel omhoog en stapte met een air van gewichtigheid op de wc af, waar intussen een penetrante poeplucht uit kwam walmen.

Opa trok zijn neus op. "Maar Mister Fuentes," zei hij in het Engels. "Zit die Montezuma nog steeds achter u aan? En ik had u nog wel zo gezegd om achter in het vliegtuig naar het toilet te gaan."

Daarna keek hij Koen aan. "Wil jij even een stewardess bellen? Deze meneer heeft schone kleren nodig."

"Ik denk niet dat er dan iemand komt, oop," zei Koen losjes. "We zijn aan het landen."

"Welnee, landen en ondertussen op de bouterij zitten, gaan echt niet samen," verklaarde opa met een kennersblik in zijn ogen. "Waarom denk je dat die steward zo'n haast had?"

Koen haalde zijn schouders op en deed zijn mond open om iets terug te zeggen, maar opa praatte al door: "Doe jij nou maar gewoon wat je oude opa zegt en druk even op dat belletje."

Nog voor Koen de opdracht kon uitvoeren, klonk er een klikje boven onze hoofden en de stem van de captain kwam uit de luidspreker:

"Dames en heren, de captain hier met een belangrijke mededeling. Zoals u misschien al hebt gemerkt, hebben wij zojuist onze daling moeten afbreken, omdat er een passagier onwel is geworden op het toilet. Er is op dit moment een dokter ter plaatse en de passagier is in goede handen. Wij draaien nu een rondje en zullen dan opnieuw aanvliegen. Hartelijk dank voor uw begrip."

Na deze mededeling drukte Koen eindelijk het belletje in, maar dat was eigenlijk al niet meer nodig, want nog geen twee tellen later stond de purser in hoogst eigen persoon in het gangpad en we zagen haar vrijwel meteen een ontzettend vies gezicht trekken.

Daarna haalde ze diep adem, zette haar beroepsglimlach weer op en vroeg aan opa: "Is meneer in staat om op een stoel te zitten?"

Opa knikte en zette een beschaafde stem op. "Ja, hij heeft net een ernstige diarree-aanval gehad en de boel helemaal ondergesmeerd. Hij mankeert verder niets, maar hij heeft wel schone kleren nodig."

"Dat kan tot na de landing wachten, dokter. Het is krap met de tijd." Al pratend keek ze de steward aan, die alweer hulpvaardig in het gangpad stond en vervolgde: "Regel even wat incontinentiematjes en dekentjes."

De steward draafde weg en de purser keek Koen aan. "Wilt u op de rij hierachter gaan zitten? Dan kan de zieke uw plaats innemen naast de dokter. Dan is hij tijdens de landing in goede handen."

"Dat is prima," knikte Koen. Hij gaf mij een knipoog, stond op en schoof op een lege stoel in de rij achter ons.

Vrijwel tegelijkertijd was de steward weer terug en – na een korte aanwijzing van de purser – legde hij zorgzaam een paar incontinentiematjes op Koens voormalige stoel. Terwijl de purser met stampende passen wegstapte, sloeg hij samen met opa een dekentje om de ongelukkige passagier heen, hielp hem om te gaan zitten en klikte zijn gordel vast. Daarna deed hij de deur van het toilet weer stevig op slot en liep weg.

Opa ging naast de man zitten en tikte hem geruststellend op zijn been. *"You'll be perfectly okay, Mister Fuentes,"* zei hij opgewekt. "Maakt u zich maar geen zorgen. Gewoon een paar dagen gekookt water met een beschuitje, dan heeft u nergens meer last van."

Maar de man zat zielig voor zich uit te staren en gaf geen antwoord.

Gelukkig had ik niet het idee dat hij heel erg stonk. Ik had weleens ergens gelezen dat geurtjes in een vliegtuig nooit zoveel kans maken en dat klopte dus. Natuurlijk rook ik wel iets, maar daar kon ik – ook met het oog op mijn blauwe maandag als verpleegster – wel tegen.

Al gauw klonk er weer een klikje boven mijn hoofd:

"Dames en heren, hier de captain weer even. De zieke passagier is intussen uitstekend verzorgd door de aanwezige arts en we kunnen nu gaan landen. Cabin crew be seated for landing, please."

Een minuut of wat later streek onze grote blauwe vogel veilig op de luchthaven van Singapore neer en ik hoorde meneer Fuentes naast me een zucht van verlichting slaken.

Kort daarna begon de intercom boven ons hoofd alweer heftig te sputteren en dit keer kraakte de stem van de purser door het vliegtuig:

"Dames en Heren, hartelijk welkom op Changi Airport in Singapore. De plaatselijke tijd is tien voor halfvijf in de middag en de buitentemperatuur is vierendertig graden Celcius."

Opa schoot rechtop en praatte dwars door de rest van de boodschap heen. "Vierendertig graden! En daar kom ik dan aan in mijn zondagse overhemd."

"Dat wist je van tevoren, oop," hoorde ik Koen achter ons antwoorden. "Daarom heb je al die T-shirts ingepakt. En die korte broek zal..."

"Korte broek? Die heb ik echt niet meegenomen. Ik kijk wel uit, met al die malariamuggen hier."

Ik hoorde Koen grinniken. "Daar ga je spijt van krijgen, oop. Let op mijn woorden."

"Heerst er hier dan malaria?" vroeg ik een beetje verschrikt.

"Ik heb geen kuurtje bij me."

"Welnee," zei Koen geruststellend. "Geen zorgen, Fleur. Oop maakt er weer een potje van."

Daar had opa natuurlijk ook weer het nodige op terug te zeggen, maar uiteindelijk kwamen we dan toch aan de gate en – zoals dat altijd gaat – alle passagiers schoten als één persoon overeind om zo snel mogelijk naar buiten te kunnen.

Opa bleef rustig zitten totdat de meeste mensen waren uitgestapt, omdat hij nog even voor zijn patiënt wilde zorgen.

Ik stond me hardop af te vragen of ik ook moest blijven helpen, maar daar wilde opa niks van horen. "Welnee, ik kan het hier met Koen en de bemanning wel af. Wij gaan elkaar op die boot nog tot vervelens toe zien."

Dus pakte ik mijn spullen bij elkaar en liep na een korte groet het vliegtuig uit.

***

Er stonden hele rijen voor de immigratiepoortjes en het duurde een aardig tijdje voor ik er eindelijk doorheen was.

Daarna liep ik verder naar de bagageband, waar ik tot mijn verbazing opa en Koen al zag staan.

"We hebben de zieke overgedragen aan de medische dienst hier en daarna konden we met voorrang door de controle," verklaarde opa voldaan. "Zo zie je maar weer dat het spreekwoord wel klopt."

"Welk spreekwoord bedoelt u?"

"Wie goed doet, goed ontmoet," zei opa en daarna wees hij verheugd naar het luikje aan het begin van de band waar een gif-groene koffer in beeld kwam. "En daar komt mijn trouwe kof-fertje ook al aan."

Een paar minuten later tilde Koen zijn eigen bagage ook van de band. "Wij hebben alles," zei hij en daarna keek hij mij aan. "Red jij het hier met je koffer? Of moet ik helpen tillen?"

"Dat lukt me wel. Hij is niet zwaar en hij heeft wieltjes."

"Oké, dan zien we je morgen op de boot. Tot morgen."

"Tot morgen, Koen. Dag, meneer Van Hout."

Opa schudde zijn hoofd. "Zeg maar opa, hoor. Dat vind ik veel gezelliger klinken."

Nu ben ik er normaal geen fan van om alle oudere mensen maar ongegeneerd met *opa* of *oma* aan te spreken, maar in gedachten betitelde ik Koens opa al een hele poos als *opa* en het was daar-net al een raar gevoel geweest om *meneer Van Hout* tegen hem te zeggen.

Dus knikte ik. "Dat is prima, opa. Ik heb zelf eigenlijk niemand meer op dat gebied."

"Maar meissie toch," reageerde opa. "Heb je ze wel gekend?"

Ik schudde mijn hoofd. "Nee, ik heb al jaren geen opa's meer. Maar nog wel een oma."

"Dat is dan tenminste nog wat," vond opa. "Vaart die oma van je ook mee met de boot?"

"Nee, die is daar al te oud voor."

"Te oud? Wat een gezeur altijd over oud. Een mens is zo jong als hij zich voelt."

"En opa voelt zich achttien, wat jij, oop?"

"Zo is het maar net," knikte opa en daarna pakte hij het handvat van zijn koffer stevig beet. "Tot morgen, meissie. We gaan je nog missen, vanavond."

Ik zwaaide de beide mannen na tot ze uit het zicht verdwenen waren en daarna richtte ik mijn blikken weer op de draaiende bagageband, waarop nu in hoog tempo koffers langskwamen.

Overal om me heen stonden mensen naar hun eigendommen te graaien, waar ze vervolgens vrolijk mee wegstapten.

Na een tijdje werd het steeds leger in de hal, maar mijn knalrode Samsonite met het opvallende groene monstertje-van-Loch-Ness dat ik als herkenningspunt aan het handvat had vastge-knoopt, kwam maar niet in beeld.

Uiteindelijk lag er alleen nog een kanariegele koffer naast een bruine rugzak op de band en ik beet zenuwachtig op mijn lip. Waar bleef mijn koffer nou?

Het zou toch niet...

De band draaide nog een paar rondjes door en hield er toen zachtjes kreunend mee op.

Ik staarde balend naar de lege boel, maar daarna viel mijn oog op een groepje koffers dat aan de andere kant van de band op de grond stond.

Zou iemand zich vergist hebben en per ongeluk mijn bagage van de band hebben getild?

Trouwens, ik was zo druk met opa en Koen in gesprek geweest, misschien waren mijn spullen al een paar keer langsgedraaid zonder dat ik het in de gaten had gehad.

Ik haastte me om de band heen en schoot op het groepje koffers af. Maar mijn rode Samsonite stond er niet tussen.

Dat kon ook moeilijk, want nu ik er met mijn neus zo ongeveer boven hing, zag ik op alle bagage in grote letters het woord CREW staan.

Terwijl ik me nog stond af te vragen wat ik nu moest doen, hoorde ik een venijnig getik van hoge hakken aankomen.

Al gauw verscheen de purser van ons vliegtuig in mijn blikveld, die gezellig kletsend met een clubje van in KLM-blauw gehulde bemanningsleden kwam aangewandeld.

Er was een spetter bij met vier gouden strepen op zijn mouw en ik herkende tot mijn schrik de knappe captain die mij in Amsterdam bij het instappen zo vrolijk had staan begroeten.

Met het geheugen van de captain was ook niks mis, want ik hoorde hem zeggen: "Dag, mevrouw Zomerdijk. Wat staat u hier eenzaam voor u uit te staren? Kan ik u ergens mee helpen?"

Ik haalde diep adem en keek hem aan. "Ik zie mijn koffer nergens."

"Oei." Het gezicht van de captain betrok. "Alle kans dat die nog in Amsterdam staat, mevrouw."

"In Amsterdam?" herhaalde ik schaapachtig.

"Ja, u was zo aan de late kant dat er al opdracht gegeven was om uw bagage van boord te halen. Uw koffer moet weggehaald zijn voordat u aan kwam rennen en dan is de mogelijkheid levensgroot dat ze hem niet meer hebben teruggezet."

Hij keek me zo meelevend aan dat de vlammen me opeens uitsloegen. "Dat spijt me werkelijk voor u, mevrouw Zomerdijk. Ik wil u namens de KLM graag mijn excuses aanbieden."

"Het was mijn eigen schuld. Ik was in de hal in slaap gevallen. Ik ben allang blij dat ik de vlucht nog gehaald heb, maar ja... wat moet ik nou?"

De captain wees opzij. "U kunt dat het beste even bij die balie daar gaan melden, mevrouw. Dan wordt uw bagage nagestuurd."

Ik keek in de aangewezen richting en zag inderdaad een loket waar een gapende jongedame verveeld voor zich uit zat te staren.

"Oh, oké. Bedankt voor uw hulp."

"Graag gedaan. En een prettig verblijf in Singapore."

Hij gaf me nog een vriendelijk knikje en liep daarna haastig met zijn koffer achter de rest van de crew aan.

Er ging een steek van jaloezie door me heen. Alle passagiers en alle bemanningsleden hadden hun koffer met spulletjes. En zij konden zo allemaal hun verreisde kleren uittrekken, lekker douchen en dan wat schoons aandoen dat niet naar verschaald zweet rook. Terwijl er voor mij niet veel anders op zat, dan vrolijk verder te stinken.

Ik baalde als een stekker.

Gelukkig had ik op aanraden van Thelma wat schoon ondergoed, een T-shirt, een nachthemd en een pakje tampons voor noodgevallen in mijn trolley gedaan, maar daar kom je op een gala-avond van zo'n cruiseboot ook niet ver mee.

Nou ja, eerst maar eens naar dat loketje om te melden dat ik mijn spullen miste. Met een beetje geluk stond hij hier gewoon nog ergens op zo'n bagagekarretje, omdat de sjouwers hem over het hoofd gezien hadden.

Ik stapte op de balie af, haalde de gapende juffrouw uit haar middagrust, liet het controlestrookje van mijn koffer zien en legde in mijn beste Engels uit wat ik kwam doen.

De vrouw keek me eerst wat verwaterd aan, maar al gauw begon ze als een bezetene op haar computer te hameren. Daarna greep ze de telefoon en begon in een voor mij onverstaanbaar taaltje van alles in de hoorn te roepen. Het klonk naar Chinees.

Ze legde de hoorn weer neer en wees naar een rijtje stoelen aan de zijkant. "Ga daar maar zitten, ze kijken het even voor u na."

Terwijl ik wegliep, riep ze me opgewekt achterna dat het wel een momentje kon duren.

Ik ging gehoorzaam zitten en viste het miniflesje water dat ik bij het ontbijt gekregen had uit mijn rugzak en nam een paar slokjes.

Meer dan die paar slokjes zat er trouwens niet in en met de stevige waarschuwing van opa over de vreselijke straffen die er in Singapore op rommel maken staan nog in mijn achterhoofd, was ik vervolgens een minuut of tien bezig om een prullenbak te zoeken.

Maar och, wat gaf het? Ik had toch niks anders te doen.

Daarna ging ik weer zitten en greep mijn boek, maar net toen ik in een spannend stukje verdiept was, kwam er weer beweging in de vrouw achter het loket. "Miss Summerdike, uw koffer is terecht, hoor," riep ze opgewekt.

Ik sprong verheugd overeind en schoot op de balie af. "Dat is goed nieuws. Waar is-tie?"

Ik had verwacht dat de vrouw me nu zou vertellen dat er een kruier onderweg was met mijn eigendommen, maar helaas, die vlieger ging niet op.

"Uw koffer staat nog in Amsterdam," verklaarde de vrouw met een blij gezicht. "Hij wordt voor u doorgelabeld en dan kunt u hem morgenmiddag vanaf vijf uur hier op de airport ophalen."

"Vijf uur morgenmiddag? Maar... Dan ben ik hier helemaal niet meer. Mijn boot vaart om vier uur weg."

"Uw boot?"

"Ja, ik ga op cruise naar Indonesië."

"En komt u hier nog terug dan?"

Ik knikte. "Ja, over ruim twee weken ligt het schip hier weer aan de kade."

"Nou, kijk eens aan." De vrouw trok haar toetsenbord weer naar zich toe. "Dan maak ik een aantekening in de computer dat u hem dan komt halen. Om welke datum gaat het precies?"

Ik was even sprakeloos, maar daarna had ik mijn antwoordje gelukkig klaar. "Mevrouw, ik kan al die tijd toch niet zonder mijn spullen? Ik heb niet eens een tandenborstel."

De vrouw glimlachte. "Maakt u zich maar geen zorgen, Miss Summerdike. Tandenborstels kunt u hier immers overal kopen."

"U snapt zelf toch wel dat dat geen optie is? Ik kan toch niet de hele vakantie zonder mijn kleren?"

Op het gezicht van de vrouw was duidelijk te lezen dat ik me nu wel heel erg stond aan te stellen. Zij was zeker lid van een nudistenclub die vond dat er niks mis was met bloot rondlopen. Maar daar had ik zelf uiteraard compleet andere ideeën over.

Ik viste mijn cruisepapieren uit mijn rugzak tevoorschijn en duwde die onder de neus van de vrouw. "Onze eerste aanleghaven is Tanjung Priok bij Jakarta. Daar vliegt de KLM ook heen, dat weet ik zeker."

"U wilt dat uw bagage wordt doorgelabeld naar Jakarta?" vroeg de vrouw aarzelend.

"Ja, daar zijn we overmorgen. Dus dan haal ik mijn koffer daar wel van de luchthaven."

"Maar dat is allemaal nog niet zo makkelijk, Miss Summerdike," verklaarde de vrouw streng en de moed zakte me subiet in de schoenen.

Straks moest ik het echt de hele vakantie zonder mijn spullen doen, omdat zij te beroerd waren om die koffer naar Jakarta te sturen.

Maar dat kon toch niet? Ik had echt geen geld om een hele nieuwe garderobe aan te schaffen. En dan moest ik het dus in het ergste geval de hele reis met deze oude spijkerbroek, twee T-shirts en welgeteld één schone onderbroek doen.

In gedachten zag ik mezelf al in een afgetrapte jeans op de gala-avond van het schip aan het sjieke diner zitten. Mijn moeder zou me – onder hoongelach van mijn twee zussen – ter plekke ófwel vermoorden óf definitief onterven.

Nee, daar wilde ik echt niet aan denken!

Hoofdstuk 3

De vrouw liet me werkelijk een hele papierwinkel aan formulieren invullen en daarna kon ik opnieuw een hele tijd op het stoeltje gaan zitten wachten, maar uiteindelijk verklaarde ze met een gewichtig gezicht dat ze het toch nog voor elkaar had kunnen krijgen.

"U kunt uw koffer dan overmorgen op Soekarno-Hatta Airport afhalen." Ze keek nog even naar haar computerscherm. "Na tien uur in de ochtend."

"Prima. En Soekarno is de internationale luchthaven van Jakarta, hè?"

"Soekarno-Hatto, ja." De vrouw knikte. "Als u de hotelreceptie vraagt om voor u een taxi te regelen, komt dat helemaal goed."

Ik trok een gezicht. "Ik zit op een boot in de haven."

"In de cruise terminal kunnen ze u ongetwijfeld ook verder helpen."

"Oké, heel erg bedankt."

"Graag gedaan, Miss Summerdike." De vrouw gaf me een genadig knikje. "Ik wens u een prettig verblijf in Singapore." Ze draaide haar ogen weer naar het computerscherm en ik begreep dat het gesprek wat haar betrof nu wel afgelopen was.

Nou, ik vond het zelf ook de hoogste tijd om eindelijk eens naar mijn hotel te gaan.

Met een zucht van opluchting greep ik mijn trolley stevig beet, hing mijn rugzakje om en stapte welgemoed in de richting van de uitgang.

Het was niet zo ver weg en al snel liep ik langs de douane eindelijk officieel Singapore binnen. Het was er loeidruk en zoals dat in de meeste terminals het geval is, stond er een heel ontvangstcomité van verschillend geklede mensen uitnodigend met bordjes te zwaaien.

Ik liep braaf het rijtje af op zoek naar mijn naam, maar ik zag nergens een kreet die ook maar in de verste verte op *Zomerdijk* leek.

Er ging een pijnlijk krampje door mijn maag toen het donkerbruine vermoeden in me op kwam dat mijn transfer waarschijnlijk allang vertrokken was. Door al dat gedoe met die koffer had ik immers zo'n anderhalf uur tijd verspeeld. Zou ik zelf ook niet op gewacht hebben.

Heel even voelde ik me compleet verloren en er borrelde een razende paniek op in mijn keel. Ik was helemaal alleen in een levensgevaarlijke vreemde wereld. Eenzaam en verlaten...

Help!

Gelukkig realiseerde ik me meteen dat mijn jeugdtrauma – van het griezelige bosweggetje waar mijn liefhebbende moeder mij als achtjarig meisje uit de auto had gezet – weer toesloeg.

Er was hier niks om me druk over te maken. Ik was groot. Ik sprak vloeiend Engels, ik had geld genoeg bij me en een hotelvoucher op zak. Samen met Thelma en mijn rugzakje was ik de halve wereld over gereisd. Ik had wel voor hetere vuren gestaan.

Het enige wat ik hoefde te doen, was hier nog even navragen en als er echt niemand was om me op te halen, ging ik gewoon zelf naar dat hotel.

Appeltje, eitje.

Ik viste mijn reispapieren weer uit mijn rugzakje en zocht mijn hotelvoucher op. Daarna stapte ik op een van de mannen met een bordje af en liet hem het adres van het Crowne Plaza hotel zien.

"Ik zoek mijn transfer," zei ik. "Bent u dat misschien?"

Natuurlijk schudde hij zijn hoofd. Niet echt een verrassing, want hij hield de kreet *Brian Otters, Carlton Hotel* omhoog. Maar de man begon geheel volgens verwachting mijn bestemming rond te bazuinen en al snel was duidelijk dat ik inderdaad op mezelf aangewezen was.

"En hoe kom ik in het Crowne Plaza?" vroeg ik. "Een taxi?"

"Makkelijker met de Skytrain."

"De Skytrain?"

"U moet naar Terminal 3," legde de man uit. "Als u hier de hal doorloopt, stapt u aan het eind in de Skytrain."

"Oké..." Ik aarzelde even. "En hoe kom ik aan een kaartje?"

"*It's free*," verklaarde de man. Daarna draaide hij zijn rug naar me toe en begon weer heftig met zijn bordje te wuiven.

Ik vond het een fijne mededeling dat de Skytrain – wat dat dan ook mocht zijn – gratis was. Als je als toerist in Amsterdam aankomt, zit je meteen aan een dure OV-kaart vast, waar je verder geen draad meer aan hebt.

Ik liep in de aangewezen richting en zag nu opeens overal borden hangen die inderdaad aangaven dat de Skytrain naar Terminal 3 rechtdoor was.

Al wandelend kwam ik langs enorme waterdruppels aan doorzichtige draden, die alle kanten op bewogen en die het totale plaatje zo voortdurend een andere vorm gaven. Ik had nog nooit zoiets gezien en bleef even staan kijken. Op een bordje ontdekte ik dat het een kunstwerk was dat een tropische regenbui moest voorstellen.

Een eindje verderop hadden ze aan de zijkant van de hal een tuin vol tropische planten gemaakt en terwijl ik verder liep, ontdekte ik nog veel meer van die bordertjes vol exotische bloemen.

Uiteindelijk bereikte ik een wand met grote glazen deuren die potdicht zaten. Maar er stond met enorme letters 'Skytrain to T3' boven de ingang en bovendien kwamen er nog meer mensen aangewandeld, dus ik bleef ook maar even staan.

Al snel werd mijn geduld beloond en ik zag door het glas heen een grijs mini-treintje verschijnen dat vooral uit ramen leek te bestaan.

Voor mijn neus schoven de glazen deuren open en terwijl ik met de andere passagiers het perron op liep, zag ik dat het een monorail was. Ik stapte in en zocht een staanplaats bij het raam, want het zitbankje aan de zijkant was al bezet.

De monorail reed het stationnetje uit en ik zag een heel eind beneden mij een autoweg die omzoomd werd door weelderig bloeiende struiken en tropische palmen. Het verkeer reed links. Nu maar hopen dat ik niet bij de eerste de beste weg die ik wilde oversteken bijna tot moes gereden zou worden, omdat ik de auto's van de andere kant verwachtte. Dat was me namelijk in Londen ook al meerdere keren gebeurd.

Het monorailritje duurde niet lang, voor ik het in de gaten had, waren we bij de halte in Terminal 3.

Ik stapte uit en liep wat aarzelend achter de andere passagiers aan een grote hal in. Daar zag ik nergens borden hangen, dus ik wandelde zoekend een rondje tot ik in het verste hoekje van de hal in uitnodigende letters de kreet *Crowne Plaza Hotel* ontdekte.

Daarna moest ik nog een wat schemerige gang vol vreemd gevormde ramen door en een roltrap af, maar uiteindelijk verscheen er dan toch een receptiebalie in mijn blikveld.

Hè, hè, met een beetje geluk kon ik zo meteen lekker onder de douche. Per slot van rekening had ik heel luxe een schone slip én een schoon T-shirt in mijn trolley. Als ik mijn zweterige boeltje daarna even door een zelfgemaakt sopje haalde, was het morgen vast wel weer droog. Ook daar was ik tijdens de wereldreis met Thelma wel aan gewend geraakt.

'Maar toen was die perfectionistische moeder van je niet in de buurt,' sarde een gemeen stemmetje in mijn hoofd.

Ik haalde diep adem. Ja, mijn moeder zou ter plekke uit haar dak gaan als ik morgen in mijn afgetrapte kloffie aan kwam zetten. Die ging heus niet vragen wat er aan de hand was, die vatte dat soort dingen meteen als een persoonlijke belediging op.

Ik vroeg me ineens af of het wel zo'n goed idee was geweest om op de uitnodiging van mijn ouders in te gaan. Een gratis snoepreisje is op zich natuurlijk super, maar het gezeur dat er ongetwijfeld aan vast zat, was een gigantisch minpunt.

Bij de receptiebalie waren er welgeteld twee mensen voor me, maar dat waren blijkbaar probleemgevallen, want het duurde erg lang voor ik eindelijk eens aan de beurt kwam.

Al snel werd me duidelijk dat de receptioniste alle gasten als rampgebied beschouwde, want ze bleef maar op haar toetsenbord rammen en in mijn paspoort bladeren. Hoe moeilijk kon het zijn om iemand een van tevoren gereserveerde hotelkamer toe te wijzen? Ik zou dat zelf toch binnen een halve minuut voor elkaar hebben.

Uiteindelijk kreeg ik dan toch een kamerkaartje en daarna wapperde de vrouw zonder me aan te kijken met haar handen in de richting van een lift.

"*Excuse me*," zei ik. "Ik heb nog een vraagje."

Maar ze had zich al omgedraaid en liep gewoon weg.

Tja... Misschien lekte haar tampon wel door of ze moest gewoon erg nodig.

Maar daar schoot ik natuurlijk niks mee op. Terwijl ik me bij de nu verder lege balie nog stond af te vragen wat ik nou het beste kon doen – naar mijn kamer gaan en later terugkomen óf hier wachten tot ik een ons zou wegen – stapte er gelukkig een andere medewerkster op me af en die keek me zowaar heel gedienstig aan.

Ik glimlachte vriendelijk. "Zijn er hier ergens winkels in de buurt? Mijn koffer is in Amsterdam achtergebleven en ik wil wat kleren kopen."

"Dat is geen enkel probleem, *Miss*. De gang door en dan een stukje doorlopen, dan komt u in het winkelcentrum. Daar is alles te koop." Haar blik gleed over mijn verkreukelde uiterlijk. "En daar kunt u ook wat eten, als uw wilt. Barretjes met fastfood in overvloed."

"Is er toevallig een vegetarisch restaurantje in de buurt?" vroeg ik. "Of heeft het hotel iets op de kaart staan?"

De receptioniste knikte. "De details moet u even bij de gerant navragen, *Miss*. Maar salades zijn er altijd in overvloed, dat weet ik zeker."

Ik kon er niks aan doen dat ik even moest snuiven. Het was over de hele wereld steeds hetzelfde liedje. Zodra het woord *vegetariër* viel, kreeg de complete mensheid direct kleurige beelden van aan wortels knagende konijnen voor ogen... Die eeuwige salades – al dan niet heel origineel met geitenkaas – kwamen me intussen gigantisch de neus uit.

Toch hield ik de scherpe opmerking die op mijn tong lag gewoon binnen, het mens zou er niks van snappen. Dus bedankte ik haar vriendelijk voor de hulp en ging op weg naar kamer 630. Maar dat bleek makkelijker gezegd dan gedaan. Het was een enorm hotel met honderden kamers en het complex had erg veel weg van een doolhof, die ook nog eens behoorlijk warm bleek te zijn. Zodra ik uit de lift kwam, viel de hitte als een verstikkende deken over me heen, want de meeste gangen naar de hotelkamers lagen gewoon in de buitenlucht. Wel mooi trouwens, er groeiden overal planten en ik liep tussen de kabbelende waterstroompjes door.

In een enorme buitentuin was een groot zwembad met uitnodigende ligstoelen, waar verder niemand te bekennen was. Terwijl ik me voornam om straks in het winkelcentrum ook een bikini aan te schaffen, liep ik naar de rand van het bad en stak mijn hand in het water. Dat voelde lekker koel aan, maar het bad lag in de volle zon, dus voordat ik helemaal doorbakken was, haastte ik me maar snel terug naar de gang.

Een eindje verderop kwam er een sportief gebouwde man van een jaar of vijftig op me af lopen en die keek me onderzoekend aan. "Kunt u het vinden, mevrouw?"

Zijn Engels had een erg bekend accent.

"U komt vast uit Nederland," zei ik.

Hij knikte. "Is dat zo duidelijk hoorbaar?"

Ik bewoog mijn schouders op en neer in een wat verontschuldigend gebaar. "Ja, dat hoorde ik meteen. En nee, ik kan het niet vinden."

Hij glimlachte en ik keek hem een beetje verbaasd aan. Ergens had hij vaag iets bekends over zich, maar ik zou zo snel niet weten waar ik hem van zou moeten kennen.

"Ik zoek kamer 630," verklaarde ik en ik liet hem mijn kamerkaartje zien.

"Dan bent u er al bijna, mevrouw Zomerdijk."

Huh? Hoe wist hij...

Oh, natuurlijk. Hij had mijn naam vast op het kaartje zien staan. Ergens vond ik dat helemaal geen fijn idee.

De man merkte blijkbaar niks van mijn schrik, want hij wees opgewekt achter zich. "Deze gang door en aan het eind rechts. De kamers liggen allemaal links van het pad, maar dat ziet u vanzelf."

"Oh, oké. Dank u wel, meneer... Eh..." Ik legde een overdreven vragende klank in mijn stem, want nu hij mijn naam kende, wilde ik zelf ook wel even weten met wie ik te maken had.

Hij begreep de hint, want hij stak zijn hand naar me uit. "Jannes van Mechelen, aangenaam."

Zijn hand voelde wat zweterig aan en op de een of andere vreemde manier ook bezitterig. Alsof hij me niet meer los wilde laten, nu hij eindelijk beet had. Tegelijkertijd keek hij mij diep in mijn ogen.

Ik trok mijn hand haastig terug en deed onwillekeurig een stapje achteruit. "Leuk kennis te maken," jokte ik. Want ik wilde natuurlijk niet onbeleefd zijn, maar ergens had ik hier een heel onprettig gevoel bij.

"En uw voornaam is?" vroeg hij.

Hoewel hij zijn voornaam wel had genoemd, ging zijn vraag mij veel te ver. Ik deed dus net of ik hem niet gehoord had en glimlachte nog maar eens vriendelijk. Niet té, want deze man had geen enkele aanmoediging nodig om opdringerig te worden, dat idee kreeg ik al niet meer uit mijn hoofd.

"Bedankt voor uw hulp, meneer Van Mechelen. Als u het niet erg vindt, ga ik snel verder."

Zonder op antwoord te wachten, stapte ik langs hem heen en liep in hoog tempo de aangewezen gang in.

"Dag Fleur, fijne dag nog," hoorde ik hem achter me zeggen.

Ik schrok ervan en mijn eerste impuls was natuurlijk om me om te draaien en hem te vragen hoe hij dat nou zo opeens wist. Maar ik wist me in te houden en legde het laatste stukje van de gang bijna hollend af. Zo graag wilde ik uit de buurt van die man komen.

En ergens vond ik dat zelf ook weer een rare reactie. Hij was alleen maar aardig voor me geweest.

Maar ik kende hem niet. Tenminste, de naam Jannes van Mechelen zei mij echt niks.

Maar hoe wist hij dan wat mijn voornaam was? Zou dat ook op het kamerkaartje staan?

Aan het eind van de gang sloeg ik de hoek om en aangezien ik daarmee uit het zicht van meneer Van Mechelen was, keek ik snel op mijn kamerkaartje.

Huh?

Er stond helemaal geen naam op het kaartje. Geen voornaam en ook geen achternaam.

Maar... Hoe kon dat nou weer? De naam van die man zei mij echt nog steeds niks. Misschien was hij in het verleden een ziekenhuispatiënt van me geweest? Dat hij me daarom vaag bekend voorkwam? Ik was altijd al beter geweest in het onthouden van gezichten dan in namen.

Ik haalde diep adem. Waarom maakte ik me eigenlijk zo druk over die vent? Ik had verder immers niks met hem te maken?

Als ik hem weer tegenkwam, zou ik natuurlijk groeten en...

Nee, ik ging hem helemaal niet meer groeten, ik zou net doen of ik hem niet zag.

Met dat goede voornemen in mijn achterhoofd liep ik de laatste meters naar kamer 630, stak mijn kaartje in de lezer en duwde de deurkruk naar beneden.

***

Het was heerlijk koel in de kamer en een beetje schemerdonker.

Ik knipte het licht aan, deed een stap naar voren en struikelde over iets zachts.

Ik bleef gelukkig op de been en keek verbaasd naar beneden.

Er lag een handdoek tussen mijn voeten en die zag er gebruikt uit.

Hè bah! Die had het kamermeisje natuurlijk vergeten mee te

nemen.

Ik zette mijn trolley en rugzak even neer, deed de deur weer open en schoof de handdoek met mijn schoen de gang op. Dat moest het personeel verder maar uitzoeken, wie weet wat de vorige gast er allemaal voor smerigs mee uitgespookt had. Toch?

Ik deed de deur dicht, pakte mijn spullen weer op en liep de kamer verder in. En daar kreeg ik de tweede aanwijzing dat het kamermeisje er weinig van gebakken had, want er lag een groen vest over een stoel gedrapeerd en het linkerbed zag er beslapen uit.

Verdraaid, zeg. Dat was geen vergissing meer. Ze hadden de kamer ofwel nog niet schoongemaakt of dit was mijn kamer helemaal niet.

Ik greep mijn spullen, spurtte terug naar de gang en keek op het nummerbordje.

630.

Voor de zekerheid keek ik nog een keer op mijn kamerkaartje, maar ook daar stond precies hetzelfde nummer.

Wat een slordige lui hier!

Het was echt balen. Ik was hartstikke moe en nou moest ik weer terug naar de receptie om te zeggen dat ik een andere kamer wilde. En dan was het ook nog maar de vraag of ik die balie in deze doolhof van ellende ooit nog terug zou vinden.

Ik besefte dat sullig op de gang blijven staan de zaken ook niet bespoedigden, dus pakte ik mijn spullen maar weer op en terwijl ik vurig hoopte dat meneer Van Mechelen intussen uit de buurt zou zijn, liep ik in de richting van het zwembad.

Al wandelend kwam ik tot de ontdekking dat er hier en daar

bordjes met het woord *Reception* en *Exit* hingen en tot mijn grote opluchting stond ik opeens weer voor de lift.

Even later was ik terug in de grote hal en terwijl ik in gedachten mijn mouwen opstroopte, drong ik ongegeneerd door de rij wachtende gasten naar voren en kwakte mijn kamerkaartje op de balie. "Het is één grote gigantische bende op mijn kamer," zei ik zo hard, dat ze het buiten waarschijnlijk nog konden horen.

Maar dat maakte mij niet uit. Ik had meteen de aandacht van de slome receptioniste die voor mij kamer 630 geregeld had.

De vrouw luisterde naar mijn klacht, pakte het kamerkaartje aan, vroeg om mijn paspoort en begon – verrassing – ijverig op het toetsenbord van haar computer te tikken.

Dadelijk zou ze wel gaan roepen dat het een missertje van de computer was. Ik deed mijn mond bij wijze van spreken al open om te gaan roepen dat computers nooit fouten maken en dat de schuld helemaal bij haar lag, maar tot mijn verbazing schoof de vrouw het kaartje weer naar me toe. "Het is helemaal in orde zo, Miss Summerdike," zei ze op een toon die duidelijk aangaf dat ik wat haar betrof niet erg spoorde. "U bent heus geboekt voor kamer 630."

Ik keek haar even verbijsterd aan. "Maar dan mogen jullie daar weleens schoonmaken en schone lakens neerleggen," bitste ik. "Het bed was duidelijk beslapen."

De vrouw keek me wat meewarig aan. Alsof ze overwoog om de crisis-psychiater voor me op te roepen. "U deelt de kamer met iemand anders," verklaarde ze fijntjes.

"Ik deel de kamer met... Maar wat denkt u wel niet? Ik wil een eigen kamer!"

"U deelt de kamer met…" Na een volgende meewarige blik op mij nam de vrouw haar toevlucht weer tot de computer. "Met Miss Marleen Summerdike."

"Wat?"

Ik had even tijd nodig om de onprettige boodschap tot me door te laten dringen. Deelde ik de hotelkamer met mijn zus Marleen? Maar die zou toch in Jakarta pas op de boot stappen? Samen met haar vriend Maarten?

Met een bijna sadistisch grijnsje duwde de receptioniste het kamerkaartje weer in mijn handen. "Kan ik verder nog iets voor u doen?" vroeg ze schijnheilig.

Ik besefte dat ik de eer aan mezelf moest houden en ik plakte razendsnel een vriendelijk glimlachje op mijn lippen. "Nee, dank u wel. U heeft me fantástisch geholpen."

"Graag gedaan. Een fijne dag nog, Miss Summerdike."

Ik deed maar net of ik de receptioniste niet meer hoorde. Ik draaide me waardig om en liep balend terug naar de lift.

***

Met hulp van de bordjes die ik nu opeens overal zag hangen, was ik gelukkig weer snel terug bij kamer 630.

Daar aarzelde ik nog even voor ik weer naar binnen ging.

Ik deelde de kamer met Professor Doctor Marleen Zomerdijk, mijn tweede zus, alias de grootste pestkop die er op de wereld bestond.

Wat had ik in mijn jeugd een last van die trut gehad! Dat wil je niet weten. Ze was vijf jaar ouder dan ik, pikte schaamteloos mijn nieuwste kleren in – we hadden dezelfde maat – maakte mijn schoolspullen weg en als ik maar even iets voor mezelf wilde doen, zorgde deze kampioen-klikspaan er wel voor dat mijn ouders dat te weten kwamen. Met alle gevolgen van dien. Maar ja... Ik kon er op dit moment niet veel aan doen. Dit was een duur hotel – dat had ik thuis op internet nagezocht – en ik had geen geld om voor vannacht zelf een andere kamer te betalen.

En op de boot zou ik een eigen hut krijgen, dat had mijn moeder me een paar dagen geleden via de telefoon nog verzekerd, dus... deze ene nacht kwam ik ook wel door.

Ik haalde nog maar eens diep adem en besloot om tegenover Marleen maar net te doen alsof ik nu pas aankwam. Dat zou een hoop flauwe pesterij schelen. Dus trok ik een vrolijk gezicht en stapte met een wild kloppend hart de kamer weer in. Maar die was gelukkig leeg.

Er hing nog een schone handdoek op het rekje in de badkamer, dus nadat ik mijn reiskleren even door een – met een hotelzeepje gemaakt – sopje had geslingerd, ging ik lekker douchen. Daarna wikkelde ik me in een handdoek en snuffelde ongegeneerd door de koffer van Marleen, die ze half open in een hoekje van de kamer had neergezet.

Al gauw vond ik een leuk zomerjurkje, dat me precies paste. Hoewel het niet helemaal mijn kleur was – knalblauw met een geel randje – trok ik het aan. En schone slipjes lagen er ook genoeg. Die lieve zus van me had zo vaak mijn kleren gepikt, nu kon ik op dat gebied eindelijk eens wat terug doen. En ik hoefde niet bang te zijn dat zij op haar beurt mijn spullen ging aantrekken, want alles wat ik op dit moment bezat, hing in de douche uit te druipen.

Ja, naar omstandigheden had ik het prima geregeld zo.

Het was wel jammer dat we een verschillende schoenmaat hadden, haar sandalen met maatje tweeënveertig zaten mij veel te ruim. Maar je kunt niet alles hebben in de wereld.

Dus stapte ik met mijn blote voeten in mijn nikes, zette mijn trolley in de kast en nam alleen mijn rugzakje mee op shoppingtour.

***

Tja, hoe gaat dat als je als vrouw in een wildvreemd land in een winkelcentrum wordt losgelaten? Er waren allerlei trendy modezaken met even zoveel leuke kleren en ik had mijn creditcard bij me. Bovendien moest ik het nog tot Jakarta zonder mijn koffer doen en ik had al een poosje geen nieuwe zomerkleren gekocht. Daar kwam bij dat ik binnenkort flink aan het solliciteren zou slaan, dus dat geweldig leuke mantelpakje in mijn favoriete kleur – rood – kon ik echt niet laten hangen. En daar hoorden natuurlijk ook paar bijpassende rode pumps met torenhoge hakken bij en de nodige sjieke panty's.

Je kunt nou eenmaal niet als een soort veredeld afgehaald bed bij een mogelijke toekomstige werkgever op komen draven.

In dit hete klimaat kreeg je van Nikes alleen maar zweetvoeten, dus die goudkleurige sandaaltjes kon ik ook echt niet laten staan.

Een winkel verder vond ik in een bak met afgeprijsde schoenen nog een stel elegante hooggehakte sandaaltjes die prachtig bij mijn nieuwe zomerjurkjes kleurden. Bij de kassa bleek trouwens dat ze per ongeluk tussen de koopjes waren beland, maar ik rekende die – omgerekend – honderdvijfendertig eurootjes toch maar af. Ze waren zo leuk, dat moest dan maar een keertje.

Kortom, ik kocht veel meer dan de bedoeling was en terwijl ik beladen met sjieke tasjes terugliep naar mijn hotelkamer had ik al een klein beetje spijt. Dat beloofde een stevige Visa-afrekening te worden aan het eind van de maand en dat geld kon ik als verse werkzoekende eigenlijk niet missen.

Maar het grote voordeel was natuurlijk dat mijn moeder in haar mand zou blijven, omdat er niks op mijn kleding viel aan te merken.

Heel vaag besefte ik best dat ik daar in die pashokjes ook verschillende keren aan Koen had gedacht. Hoe hij naar me zou kijken als ik in een oogverblindende outfit op hem af zou stappen. Maar die vreemde gedachten duwde ik meteen weer weg.

Dat gezanik over die mannen altijd! Daar moest ik nu maar eens mee ophouden. Ze konden er op het eerste gezicht best als mogelijk trouwvoer uitzien, maar in het gebruik vielen ze allemaal zwaar tegen.

Hoewel Koen een erg leuke opa had, met al zijn haar nog op zijn hoofd...

Ik hou van mannen met een lekkere bos met haar. Ik weet wel dat ze er niks aan kunnen doen, maar al die kerels met die glad geschoren hoofden die dan denken dat ze op die manier hun beginnende kaalheid kunnen camoufleren... Die hebben er niks van begrepen. Want op de plaats waar er nog haar zit, krijgen ze het nooit helemaal glad, en dan zie je dus in één oogopslag dat er tussen de rand van keurig afgeschoren stoppeltjes een lelijke kale plek zit, die meestal ook nog een onsmakelijke vette glans afgeeft. Niet echt mijn idee van een sexy spetter.

Als ze er echt wat aan willen doen, kunnen ze beter een haarstuk nemen. Niet dat iemand ooit naar mijn mening vraagt, maar zo denk ik erover.

Maar in elk geval zou al dat soort ellende Koen allemaal niet overkomen, die had een lekkere bos met haar waar nog geen dun plekje te bekennen was. Daar had ik vannacht namelijk een riant uitzicht op gehad.

Ik zuchtte diep, want ik werd erg moe van mezelf. Oké, Koen was leuk en Koen was knap, maar het bleef een man. Dus ophouden met die onzin, Fleur!

Ik haalde opnieuw diep adem. Ik had momenteel hele andere problemen aan mijn hoofd, want ik was intussen bij mijn kamer aangekomen en dat betekende dat ik weer naar binnen moest gaan. Met het risico dat Marleen ondertussen terug was gekomen. Ik wist nu al dat ze niet blij zou zijn om mij in haar zomerjurkje te zien.

Maar ach, net als mijn moeder had ook Marleen altijd wel iets te zeuren, dus dat ging ik wel weer overleven.

Ik haalde mijn kaartje door de lezer, duwde de deurklink omlaag en stapte naar binnen.

Marleen lag op bed en schoot verschrikt overeind. "Wat moet dat hier," snauwde ze in het Engels. "Dit is mijn kamer."

"Ik zit hier ook," zei ik luchtig en ik stapte zo ontspannen mogelijk op haar af. Ik was immers volwassen en Marleen had geen macht meer over me. Als zij ging pesten, kon ik dat ook!

"Oh, ben jij het?" bromde Marleen. "Ik dacht dat het die kamertrut weer was. Die is wel drie keer binnengekomen."

"Vervelend voor je. Ik vind dat personeel hier sowieso een beetje..."

Marleen liet me niet uitspreken. "Nou, dat ben ik helemaal met je eens. Slome zooi, zeg. Ze lieten me bij de receptie wel een kwartier in de rij staan. Dat noem ik geen service."

Ik was allang blij dat Marleen haar giftige pijlen op het hotel afschoot en ik ging aan mijn kant op het bed zitten.

"Waar is Maarten?" vroeg ik. "Komt die later?"

Marleen schudde haar hoofd. "Nee, het is uit."

"Uit? Maar jullie hadden toch trouwplannen?"

Marleen knikte. "Klopt ja, plannen had de eikel genoeg. Maar zijn woorden in daden omzetten, daar had Maarten geen zin in." Ze wreef even een denkbeeldig vliegje van haar neus. "Dus heb ik hem de deur uitgezet. Ik kom wel weer een andere leuke vent tegen. Voor vrouwen met geld zijn er kerels genoeg op de wereld."

Marleen draaide haar hoofd naar me toe en het leek wel of ze me nu pas echt zag. "Wat heb je daar voor jurk aan? Je houdt helemaal niet van blauw."

"Mijn koffer staat nog op Schiphol. Die hebben ze even vergeten in te laden."

Marleen begreep meteen wat ik bedoelde. "En dan pik jij ongegeneerd mijn kleren maar in?"

Mijn hart sloeg onwillekeurig een tel over.

Oh help, daar zou je het hebben!

Maar ik kreeg het toch gedaan om heel ontspannen mijn schouders op te halen. "Wat moest ik dan? Ik kon moeilijk in mijn blote niksie gaan shoppen."

Marleen dacht daar blijkbaar over na, want ze was even stil. "Zit iets in," bromde ze. "Ben je hier al lang?"

"Ik ben vanmiddag aangekomen. Halfvijf of zo."

"Zat je ook in de KL 836 dan?" informeerde Marleen en ze keek me wat nadenkend aan. "Die kwam hier ook om halfvijf aan."

"Best mogelijk," zei ik op een verveeld toontje. "Ik let nooit zo op de vluchtnummers."

Marleen snoof. "Het was een heel gezanik voor vertrek, een of andere sukkel die veel te laat was."

Ik verschoot van kleur, maar gelukkig was het vrij schemerig in de kamer.

Ik veranderde maar snel van onderwerp. "Dat moet dezelfde vlucht geweest zijn, maar ik heb je helemaal niet gezien."

Er kwam een brede zelfvoldane grijns op Marleens gezicht. "Ik reis uiteraard business class. Ik ga daar echt niet tussen de paupers zitten."

Ik trok een grimas. "Maar helaas, nu hebben ze je wel bij zo'n pauper op dezelfde kamer gezet."

"Ja, daar heb ik mam al over gebeld," verklaarde Marleen, "maar die vond het geen enkel probleem als twee van haar dochters voor een nachtje een kamer zouden delen." Ze kuchte. "Misplaatste zuinigheid, als je het mij vraagt."

"Ik vind het heel gezellig," zei ik schijnheilig. "Volgens mij hebben wij elkaar al minstens een jaar niet gezien. Misschien zelfs nog wel langer."

"Jij komt nooit opdagen voor familiefeestjes. En toen ik een paar maanden geleden voorstelde om een bioscoopje te pakken, had je geen tijd." Ze keek me scherp aan. "Valt me eigenlijk mee dat je er nu wel bij bent."

"Zo'n vijfendertigjarige bruiloft wil ik natuurlijk niet missen," jokte ik.

"Zal wel," bromde Marleen. Die kende me natuurlijk langer dan vandaag. "Ik denk eigenlijk dat je Indonesië niet wilde missen. Daar ben je zeker met backpacken niet geweest?"

Er lag een duidelijke vraag in haar stem, maar ik zei niks terug. Want hoewel Thelma en ik hier wel degelijk waren geweest, bleef er nog genoeg over wat ik nog niet gezien had.

Maar geen antwoord is natuurlijk ook een reactie en Marleen begon te gniffelen. "Dacht ik al. En op deze manier kun je ook nog eens lekker gratis op een luxe cruiseschip waar je aan alle kanten in de watten wordt gelegd."

Tja, het had weinig zin om er nog verder omheen te draaien, dus ik knikte langzaam. "Ik moet toegeven dat die boot wel een rolletje speelde, ja. Ik ben nog nooit op cruise geweest."

"Ik ook niet," verklaarde Marleen. "Het schijnt geweldig te zijn, maar dat merken we dan vanzelf wel." Zonder pauze liet ze erop volgen: "Heb jij al gegeten?"

"Ontbijt in het vliegtuig. Maar dat is alweer een tijdje geleden." Marleen draaide haar benen van het bed af en het viel me opeens op dat ze een heel stuk dikker was geworden.

"Nou, dan gaan we lekker ergens een hapje doen," zei ze. "Ik trakteer."

Eigenlijk wist ik niet wat ik hoorde. Marleen die ging trakteren? De wonderen waren de wereld nog niet uit.

Hoewel...

Alle kans dat er weer een pesterijtje achter zat. Marleen was voor geen centimeter te vertrouwen. Daar was ik in mijn jeugd door schade en schande wel achtergekomen.

In de aanval dus maar.

"Dat is heel lief van je," antwoordde ik. "Maar ik heb geen zin in salade. En als jij kreeft gaat zitten eten, loop ik ook weg."

Marleen tuitte haar mond en blies de lucht in een eindeloos lange haal naar buiten. "Nou, nou, je bent nog net zo achterdochtig als vroeger. Daar moet je nou maar eens mee ophouden, Fleur. Dat is erg irritant voor je medemensen."

"Ik had anders reden genoeg. Zo aardig waren jullie niet voor me."

Marleen schudde haar hoofd. "Hoe kom je daar nou weer bij? Jij werd altijd door iedereen tot in de afgrond verwend. Mama houdt van haar lieve nakomertje heel wat meer dan van Claudia en mij samen."

"Dat is helemaal wat, zeg," bitste ik verontwaardigd. "Mama houdt helemaal niet extra van mij. Ze zat me vroeger alleen maar af te knijpen. Ik mocht nooit wat."

"Kletspraat," vond Marleen. "Jij mocht veel meer dan wij op jouw leeftijd, Fleurtje Zeurtje."

Wel verdraaid. Hoe vaak had ik die stomme kreet vroeger niet moeten aanhoren?

"Begin je weer met je stomme Fleurtje Zeurtje!" barstte ik uit. "Dat slaat toch nergens op?"

"Misschien niet," grinnikte Marleen. "Maar het rijmt wel leuk."

"Ik heb schoon genoeg van dat gezanik," snauwde ik boos. "Je gaat maar alleen eten."

"Doe toch niet altijd zo aangebrand, zusje van me. Je bent nu toch geen kleuter meer? Kom op, laten we gezellig op stap gaan." Ze gleed van het bed af. "En je mag mijn jurk gewoon aanhouden, dus je hoeft niet in je blote gat de straat op. Als dat niet aardig is, weet ik het ook niet meer."

Ik had er totaal geen zin meer in om met Marleen te gaan eten, want al die ellende uit mijn jeugd zat me inmiddels alweer tot vér over mijn oren. Maar aan de andere kant zat ik de komende veertien dagen letterlijk met haar opgescheept. Het was waarschijnlijk verstandig om voorlopig de schijn van *Gezellig met zusjes onder elkaar* nog maar even op te houden.

Hoewel, ik had niet bepaald de illusie dat het ooit nog écht gezellig zou worden met mijn zussen, daarvoor was er in het verleden te veel gebeurd.

"Kom op nou," herhaalde Marleen.

Het klonk bijna smekend en dat trok me toch maar over de streep. Een gewaarschuwd mens telt voor twee en ik zou haar scherp in de gaten houden.

Ik haalde diep adem. "Oké, ik trek even mijn nieuwe sandaaltjes aan, dan ga ik met je mee."

"Super," reageerde Marleen enthousiast.

Er schoot meteen weer een argwanende flits door me heen.

Ook al deed ze nog zo aardig, Marleen was voor geen millimeter te vertrouwen. Dat had ik in mijn jeugd wel geleerd.

Hoofdstuk 4

Amper tien minuten later had ik al vreselijke spijt van mijn beslissing om mee te gaan. Marleen bleek absoluut geen zin te hebben om de stad in te gaan om daar een leuk eettentje te zoeken en zo was de volgende ruzie een feit.

Zelf weigerde ik pertinent om in het hotelrestaurant in de vislucht te gaan zitten en daarom kozen we als compromis voor de foodcorner in het winkelcentrum bij Terminal 3, waar allerlei kleine eetgelegenheden te vinden waren.

Al snel bleek dat ik van de bekende regen in de drup was geraakt. De foodcorner was compleet sfeerloos, het stonk er nog erger naar vis dan in het hotel en de meeste zaakjes zaten ook nog eens tjokvol.

Uiteindelijk ontdekten we via een raam een leeg tafeltje in een Aziatisch fastfood-restaurantje, waar wat simpele vega-gerechten op de kaart stonden.

Bij gebrek aan beter lieten we ons door de ober naar het kale tafeltje begeleiden en gingen op de bijpassende keiharde plastic stoeltjes zitten. Echt een succes, deze ballentent.

Marleen bestelde een zielige pekingeend – maar ja, daar kon ik moeilijk wat van zeggen – en ik koos voor een eenvoudige mieschotel met gegrilde groente en ananas, want iets beters stond er niet op het menu.

Terwijl we met een glas jasmijnthee op de culinaire verrassingen zaten te wachten, hoorde ik opeens een bekende stem achter me zeggen: "Hé meissie, nou komen we mekaar toch weer sneller tegen dan verwacht."

Ik keek op en herkende opa. Naast hem stond Koen, die vrolijk naar me lachte. Ik kon er niks aan doen, maar er ging onverwacht een blij steekje door mijn buik.

De ober schoof ondertussen stoelen aan, en zette Koen en opa zonder verder commentaar bij ons aan tafel. Wat misschien niet onlogisch was, want verder waren er geen plaatsen meer vrij.

"En wie is die struise dame naast je?" informeerde opa vol interesse.

Marleens gezicht sloeg direct op onweer vanwege het woordje *struis*, een ouderwetse kreet om netjes te zeggen dat er wel een paar pondjes af mochten.

Ik onderdrukte een grijnsje, maar ik besefte dat opa er geen vriendin bij zou krijgen.

"Dat is Marleen, mijn oudere zus," wreef ik het er bij Marleen nog even extra in en daarna legde ik aan haar uit wie de nieuwe tafelgenoten waren.

"Zeg maar opa, hoor," stelde opa hartelijk voor.

Marleen keek hem aan alsof ze hem het liefste per omgaande in de lelijke stenen vloer zag verdwijnen. "Ik ben niet gewend om alle oude mannen maar direct met *opa* aan te spreken, meneer Van Hout. Die eervolle titel bewaar ik voor mijn echte grootvaders."

Opa begon te grinniken. "Maar die echte opa's van je zijn allang niet meer onder ons," reageerde hij.

Marleen snoof hooghartig, negeerde opa en stak haar hand uit naar Koen. "Wat leuk om met je kennis te maken, Koen," kweelde ze.

Koen glimlachte beleefd terug en mompelde dat hij het ook een leuke ontmoeting vond.

Ik weet ook niet waarom, maar ik ergerde me daar dus ontzettend aan.

Nou ja, ik weet natuurlijk best waarom. Marleen was er in het verleden namelijk diverse keren met mijn vriendjes vandoor gegaan en ik zag het zwerk lelijk dreigen. Straks pikte ze Koen ook nog van me af.

Hoewel, ik moet misschien eerlijk toegeven dat ik vroeger bepaalde jongens vaak op afstand bewonderde en dan heftig teleurgesteld was als ze mij niet zagen staan en vrolijk met Marleen of met mijn oudste zus Claudia gingen stappen.

Ik was natuurlijk het kleine propje van de familie – dat niet meetelde – en Marleen en Claudia waren de ervaren vrouwen van de wereld. Wel een beetje logisch met zoveel leeftijdsverschil.

Marleen legde intussen haar hand op die van Koen en ik beet op mijn lip van kwaadheid. Ging ze Koen nou echt onder mijn neus zitten versieren? Wat moest ik nou doen? Keihard roepen dat Koen van mij was en me op die manier voor eeuwig belachelijk maken? Ik kon immers moeilijk beweren dat er tussen Koen en mij intussen wat moois opgebloeid was. Ik mocht hem dan erg leuk vinden, verder wist ik weinig van hem.

Tot mijn stomme verbazing kreeg ik vrijwel meteen hulp uit een onverwachte hoek. "U hoeft niet zo met mijn kleinzoon om te slijmen, juffrouw Zomerdijk," verklaarde opa met een vals grijsje richting Marleen. "Dat is vergeefse moeite. Hij houdt namelijk niet van.... Hoe zal ik het zeggen?" Hij was even stil en dacht na. "Rijpere vrouwen die wat meer gewicht in de schaal leggen."

Ik schoot van puur plezier rechtop. Zo! Die zat! Leve opa! Marleen verslikte zich in haar jasmijnthee en al hoestend trok ze haar hand terug alsof ze zich aan Koen gebrand had.

Daarna schoof ze met een resolute beweging haar stoel achteruit. Ik begreep dat ze het etentje verder voor gezien wilde houden en daar was ik natuurlijk niet rouwig om. Maar net op dat moment schoof de ober haar bord met gebraden pekingeend onder haar neus en daar was blijkbaar geen enkele belediging tegen bestand. Ze ging weer stevig zitten en pakte met een hooghartig gezicht de bijgeleverde eetstokjes.

Een tel later werd ook mijn maaltijd geserveerd.

"Eet smakelijk samen," wenste opa op een joviaal toontje en daarna verbeeldde ik me dat ik hem plagerig *Ach, ach, dat arme lieve eendje* hoorde zeggen.

Of Marleen de boodschap ook had meegekregen, weet ik niet. Ze deed in elk geval of ze Oost-Indisch doof was en begon met haar stokjes in het overleden beest te prikken alsof ze aan een wedstrijd meedeed. Misschien stelde ze zich wel voor dat het opa's lijf was, waar ze zo in omhakte.

"Dat ziet er wel smakelijk uit," verklaarde Koen intussen, met een onderzoekende blik op mijn bord. "Wat is dat?"

"Konijnenvoer met slierten zeewier," sneerde Marleen.

"Mie met groente en ananas," verklaarde ik en nam een hap. "Smaakt goed. Wil je proeven?"

"Kleffie, kleffie..." mompelde Marleen smalend.

"Jaloersie, jaloersie," grijnsde opa.

Ja, dat kwam tussen Marleen en opa nooit meer goed, dat was

wel duidelijk.

Opa en Koen bestelden eensgezind hetzelfde als ik en vervolgens ging opa net zitten doen alsof hij ook vegetariër was. Hij kwam met een gedetailleerde verhandeling over gruwelijke slachtmethoden, door overmatig antibiotica-gebruik veroorzaakte resistente bacteriën die de totale vleesetende wereldbevolking zouden uitroeien, en stinkende ontlasting die in de darmen van Marleens *gebraden kadaver* achtergebleven was.

Ik zag aan Marleen dat ze met ieder woord minder trek in haar eten kreeg en opeens had ze er genoeg van. Ze schoof haar stoel met een klap naar achteren, schoot overeind en stapte zonder groeten het restaurantje uit.

"Opgeruimd staat netjes," verklaarde opa voldaan en daarna bestelde hij luidkeels een biefstuk bij zijn vega mie-gerecht. "Medium gebakken graag, ober!"

"Was dat nou echt nodig, opa?" vroeg Koen hoofdschuddend.

Opa knikte heftig. "Absoluut. Die treitertante zat mijn Fleurtje te zieken. En dat pik ik niet."

Hij legde zijn hand even op mijn arm. "Ik hoop dat je het me niet kwalijk neemt, Fleur. Maar die zus van je deugt niet. Ik wil wedden dat ze vroeger flink geprobeerd heeft om je te pesten."

Ik wist niet goed wat ik daar op terug moest zeggen, dus zei ik maar niks en nam haastig een hap gegrilde ananas. Het smaakte heerlijk, maar ik kon er eigenlijk niet echt van genieten.

Marleen was woedend. Alle kans dat ze dat straks op mij zou gaan uitleven.

Opa begreep precies waar de schoen wrong, want ik kreeg een bemoedigend kneepje in mijn hand. "Trek je maar niks van haar aan. Als ze vervelend gaat doen, zeg je maar gewoon dat je haar vele zonden aan mij gaat verklappen. Ik pak haar wel aan."

Ik wist maar al te goed dat zo'n dreigement op Marleen geen enkele indruk zou maken en ik zuchtte diep. "Ik slaap vannacht bij haar op een kamer. Ik verheug me nu al op de kletsnatte handdoek in mijn bed. Tenminste, als ze voor die tijd mijn matras nog niet uit het raam gekieperd heeft."

"Dan kom je maar bij ons," bood opa aan. "Of wij ruilen van bed, dan slaap jij vannacht bij Koen." Hij leunde voldaan achterover bij de gedachte. "Wat jij, Koen?"

Er ging eerst even een verlangend steekje door mijn buik, maar daarna verscheen de naam *Lydia* op mijn netvlies – de vrouw over wie opa in het vliegtuig had gezegd dat ze niet blij zou worden als ze wist dat ik naar Koens hut zou gaan – en ik zuchtte diep. Hoe kwam ik er ooit achter wie die Lydia was? Dat kon ik moeilijk vragen waar Koen bij zat.

Koen zuchtte intussen al net zo diep als ik, maar ongetwijfeld had hij daar een hele andere reden voor. "Je snapt zelf ook wel dat dat niet gaat, oop. Als die Marleen je binnen ziet komen, schreeuwt ze moord en brand. En dan kun je Indonesië wel op je buik schrijven, want dan zit jij de komende weken hier in een kale cel te kniezen."

Daar moest opa toch even over nadenken. "Dan ga ik straks die aangebrande dikbil mijn excuses wel aanbieden."

"Niet dat je daar wat van meent," bromde Koen.

"Ammenooitniet! Ik wil haar alleen vertellen dat ze Fleur met rust moet laten. Die excuses zijn een smoes om binnen te komen, was dat niet duidelijk dan?"

"Maar jullie logeren toch in het Raffles?" vroeg ik. "Dat is nogal een eindje uit de buurt."

Opa maakte een vreemde beweging met zijn neus. "Nee, het Raffles was overboekt. Ze hebben ons in jouw hotel gezet."

"In mijn... In het Crowne Plaza, bedoelt u?"

"Ja, klopt. We zijn als slachtvee uit het Raffles afgevoerd." Hij snoof. "Dus het is geen enkel punt om die zus van je even mee te delen dat ze het niet in haar hoofd moet halen om..."

Zijn palaver werd afgebroken door de ober die het eten kwam brengen. Daarna wees de man op Marleens halfvolle bord. *"Finished?"*

"Welnee," zei opa losjes. "Die is naar het toilet." En terwijl de ober weer vertrok, verklaarde hij: "Je weet immers maar nooit of ze nog terugkomt."

Onwillekeurig draaide ik mijn hoofd naar het raam. Wie weet stond Marleen wel te wachten tot ik haar achterna zou komen. En dan was haar humeur intussen tot ver onder het vriespunt gedaald.

Maar het was niet Marleen die door de ruit naar binnen stond te loeren. Ik keek recht in het onderzoekende gezicht van Jannes van Mechelen, de man die mij de weg naar mijn hotelkamer had gewezen en die zo precies had geweten dat ik Fleur Zomerdijk heette...

Ik keek snel weer naar mijn bord. Wat moest die vent nou hier? Hè bah, hij zou me toch niet gevolgd zijn?

Ach, natuurlijk niet! Ik zat hier immers al weer een aardig tijdje. Die man keek natuurlijk gewoon of er nog een tafeltje vrij was. Net zoals Marleen en ik daarstraks hadden gedaan.

Puur toeval dus. En daar was niks raars aan, want deze foodcorner was immers vanuit het hotel de dichtstbijzijnde eetgelegenheid.

Vanuit mijn ooghoeken keek ik schichtig weer naar het raam, maar meneer Van Mechelen was verdwenen.

Zie je wel, niks aan de hand. Ik moest voortaan gewoon wat minder spannende tv-series kijken.

***

Marleen was nergens te bekennen toen ik een hele tijd later onze gezamenlijke kamer binnen liep. En haar bagage zag ik ook niet meer staan.

Er lag alleen een verkreukeld briefje op mijn kussen dat ik heel voorzichtig openmaakte, want je wist immers maar nooit of Marleen erin gespuugd had. Of erger...

Je bent nog net zo'n achterbakse pestkop als vroeger, Fleurtje Zeurtje. Altijd maar mijn mannen afpakken met die schijnheilige kop van je. Ik hoef je nooit meer te zien. De ballen!

Dat was niet echt een briefje van het soort dat je van een volwassen professor in de Keltische talen zou verwachten. Ik vond het meer op het gedrein van een verwende kleuter lijken.

Ik las het briefje hoofdschuddend een paar keer door, maar daar werd de inhoud niet anders van.

Het sloeg echt nergens op, want wat ze mij verweet – pesterij en mannen inpikken – dat waren nou net de dingen die zijzelf altijd deed.

Marleen had hem goed zitten, dat was wel duidelijk. En dat alleen maar omdat opa haar dik had genoemd...

Nou ja, dat was haar probleem, als zij kinderachtig wilde doen, ging ze haar gang maar. Dat cruiseschip was groot genoeg, ik kon haar makkelijk een beetje uit de weg blijven.

Als ma tenminste niet van ons verlangde dat we elke dag samen moesten eten... Oh help, daar had ik nog helemaal niet aan gedacht. Warm eten en brunchen zou nog wel lukken, maar ik hield van uitslapen, terwijl mijn ouders van het *vroege vogeltype* waren. Met een beetje pech werd ik straks geacht om iedere ochtend om halfacht aan het ontbijt te verschijnen.

Ik rechtte mijn rug en schudde mijn hoofd. Nee, daar begon ik beslist niet aan, en dat zou ik aan ma – als ze erover begon – direct heel erg duidelijk maken.

In mezelf mompelend – ik oefende vast wat ik tegen ma moest gaan zeggen – gooide ik Marleens epistel in de prullenbak en inspecteerde de kamer met een kritische blik. Alles zag er op het oog normaal uit. Mijn wasje hing nog ongeschonden in de douche, de wc werkte zoals het hoorde en in het bed liepen geen schorpioenen en vogelspinnen rond.

Dus poetste ik mijn tanden met mijn gloednieuwe tandenborstel die ik uit het pakje haalde en trok bij gebrek aan mijn nachthemd een T-shirt aan.

Omdat ik uit het briefje concludeerde dat Marleen naar een andere kamer was verhuisd, schoof ik na enig nadenken een zware leunstoel voor de deur om rare types buiten te houden en stapte in bed.

***

Na een eenzaam ontbijt in de eetzaal van het hotel zocht ik de volgende ochtend mijn spullen bij elkaar en stapte vol verwachting in de shuttlebus die mij naar de Cupido zou brengen.

Ik had natuurlijk stiekem gehoopt dat opa en Koen ook in de bus zouden zitten, maar dat was jammergenoeg niet zo.

Ook Marleen was in geen velden of wegen te zien, maar dat vond ik uiteraard wel prima.

Er was ook een gids ingestapt die – nadat we weggereden waren – een hele verhandeling over Singapore hield.

Singapore is een stadsstaat, wat inhoudt dat het hele land alleen uit de stad Singapore bestaat. Het is een schone stad, vol groen, die daarom ook wel de 'Garden city' wordt genoemd.

Er wonen ruim vijf miljoen mensen op een hele kleine oppervlakte en daarom zijn er eigenlijk alleen maar flatgebouwen, die vaak een hele vreemde futuristische vorm hebben. Driekwart van de inwoners is van Chinese afkomst en dat was ongetwijfeld de reden dat mijn ontbijt die ochtend alweer uit miemet-groenten had bestaan.

Hoewel veel inwoners de monorail gebruiken om zich in de stad te verplaatsen, waren er nog genoeg mensen over die liever in de auto stapten. Het was dan ook enorm druk in het verkeer en we waren een dik uur onderweg voor we eindelijk in de enorme haven kwamen. Vanuit de verte zag ik in een flits een gigantisch schip liggen, dat inderdaad het formaat van een flatgebouw had. En toen had ik heel even het idee dat ik in Zwitserland of Oostenrijk was, want recht boven het schip zag ik een kabelbaantje gaan, met van die kleine gondeltjes eraan.

De bus stopte eindelijk op een enorm plein naast een overdekt winkelcentrum en de gids wees opgewekt naar de ingang.

"De cruiseterminal is daarbinnen. Een eindje doorlopen en dan met de roltrap omhoog."

Hij hield ook nog een hele verhaal over wat we met onze koffers moesten doen, maar daar luisterde ik niet naar, want ik had immers geen koffer.

Ik stapte uit de bus en de hitte van de stad viel opnieuw over me heen. Ik snuffelde. Dat geklets van die gids over die *schone* stad sloeg ook nergens op. Er mochten dan geen papiertjes en andere troep op de grond liggen, de walm van uitlaatgassen en havenstank was vreselijk.

Terwijl mijn medepassagiers in een rij gingen staan om hun koffer af te geven, liep ik het drukke winkelcentrum in en kwam al snel bij de roltrap. Er hing een uitnodigend bordje boven waarop in keurige zwarte letters de kreet *Cruise Terminal* stond.

Toch aarzelde ik even, want ja... er waren hier overal winkels en in deze hitte kon ik er nog best een zomerjurkje en een extra paar sandaaltjes bij gebruiken.

Vervolgens kreeg ik een angstaanjagend visioen van een creditcard-afrekening vol rode cijfers...

Met een haast bovenmenselijke inspanning kreeg ik het gedaan om de uitnodigende winkeltjes mijn rug toe te keren en ik stapte op de roltrap.

Halverwege het tochtje kon ik het niet laten om nog even om te kijken en dat was maar goed ook. Want daar, in een kleurig stalletje rechts zag ik een supertrendy buiktasje hangen. Daar was ik nou al eeuwen naar op zoek!

Zodra ik boven was, haastte ik me in hetzelfde tempo weer naar beneden en koerste naar het winkeltje met de buiktasjes.

Die zagen er van dichtbij net zo leuk uit als van veraf. Bovendien hingen er binnen nog veel meer en daar was het veel groter dan je van de buitenkant zou verwachten. Dus was ik nog een tijdje bezig om een geschikte kleur uit te zoeken die bij mijn nieuwe zomerjurkjes zou passen, maar dat lukte niet zomaar. Want die leuke roze zou het goed gaan doen bij dat groene jurkje, maar was weer veel minder geschikt voor de rode outfit. En de zachte gele kleur van een werkelijk geweldig mooi buideltje was behoorlijk besmettelijk. Over een weekje of zo zouden we op het eiland Komodo op junglesafari gaan om de beroemde varanen van dichtbij te gaan bewonderen, als we dan zo'n tropische regenbui over ons heen zouden krijgen, kon ik het ding wel weggooien. Bovendien was er in Jakarta behoorlijk wat luchtvervuiling, daar werd de boel ook niet schoner van.

Daarnaast was zo'n tasje straks in Nederland ook reuzehandig voor mijn make-up spullen en andere noodzakelijke dingen die een vrouw nodig heeft als ze een avondje gaat stappen en in dat geval koos ik dan toch liever voor zwart met glinsterende witte stippeltjes.

Het zou alleen maar verstandig zijn als ik op zeker speelde, dat was wel duidelijk.

Dus stiefelde ik na een tijdje helemaal blij met zeven schitterende buiktasjes in diverse prachtige kleuren naar de kassa en daar vertelde de verkoopster me heel behulpzaam dat ze ook bijpassende sjaaltjes en schoenen hadden.

Tja, dat zijn van die kansen die je niet moet laten lopen. Toch?

Ik liep haastig met haar mee een kronkelende bruinhouten trap op en kwam boven in een shopping-walhalla terecht. Trendy schoentjes, bijzondere jurkjes, mantelpakjes, sjaaltjes, vestjes, modieuze jasjes... En allemaal van het soort dat je in Nederland nergens kunt kopen, dus ik leefde me helemaal uit.

Uiteindelijk vond ik bij ieder buiktasje een bijpassend jurkje, een sjaaltje en schoentjes. Ik zocht er toch ook maar wat geschikte mantelpakjes bij, want je kunt bij belangrijke sollicitaties nou eenmaal niet steeds in dezelfde outfit komen opdraven. In eerste instantie keek ik alleen maar vluchtig naar de vestjes en de jasjes, maar de verkoopster vertelde me gelukkig dat het op een varend schip ook in de tropen 's avonds aan dek best wat frisjes kan worden. Daar had ik helemaal niet aan gedacht. Zelfs als ik in Jakarta mijn koffer terug zou krijgen, schoot dat op het gebied van vestjes en jasjes niet op. Die had ik niet ingepakt.

De verkoopster hielp me heel zorgzaam met het zoeken naar de goede kleuren en een dik uur later stapte ik met tassen vol aankopen helemaal euforisch de grote hal van de cruiseterminal in. Die vijfhonderdvierennegentig euro waren welbesteed, echt een koopje voor zoveel leuke spullen!

Heel vaag kreeg ik even een onrustig gevoel toen ik aan het komende creditcard-overzicht dacht, maar ach, dat was toch pas volgende maand, dus dat zag ik dan wel weer.

In de cruiseterminal viel het echte leven weer over me heen. Ik moest eerst een gezondheidsverklaring invullen, die maar uit twee vragen bestond: of ik niet aan de sjees was en of ik in de afgelopen 24 uur nog overgegeven had.

Er stond een enorme kronkelende rij voor de incheckbalies, van het soort dat je in een pretpark voor de Achtbaan ziet staan. Ik sloot aan op een plek waar in zo'n pretpark dan heel bemoedigend zo'n bordje hangt met de kreet 'Vanaf dit punt is uw wachttijd ongeveer drie uur' en ik baalde gigantisch. Er zijn echt wel leukere dingen in het leven dan een beetje dom in de rij staan.

Maar gelukkig bleken er heel veel balies te zijn en amper tien minuten later was ik al aan de beurt.

Ze bewonderden mijn paspoort, en lazen mijn gezondheidsverklaring en de papieren van het reisbureau aandachtig door. Ik werd blijkbaar goed bevonden, want daarna moest ik even vriendelijk in een lens kijken om een foto te laten maken.

Ten slotte kreeg ik mijn boordpasje. "Ga er zuinig mee om," zei de medewerkster met een serieus gezicht. "Het pasje gebruikt u om uw hut binnen te komen, het is uw legitimatie om van boord te gaan en later weer in te schepen, en het is ook uw boordcreditcard om betalingen mee te doen."

Daarna wees ze er nog even op dat ook het nummer van mijn reddingsboot op het pasje stond. Voor mij was bootje zes gereserveerd. "Dat vindt u op het promenadedek aan de stuurboordzijde. Vanmiddag is er een veiligheidsoefening gepland," praatte de medewerkster door. "En daar moet u verplicht naar toe." Ze moet aan mijn gezicht gezien hebben, dat ik een gigahekel aan dat soort onzin heb, want ze voegde er nog fijntjes aan toe: "U wordt zonder pardon van boord gezet, als u de oefening overslaat."

Oei, zo'n opmerking werkt natuurlijk best motiverend. Toch maar gaan straks...

Na het inchecken moest ik nog door zo'n duf veiligheidspoortje en daarna liep ik door een lange kale gang tot ik uiteindelijk bij het schip belandde.

Ik stapte aan boord en van het ene moment op het andere veranderde de kale zooi in een wereld van luxe. Dikke vloerbedekking, prachtig beklede wanden, en ladingen in keurige uniformen gestoken personeel die zich uitsloofden om iedereen persoonlijk welkom te heten.

Ze wezen me op de bordjes met hutnummers die overal op de wanden waren aangebracht en legden nog even kort het verschil tussen stuurboord (de rechterkant van het schip) en bakboord (links) uit. Altijd handig natuurlijk die kennis, vooral omdat ik het vrijwel meteen weer vergeten was. Daarna kreeg ik nog te horen dat er in het restaurant op het Restodek allerlei lekkere hapjes en drankjes te verkrijgen waren. "U kunt er uiteraard ook al lunchen als u trek heeft."

Na die opwekkende woorden stapte ik in de lift en die voerde mij naar dek 9 waar mijn hut ergens moest zijn. Ik ben vroeger nooit bij de padvinderij geweest en oma had me destijds al flink gewaarschuwd dat ik daar ooit spijt van zou krijgen.

En vandaag kreeg ze eindelijk gelijk. Lieve help, die boot leek wel een doolhof en daar raakte ik helemaal van in de war. Al die smalle gangen zagen er namelijk precies hetzelfde uit en hoe ik ook zocht, ik kon hut 9116 nergens vinden.

Uiteindelijk verscheen er een steward in beeld en toen bleek dat ik al die tijd al op dek 8 liep rond te dwalen. Geen wonder dat ik mijn hut niet kon vinden.

De steward was zo aardig om mee te lopen en hij nam zelfs mijn trolley en de plastic shoppingtasjes even van me over.

Met zijn hulp kwam ik al snel bij hut 9116 en voordat hij weer wegdraafde, maakte hij ook nog heel hoffelijk de deur voor me open.

Ik stapte naar binnen en kreeg de schrik van mijn leven.

Daar, op de linkerhelft van het tweepersoonsbed, zat Marleen!

"Wat doe jij nou in mijn hut?" zei ik ook nog, maar toen viel het eurootje. "Nee!" schreeuwde ik ontzet. "We moeten deze hut toch niet delen?"

"Ja, wat denk je nou eigenlijk?" snauwde Marleen. "Je ziet toch wel dat ik hier keihard zit te juichen?"

Nee, zo zag ze er beslist niet uit. En ik voelde dat mijn eigen gezicht intussen ook op standje 'zwaar noodweer' was geslagen.

"En nou?" vroeg ik. "Is er nog iets aan te doen?"

Marleen keek me met een behoorlijk wanhopige blik aan. "Ik ben overal al geweest, van de steward via de receptie tot mevrouw de hoogste hotelmanager aan toe, maar nee. De boot zit vol. Het enige wat we kunnen doen, is ontzettend hard duimen dat er zo meteen iemand van de trap klapt."

Ik snoof. "Dat moet dan wel iemand zijn die een eenpersoonshut heeft, anders schieten we er nog niks mee op."

"Daar heb je helemaal gelijk in," reageerde Marleen en ze beet op haar lip. "Als jij nou eens op dek 14 gaat staan vragen wie er een eenpersoonshut heeft."

"En waarom moet ik al het werk weer doen?"

"Omdat ik dan weet wie ik overboord moet kieperen," verklaarde Marleen. "Jij bent toch van nat hout gemaakt."

"Als je daarmee bedoelt dat ik geen moordgenen in me heb, zal ik dat maar als compliment beschouwen," kaatste ik terug.

Marleen sloeg haar handen voor haar gezicht en wreef vervolgens met vermoeide gebaren over haar ogen. "Een morbide grapje moet kunnen op zijn tijd," zei ze uiteindelijk diep zuchtend. "Dit is Singapore, ik heb echt geen zin in polonaise."

"Ik ook niet," bekende ik. "Voor je het weet, zit je hier in een cel te huilen tot de beul je komt ophalen."

"Het is allemaal de schuld van oma," verklaarde Marleen somber. "Oma moest zo nodig op het laatste nippertje toch nog mee en die heeft jouw hut gekregen."

"Mijn hut? Maar..."

"Ja, snap dat dan, sukkel. Dit is natuurlijk mijn hut. Jij slaapt in het bed dat voor Maarten was bedoeld."

Ik zette al mijn spullen in een hoek neer en ging op het randje van het voor Maarten bedoelde bed zitten. "Nou, daar zijn we dan mooi klaar mee," zuchtte ik. "Maar... Luister 's, Marleen. Ik stel voor dat we een wapenstilstand ondertekenen. Anders wordt dit reisje voor ons alle twee een hel."

"Het was jouw schuld, gisteravond," bitste Marleen verwijtend. "Ik deed nog wel zo mijn best om aardig te doen, maar jij moest weer zo nodig..."

Ik schudde heftig met mijn hoofd en liet haar niet uitpraten. "Nee, Marleen. Het kwam door opa. En ik heb die man heus niet aan een touwtje, dat moet je ook snappen."

"Die zogenaamde opa van je is een oervervelende demente be-jaarde, die ook nog eens ontzettend onbeschoft is," klaagde Marleen. "Gelukkig zijn we nu van de ellendeling af, dat scheelt weer een slok op een borrel."

Ik schudde opnieuw mijn hoofd. "Hij eh..."

"Je wilt toch niet zeggen, dat die waardeloze vent ook met deze boot meevaart?"

"Ja, vijftien lange dagen." Ik zei er maar niet bij, dat ik daar geen enkel bezwaar tegen had. Marleen was al sacherijnig ge-noeg.

"Het kan niet op," mopperde Marleen ondertussen.

"Dit is een groot schip," zei ik sussend. "Alle kans dat je hem nooit meer ziet."

"Maak je maar geen illusies, die weet jou heus wel te vinden." Ze was even stil en keek me scherp aan. "Ik heb jou heus wel naar die Koen zien kijken, dus doe nou maar niet of die vent je niks kan schelen."

Ik haalde mijn schouders op en stapte snel van het onderwerp *Koen* af. "Ach, die opa is een beetje een blaffende hond. Hij houdt gewoon van een lolletje, daar moet je je niks van aantrek-ken."

"Wat je maar een lolletje noemt," mopperde Marleen. "Een beetje pret maken over de rug van een ander vind ik absoluut niet grappig."

"Opa zei gister zelf ook dat hij wel wat ver was gegaan," ant-woordde ik schijnheilig. "Hij wilde zelfs zijn excuses nog ko-men aanbieden, maar jij was er niet."

"Fleur!" bitste Marleen op hetzelfde autoritaire toontje, waarmee mijn moeder ook altijd mijn naam uitspreekt, als ik volgens haar weer iets fout heb gedaan. "Fleur, ik snap écht niet dat je die vervelende zak dropveters steeds maar *opa* noemt. Het is je opa helemaal niet."

"Ach, hij is eigenlijk hartstikke aardig," zei ik sussend. "Je moet hem gewoon even wat beter leren kennen."

"Daar heb ik totaal geen behoefte aan! Wat mij betreft, zakt hij door de bodem van het schip! En het liefst zo gauw mogelijk."

"Je bent wel op het oorlogspad, Marleen," zuchtte ik. "Wat denk je van dat vredesverdrag waar ik het net over had? We kunnen hier toch niet de hele vakantie zitten bekvechten? Dan ga ik liever gelijk weer naar huis."

"Wat een goed plan, zeg. Hoe eerder je ophoepelt, hoe liever het mij is."

"Nou, dan moet ik je helaas mededelen, dat ik net definitief heb besloten om te blijven. Ik laat me door jou niet wegjagen." Ik stond op. "In welke hut zitten pa en ma? Dan kan ik..."

"Ach, dat schiet me nu pas weer te binnen," bromde Marleen. "Pa en ma zitten in het Resto te brunchen. Tenminste... daar zaten ze een uur geleden. Ik moest gaan kijken of jij er al was en..." Ze staarde broedend voor zich uit. "Nou ja, toen hoorde ik dat wij een hut moesten delen en ben ik gelijk naar alle mogelijke instanties gegaan om daar nog wat aan te doen, maar ja... Dat had ik al gezegd."

Ze stond op. "Pa en ma zullen niet weten waar ik blijf. Ik ga me maar even melden."

"Oké, ik eh... Ik weet de weg niet, dus dan ga ik eerst even plassen en dan loop ik met je mee."

Marleen gaf pas antwoord toen ik al uitgebreid op het toilet zat. "Ik ben weg," riep ze op een pesterig toontje door de deur. "Tot straks."

"Wacht nou even!" brulde ik terug. "Ik zeg je toch dat ik..."

Maar midden in mijn zin hoorde ik de deur achter Marleen dichtklappen. Die lieve zus van mij had geen zin in vrede, dat was wel duidelijk.

Haar gedrag beloofde weinig goeds voor de komende dagen en daar kwam nog bij dat mijn zus Claudia ook onderweg was naar de Cupido. Dus zat ik binnenkort met twee van die vervelende portretten opgezadeld, want Claudia en Marleen waren twee handen op één buik.

Hoofdstuk 5

Een paar minuten later deed ik mijn belangrijke spullen in een bij mijn jurkje passend buiktasje en stapte de hut uit. In de gang keek ik wat zoekend om me heen, maar zo op het eerste gezicht zag ik nergens een bordje dat de weg naar het Restodek wees.

Gelukkig was het lot me gunstig gezind, want er verscheen vrijwel meteen een steward in de gang, die met een opgewekt gezicht zijn hand naar me uitstak. Het leek bijna alsof hij op me had staan wachten.

"Neem me niet kwalijk dat ik u stoor, mevrouw. Mijn naam is Carlos." Hij was even stil en wees op het naamplaatje dat links op zijn smalle borst zat geprikt. "Ik ben uw hutsteward op deze reis. Ik hoop dat alles in orde is in uw hut?"

Ik drukte zijn hand en stelde me op mijn beurt voor. "Het is prima, dank u wel."

"U heeft ook handdoeken genoeg?"

Ik had totaal nog niet op de handdoeken gelet, maar ik had uiteraard daarnet mijn handen wel ergens aan afgedroogd, dus knikte ik vriendelijk.

"Als u iets extra's nodig hebt, handdoeken, fruit of wat dan ook, dan kunt u mij altijd bellen. Ik sta dag en nacht tot uw beschikking."

Dat klonk een beetje alsof ze voor het personeel aan boord niets hadden vastgelegd op het gebied van rusttijden.

Ik zag mezelf die stakker al midden in de nacht uit zijn bed bellen omdat ik trek in een peertje had.

Ik glimlachte opnieuw. "Dat is heel fijn. Eh..."

Steward Carlos keek me bijna gretig aan. "Ja, mevrouw. Wat kan ik voor u doen?"

"Ik wil naar het Restodek, maar hoe kom ik daar?"

"Dat is heel simpel, mevrouw. Als u een momentje heeft..."

Hij draafde weg en ik zag hem een heel eind verderop een deur inschieten.

Nou, die man maakte er serieus werk van. Was het nou zijn bedoeling dat ik hem achterna ging?

Waarschijnlijk wel.

Ik liep rustig over de gang in de richting van waar de trouwe Carlos verdwenen was, maar al die deuren zagen er hetzelfde uit.

Ik was al een heel eind gevorderd, toen de brave man plotseling weer voor me opdook.

"Ah, hier bent u. Ik heb het dekplan voor u."

Hij had een foldertje in zijn handen en dat sloeg hij open. "Kijk, hier is hut 9116, op het Panamadek, uw hut dus." Hij zette een kringetje om het hutnummer. "Panama is de naam van het dek waar wij nu zijn en dan is hier het dichtstbijzijnde trappenhuis." Hij zette nu een kruisje op het blaadje en wees achter me. "U bent net al door het trappenhuis gekomen. Daar kunt u met de trap of met de lift naar het Restodek en dat is dus op dek 12."

Hij draaide het blad om en wees. "Kijk, het restaurant beslaat het grootste deel van dek 12. De tafeltjes staan langs de buitenrand en de buffetten zitten als het ware met de rug tegen de keukens aan, die zijn namelijk in het midden van de ruimte."

Hij keek me vragend aan en ik knikte opgewekt, want de plattegrond was me helemaal duidelijk.

"Op het voordek vindt u dan het zwembad, daar staan ook tafeltjes langs de rand, waar u kunt eten. Ik bedoel dat u dan uw bord mee kunt nemen en daar gaan zitten."

Ik pakte de plattegrond van hem aan. "Dat gaat helemaal lukken, dank u wel."

Ondanks mijn verzekering dat ik het wel alleen af kon, liep Carlos hulpvaardig mee naar de lift, wachtte tot die openging en drukte zelfs nog even de knop in voordat hij weer naar buiten schoot.

Terwijl de liftdeuren dichtschoven, bedankte ik hem nog maar een keer voor zijn hulp en het ding ging omhoog. Daarna had ik alle gelegenheid om mezelf van alle kanten te bewonderen, want de wanden van de lift waren bedekt met hoge spiegels. Mijn jurkje zat geweldig, dat was fijn om te zien.

"*Deck 12, Restodeck*," hoorde ik even later blikkerig in het Engels zeggen en de deuren gleden weer uitnodigend open.

Ik stapte de lift uit en zag aan elke kant van het trappenhuis een doorgang, waarachter tafeltjes stonden.

Ik wandelde naar links en stapte het gigantische buffetrestaurant binnen. Het was er best druk.

Aan de vele tafeltjes zaten mensen te eten en bij de buffetten liepen rijen gasten met dienbladen rond. Terwijl ik met één oog de tafeltjes afzocht naar mijn familie zag mijn andere oog een bordje met het woord *vegaburger* hangen en mijn maag begon verlangend te knorren.

Ik stapte op het buffet af en daar lagen – in het soort bakjes die ze bij McDonalds gebruiken – drie rijtjes met keurig verpakte burgers onder een warme lamp. Bij het linker rijtje prijkte de kreet 'vegaburger' en daaronder stond vermeld dat het bij de ingrediënten om aardappel, uien en diverse soorten groente ging.

Dat durfde ik wel te wagen en nadat ik de inhoud van een zakje pikante currysaus op het schijfje had gespoten, nam ik voorzichtig een hap.

Helemaal prima!

Al etend liep ik verder langs de buffetten, terwijl ik ondertussen uiteraard ook oplette of ik mijn familie zag.

Naast de hamburgerafdeling lag een Italiaans buffet met allerlei soorten pasta, daarna kwam ik langs het aardappel- en warme groentegedeelte en de salades. Ik liep snel langs het vlees- en visbuffet, en ontdekte de broodafdeling, waarnaast de afdeling taartjes, toetjes en het fruit te vinden was.

Na de koffie- en theehoek kwam ik in het volgende trappenhuis terecht en daar stond ik even verbaasd om me heen te kijken, maar ik zag op het dekplan al gauw dat ik deze hal gewoon moest oversteken, omdat het restaurant aan de overkant gewoon verderging.

Terwijl ik verder liep, merkte ik al snel dat hier weer dezelfde etenswaren lagen als in het restaurantgedeelte vóór het trappenhuis.

Wat een overdaad. Als je wilde, kon je hier de hele dag wel eten! Ik had nog steeds flink trek, dus scoorde ik een tweede vegaburger en stapte welgemoed verder.

Uiteindelijk kwam ik bij het achterdek waar langs de wand over de hele breedte van het schip een bar was gemaakt. Daar waren – tegen betaling – allerlei speciale soorten koffie verkrijgbaar.

Naast de bar hadden ze voor het gemak van de gasten een uitgebreid taartjesbuffet neergezet en daar ontdekte ik rijen schoteltjes met brownies van pure chocola, die er erg smakelijk uitzagen...

Ik bestelde bij de ober een gloeiend hete latte – want mijn moeder had gezegd dat de dure koffietjes in een door haar betaald drankenpakket waren inbegrepen – pakte de grootste brownie die ik zag staan, zocht er een vorkje bij en besloot om er maar even voor te gaan zitten.

Oké, ik snapte best dat ik alle kledingstukken van mijn net aangeschafte nieuwe outfit met maatje 38 wel weg kon gooien als ik dit voedingspatroon van vegaburgers, koffie met volle melk en chocoladetaart nog een paar dagen vol zou houden, maar aan de andere kant was dit mijn eerste echte vakantiedag, dus een keertje over de schreef gaan moest gewoon kunnen.

Bovendien zag ik op mijn dekplan dat er ook een fitnesscentrum aan boord was en ik bedacht me tegelijkertijd dat ik al die trappenhuizen ook wel kon gebruiken om de calorieën weer kwijt te raken.

Kortom, ik genoot lekker van mijn gebakje en nam er daarna schaamteloos nog eentje. Want als je zondigt, moet je het goed doen, zeg ik altijd maar.

Daarna begon ik aan de terugtocht langs de buffetten, maar nu langs de andere kant van het schip. Ook hier zag ik steeds weer dezelfde soorten voedsel opduiken als in de buffetten aan de andere kant van het schip. Wel hadden ze hier nog een extra grote pizza-corner waar je kon zien hoe de pizza's vers werden gebakken. Die was er aan de andere kant niet.

Op mijn wandeling pauzeerde ik nog even bij de fruitbar, waar ik mezelf rijkelijk verwende met een hele schaal vol verse schijfjes meloen, mango en ananas.

Een beetje misselijk liep ik daarna verder en besloot ter plekke om niet langer het eten, maar mijn familie boven aan mijn scorelijstje te zetten. Ik stiefelde het hele restaurant nog een keer zoekend door – een ommetje van ruim een halve kilometer, dan heb je een beetje een idee van de grootte van het restaurant – maar ik zag nergens een bekende.

Geen wonder natuurlijk, want dit schip was echt net zo groot als een flatgebouw.

Uiteindelijk zakte ik weer bij een tafeltje neer, viste mijn mobieltje uit het buiktasje en belde het nummer van mijn moeder.

"Ben jij dat, Fleur?" hoorde ik in mijn oor. "Je spreekt met mama."

Er ging even een klein steekje van irritatie door mijn maag. Mama...

Mijn moeder is intussen al jaren grootmoeder, maar ze noemt zichzelf nog steeds *mama*, terwijl haar dochters de kleuterleeftijd allang gepasseerd zijn. En het allerergste is nog wel dat zelfs mijn vader haar zo noemt.

In een fout damesblad – dat ik uiteraard toevallig bij de kapper zag liggen – had ik een keer gelezen dat het seksleven van vrouwen die zich door hun echtgenoten met *mama* laten aanspreken, op een ontzettend laag pitje staat.

Maar goed, dat wil ik eigenlijk ook niet weten.

"Hoi ma," zei ik, want zelf *mama* tegen haar zeggen vertik ik al jaren. "Waar zijn jullie ergens? Ik zoek me rot."

"Op het Restodek, bij het zwembad, Fleur. Oma is er ook."

Ze zaten bij het zwembad? Dat had ik zelf ook kunnen bedenken.

"Kun je dat vinden, Fleur? Anders moet iemand je even ophalen. Waar ben je precies?"

"In het restaurant, vlak bij het zwembad. Ik zie jullie zo."

"Dat is goed, Fleur. Gezellig!" Het klonk heel enthousiast en heel even vloeide er een blij gevoel door me heen. Maar ik besefte meteen dat oma waarschijnlijk had meegeluisterd met het gesprek en daarna sloeg de twijfel weer toe.

Was mijn moeder echt blij dat ik er ook was? Of speelde ze toneel vanwege oma?

Al piekerend drukte ik de verbinding weg en keek een beetje doelloos om me heen.

En toen stokte de adem in mijn keel, want daar... bij een tafeltje een eindje verderop zat Jannes van Mechelen naar me te staren. Hij zag dat ik keek en knikte me vriendelijk toe. Ik weet niet hoe het kwam, maar daar voelde ik me erg ongemakkelijk bij. En dat gevoel werd nog veel sterker toen hij opstond en naar me toe liep.

Waar kende ik die man toch van? Of beter: hoe kende hij mij?

Vervolgens kreeg ik een enorme drang om weg te lopen, maar ik was al te laat. Hij trok een stoel bij en ging tegenover mij zitten.

"Dag, Fleur. Bevalt de boot je een beetje?"

Ik haalde mijn schouders op. "U moet me eigenlijk even verder helpen," zei ik. "Ik weet niet goed meer waar u mij van kent? Behalve van het Crowne Plazahotel?"

Meneer Van Mechelen glimlachte. "Dat is al weer een heel tijdje geleden," antwoordde hij vaag.

"Dat geloof ik graag, anders had ik het wel onthouden." Ik slikte. "Was u soms een patiënt van mij? In het Bredius Ziekenhuis?"

Verbeeldde ik me dat nou of kwam er werkelijk een opgelucht

lichtje in zijn ogen?

"Klopt," zei hij. "Het was in het Bredius."

"Vandaar dat ik het niet meer weet. Ik had zoveel patiënten."

"Intussen ben je vast hoofdverpleegster," zei Jannes van Mechelen.

Ik moest erom lachen. "Nee, ik heb het niet zo lang gedaan."

"Het was niks voor je?"

"Niet echt. Dat gesjouw met die smerige piespotten..."

Ik schrok van mijn eigen woorden. Waarom zei ik dat nou? Alle kans dat ik ook met zijn gevulde ondersteek had lopen sjouwen. Misschien was hij zelfs één van die mannen die ik tijdens de wasbeurt het liefste naar de ijzige Noordpool had willen sturen...

Best gênant eigenlijk.

"Nou ja, ik bedoel..." Ik hield haastig mijn mond weer, zo zou ik het alleen maar erger maken.

"Ik vond het leuk om even gekletst te hebben," ging ik verder. "Maar er wordt op mij gewacht, dus ik moet gaan."

"Ja, ik weet het." Van Mechelen knikte begrijpend. "Je ouders vieren hier hun vijfendertigjarige huwelijksfeest."

Huh? Wist hij dat ook al?

Mijn verbazing was blijkbaar in laagjes van mijn gezicht te schrapen, want Jannes knikte. "Ik ken je moeder nog van vroeger," verklaarde hij. "Doe haar mijn groeten maar."

"Oh, oké. Zal ik doen."

Jannes stond op. "Fijne dag nog. We komen elkaar deze reis vast wel vaker tegen."

Hij draaide zich om en liep zonder op mijn antwoord te wachten naar het taartjesbuffet waar ik hem voor een slagroompunt zag zwichten.

Vreemde man. Want als hij alleen maar mijn patiënt was geweest... Waar kende hij mijn moeder dan van?

Die was in mijn Bredius-tijd nooit op bezoek geweest, tenminste dat kon ik mij niet herinneren. Bovendien was mijn moeder geen type om dan op mijn ziekenhuisronde mee te lopen en bij de patiënten op de rand van het bed te gaan zitten.

Nou, nou, wat zat ik weer door te draven. Waarom maakte ik me eigenlijk zo druk over die Van Mechelen? Hij was gewoon een beetje opdringerige medepassagier en ik kon hem maar het beste zoveel mogelijk uit de weg gaan.

***

Mijn hele familie lag uitgestrekt op luie ligbedden langs de rand van het zwembad te relaxen. Boven hun hoofden gleden de grijze gondeltjes van het kabelbaantje langzaam voorbij.

Het was bloedheet in de volle zon en iedereen had kleurige badkleding aan. Ik bedacht me met schrik dat ik helemaal geen bikini had. Tenminste niet voordat ik mijn koffer terughad.

Mijn moeder sprong verheugd overeind en omhelsde me hartelijk. "Wat heerlijk dat je er ook bent, Fleur. Je ziet er goed uit."

Ik mompelde dat ik het ook leuk vond om haar weer te zien en draaide me naar mijn vader toe. "Hoi pap, hoe is het?"

"Prima, hoor. Beetje heet hier, maar dat heb je nou eenmaal in de tropen."

Ook oma stond voor me op en omhelsde me al net zo hartelijk als mam had gedaan. "Tijd niet gezien, Fleur."

Ik mompelde maar weer iets onverstaanbaars, want ik was inderdaad al veel te lang niet bij oma op bezoek geweest. Daarna stak ik mijn hand groetend op naar Marleen – die net deed of ze me niet zag – en stapte vervolgens op mijn oudste zus Claudia af.

Terwijl Claudia me met drie zoenen begroette, zag ik over haar schouder dat haar twee modelkinderen de handdoeken van de ligbedden trokken en in het water gooiden. De twee ettertjes hadden dolle pret, dat moest gezegd worden.

Ik knikte met mijn hoofd in de richting van het stel raddraaiertjes. "Herman en Sander lopen volgens mij gigantisch te zieken." Claudia draaide zich om en stond even liefdevol naar haar kroost te kijken. "Daar kan ik niet mee zitten," verklaarde ze op een strijdlustig toontje. "Er hangen hier overal bordjes dat je de ligbedden niet met handdoeken bezet mag houden, dus die kinderen helpen de stewards gewoon een beetje mee."

Ja, zo kon je het natuurlijk ook bekijken.

Ik wilde net wat terugzeggen, toen er opeens vrolijke pinggeluiden over het dek schalden.

"Dames en heren, een hele goede middag. Dit is uw cruise director Dave met een belangrijke mededeling voor de passagiers die vandaag in Singapore aan boord zijn gekomen. Over een halfuur zal er voor u een veiligheidstraining worden gehouden. Deze nood-oefening is verplicht voor alle passagiers die vandaag in Singapore zijn ingestapt. Van onze overige gasten wordt geen actie verwacht. Ladies and gentlemen, a very good afternoon. This is your cruise director Dave speaking..."

Terwijl de cruise director uitvoerig in het Engels doorneuzelde en daarna de blijde boodschap in nog minstens zes andere talen

aankondigde, hoorde ik in mijn buiktasje mijn mobieltje over-
gaan.

Dat was vast mijn vriendin Thelma. Die was razend benieuwd
hoe de boot eruitzag en ze had tijdens ons gesprekje van gister
al aangekondigd dat ze me vandaag weer even zou bellen.

Ik viste mijn mobiel tevoorschijn en nam het gesprek zonder te
kijken aan. "Met Fleur?"

"Goedemiddag," zei een vrouwenstem in het Engels. "Miss
Summerdike?"

"Eh, ja... Daar spreekt u mee," antwoordde ik, uiteraard ook in
het Engels.

"Uw koffer staat hier voor u gereed, Miss Summerdike."

"Op Changi Airport, bedoelt u?" vroeg ik verbaasd.

"Uiteraard op Changi Airport, waar anders?"

"Nou, hij zou toch doorgelabeld worden naar Jakarta? Daar heb
ik wel tachtig formulieren voor ingevuld."

"De koffer staat hier voor u gereed, mevrouw," herhaalde de
vrouw bits. Ik herkende de stem van de baliemedewerkster die
mij gister vrolijk lachend al die onzinnige formulieren had laten invullen. "U kunt hem hier natuurlijk ook over veertien dagen oppikken," vervolgde de vrouw kordaat. "Net wat u wilt."

Ik schrok van het resolute toontje in haar stem. Het mens was in
staat om mijn spullen linea recta naar Amsterdam terug te sturen!

"Nee, nee," zei ik haastig. "Ik kom de koffer meteen halen.
Waar moet ik zijn?"

"Bij de KLM-balie in Terminal 1."

"Oh, oké. Ik kom eraan. Tot zo."

"Mijn collega handelt dat dan verder met u af," zei de vrouw streng en ik begreep dat verloren koffers teruggeven duidelijk ver beneden haar stand was.

"Oké, dat begrijp ik. Hartelijk dank voor uw hulp."

Op hetzelfde moment begon mijn vader heftig op mijn arm te tikken en ik snapte dat hij iets belangrijks wilde zeggen. "Mevrouw?" zei ik in het toestel. "Heeft u nog een momentje?" Dat had de vrouw gelukkig en ik keek mijn vader vragend aan. "Wat is er, pap?"

"Jij moet zo naar die dril. Informeer even of ik die koffer voor je kan ophalen."

"Oh, oké." Ik aarzelde even, maar daarna haalde ik mijn hand weer van het microfoontje van mijn mobiel. "Mevrouw, ik heb nog een vraagje. Kan mijn vader mijn spullen voor me afhalen?"

"Wat zegt u, Miss Summerdike?"

Ik besefte dat ik Nederlands had gesproken en herhaalde mijn vraag snel in het Engels.

De vrouw wilde weten hoe mijn vader precies heette, en daarna moest ik zijn geboortedatum en paspoortnummer doorgeven.

De eerste twee antwoorden kon ik zo oplepelen, maar voor het paspoortnummer moesten we samen naar het kluisje in zijn hut. Terwijl ik – na afronding van het telefoongesprek – even op de gang wachtte, kleedde pap zich haastig om en nam daarna mijn paspoort en het bagage-talonnetje in ontvangst.

"Hartstikke bedankt, pap. Super van je."

Pap gaf me liefdevol een kus op mijn wang. "Doe ik graag, Fleur. Daar zijn vaders voor, om hun dochters uit de nood te helpen." Hij keek me even scherp aan. "Als je dat maar onthoudt." Ik gaf hem een kus terug en vertelde hem nog maar een keer dat hij een supervader was.

Helemaal glunderend ging hij op pad om mijn verloren koffer te halen.

***

Vrijwel meteen nadat pap was vertrokken, klonken er weer vrolijke piepjes uit het omroepsysteem en cruise director Dave verklaarde bijna zingend dat de veiligheidsoefening dadelijk zou beginnen.

Of we er maar rekening mee wilden houden dat we, direct nadat het alarm was afgegaan, in onze hut ons zwemvest moesten ophalen. Hij had er zelf duidelijk erg veel zin in, zo klonk hij tenminste.

Ik besloot om het officiële moment niet af te wachten – met mijn gebrek aan richtingsgevoel wist je het in deze doolhof immers maar nooit – en ging meteen naar mijn hut. Dat wil zeggen, ik liep op goed geluk in de richting waarin mijn vader was vertrokken en kwam al snel in een trappenhuis, waar ik heel vrouwmoedig naar dek 9 dacht te klimmen.

Maar na zo'n vier verdiepingen kon ik opeens niet meer verder omhoog en een bordje naast de liften gaf aan dat ik op dek 16, het sportdek, was beland.

Maar het goede nieuws was natuurlijk dat ik nu alleen maar veertien trappen naar beneden hoefde te gaan om op het juiste dek te belanden.

Eenmaal op dek 9 aangekomen, vergiste ik me lelijk in stuurboord en bakboord, zodat ik aan de verkeerde kant van het schip zinloos naar mijn hut liep te zoeken toen de keiharde scherpe tonen van het alarm afgingen. Zeven keer kort en één keer heel lang. Het was zo'n akelig indringend geluid dat ik mijn vingers in mijn oren stopte tot het afgelopen was.

Drie tellen laten klonken er vrolijke piepjes:

"Goedemiddag dames en heren, dit is de officier van de wacht met een belangrijke mededeling voor alle passagiers en bemanningsleden. Het alarm dat u zojuist hoorde, is het algemene noodalarm. Dit alarm is uitsluitend bedoeld voor een veiligheidsdril en is alleen bestemd voor de passagiers die vandaag in Singapore aan boord zijn gegaan. Van de overige gasten wordt geen actie verwacht. Ladies and gentlemen..."

Nadat de officier van de wacht zijn praatje had beëindigd, nam cruise director Dave het stokje weer van hem over.

Verdraaid, ik moest nu toch heus naar mijn hut!

Ach, wat zat ik nou te zeuren? Ik had immers een dekplan op zak?

En dat hielp gelukkig. Ik begreep al gauw dat ik ergens in de buurt van het achterdek aan het ronddwalen was, terwijl mijn hut zo'n beetje in het midden aan de stuurboordkant te vinden moest zijn.

Ja, dat komt nu vast over of ik echt een giga-sukkel ben, maar je moet niet vergeten dat de cruiseboot minstens driehonderd meter lang was en dat zijn drie flinke voetbalvelden achter elkaar. Bovendien loop je in smalle gangen te dwalen, waar niet alleen rare slingers in zitten, maar die er ook nog overal exact hetzelfde uit zien. Dus dan moet zelfs de meest ervaren spoorzoeker zich onderweg weleens onder zijn kin krabben.

Marleen was nergens te zien toen ik de hut binnenstapte en dat was best een beetje jammer, want hoeveel kasten ik ook opentrok, er lag nergens een zwemvest.

Tja, wat er niet is, is er niet. Dus keek ik op het plattegrondje aan de binnenkant van de deur om de snelste weg naar het promenadedek op te zoeken. Ik trok de buitendeur al open, maar toen bedacht ik me dat ik beter nog even kon gaan plassen. Je wist immers maar nooit hoe lang zo'n poppenkast zou duren en ik had best veel koffie op.

Ik stapte de badkamer in en slaakte een verschrikte kreet. Want daar lag dus mijn zwemvest in de douchecabine.

Kletsnat...

Die ellendige Marleen ook altijd!

Balend hing ik het vest even over de douchekop om uit te druipen en ging naar het toilet.

Maar ja... dat halve minuutje was natuurlijk niet genoeg om mij met een droog vest de deur uit te laten gaan en even later liep ik dus druipend over de gang.

In het trappenhuis krioelde het opeens van de behulpzame personeelsleden die de gasten de weg naar het bootjesdek stonden te wijzen.

Steward Carlos stond er ook bij en de trouwe dienaar had maar een paar seconden nodig om de natte situatie in ogenschouw te nemen. Hij stak zijn hand naar me op, schoot een hoek in en kwam vervolgens blij op me afgerend met een droog vest.

"Geeft u dat natte ding maar aan mij, Miss Summerdike." Hij wachtte niet tot ik zijn verzoek had opgevolgd, maar trok het ding vrijwel meteen uit mijn handen en gaf me er een ander vest voor in de plaats. "Dan kunt u deze droge meenemen," besloot hij tamelijk overbodig.

Ik glimlachte naar hem. "Oh, dat is heel erg aardig van u."

Carlos zei stralend dat het genoegen geheel aan zijn kant was en legde daarna uitvoerig uit dat ik de trap moest nemen om op dek 4 te komen. "*I'm sorry*, maar in noodgevallen kunt u de lift niet gebruiken."

"Dat snap ik, hoor. Heel erg bedankt voor uw hulp."

Ik haastte me naar beneden en kwam uiteindelijk op dek 4 waar andere behulpzame lieden me naar de stuurboordzijde verwezen. "Die deur daar uit en rechtsaf. Boot 6." Ze scanden mijn boordpasje en hielden de zware deur voor me open.

Ik stapte het dek op en vrijwel direct viel de tropische hitte weer over me heen.

Temperatuurtje, hoor. Ik hield wel van een beetje warmte, maar lieve help, hier was het me eigenlijk veel te heet.

Gelukkig was er schaduw, want boven mijn hoofd hingen de reddingsboten in een lange rij achter elkaar.

Het dek zelf stond vol met groepen puffende mensen, maar langs de reling was een pad vrijgehouden zodat ik snel naar boot 6 kon lopen. Onder de boot stond al een grote groep mensen – zwemvesten losjes onder hun arm – te wachten.

Ik ging erbij staan en keek om me heen. Waar was Marleen? Die had toch echt nog iets van me tegoed!

Aan de andere kant had ik nu een droog zwemvest bij me, dus misschien moest ik maar gewoon doen alsof er niets was gebeurd. Dan had ze ook geen lol van haar flauwe geintje.

"Zo, daar ben ik dan," zei een bekende stem naast me. "Dat viel nog niet mee, al die trappen."

Ik keek verbaasd opzij. "Oma? Bent u ook vandaag pas aan boord gekomen? Ik dacht dat u hier al veel langer was, net als pap en mam."

Oma veegde met een vermoeid gebaar het zweet van haar voorhoofd. "Nee, ik ben ook vandaag pas aangekomen, meisje."

"Maar wanneer bent u dan hierheen gevlogen?"

"Eergister, net als jullie."

"Ik heb u helemaal niet gezien aan boord. Oh, u zat natuurlijk ook business class, net als Marleen."

"Welnee, dat was me te prijzig. Ik vloog met Singapore Airlines en ik heb in het Raffles overnacht."

"Dan hebt u geboft, mevrouw," hoorde ik opeens opa's stem naast me zeggen. "Ons hebben ze als lastige vliegen uit het Raffles gejaagd. Een regelrecht schandaal, wat jij, Koen?"

Mijn hart maakte een blij sprongetje. Dat was opa. Met Koen!

Maar ik kon niet lang van het fraaie uitzicht op Koen genieten, want natuurlijk trok opa direct alle aandacht weer naar zich toe.

"Leuk je weer te zien, meissie," zei hij. "Wil je mij even aan die knappe mevrouw naast je voorstellen?"

"Oh, natuurlijk. Dit is mijn oma, mevrouw Gortekaas." Ik draaide me naar oma en wees. "Oma, dit is meneer Van Hout. En dat is zijn kleinzoon Koen."

Opa stak zijn hand naar oma uit en drukte die hartelijk. "Coenraad van Hout. Leuk u te ontmoeten, mevrouw Gortekaas."

Oma glimlachte. "Van hetzelfde. En zeg maar Greet tegen me. Zo vaak hoor ik mijn voornaam niet meer."

"Met alle plezier," zei opa. "Maar uiteraard op voorwaarde dat jij Coenraad tegen mij zegt."

Dat vond oma ook een goed plan en vervolgens stonden ze elkaar even diep in de ogen te kijken.

Het innige tafereeltje kwam abrupt aan zijn einde toen een bitse vrouwenstem boos opmerkte dat ze een klacht ging indienen over de behandeling.

Marleen dus weer. Wie anders eigenlijk?

"Wat voor behandeling?" vroeg oma.

"Ze zetten ons opgepropt in de bloedhitte op zo'n stom dek neer en daar staan we dan maar te staan. Dat is toch schandalig!"

"Tja, het is een oefening," vond opa. "We moeten wachten tot iedereen er is."

Marleen negeerde opa volkomen, ging heel onbeleefd met haar rug naar hem toe staan en zei tegen oma: "Ik snap niet dat u er geen last van heeft, oma. Op uw leeftijd is het pas echt..."

Marleen kon haar zin niet afmaken.

"Op mijn leeftijd?" zeiden opa en oma allebei tegelijk. En ze klonken allebei net zo verontwaardigd.

Daarna moesten ze allebei erg lachen.

"Altijd dat gezeur over leeftijd," praatte opa door. "Een mens is zo jong als hij of zij zich voelt."

Oma knikte heftig. "Dat ben ik helemaal met je eens, Coenraad. Die snotneusjes denken altijd maar dat alle rijpere aardbewoners in een rolstoel zitten te kwijlen."

Opa stapte handig om Marleen heen en ging dicht naast oma staan. "En dat we om de tien minuten een schone luier om moeten," vulde hij aan.

"Zo is het maar net." Oma stootte Marleen aan. "En als Coenraad en ik er geen moeite mee hebben om hier even te wachten, kun jij met je jonge benen maar beter helemaal je mond houden."

Marleen werd knalrood.

Opa zag het ook en begon te grinniken. "Kijk maar uit, Greet. Dadelijk ontploft je kleindochter nog en dan zitten wij onder de smurrie."

Zelf zag ik de humor van de opmerking niet zo in, maar oma vond het blijkbaar erg grappig en ze begon als een tiener te giechelen.

Marleen trok haar neus op en ik zag haar lippen de woorden 'demente bejaarden' vormen. Daarna wurmde ze zich tussen de mensen door en ging ergens achteraan staan.

"Opgeruimd staat netjes," grijnsde opa.

"Wat kun je het toch leuk zeggen, Coenraad. Marleen is altijd zo snel op haar teentjes getrapt. Dat heb ik al vaak tegen haar gezegd, maar het helpt niets." Ze gaf opa een vriendschappelijk tikje op zijn arm. "En nou is haar vriend ook nog weggelopen." Ze glimlachte breed. "Maar dat vind ik niet zo erg, want daarom mocht ik nu gelukkig ook mee."

Huh? Daar hoorde ik van op. "Ik dacht dat u zelf niet mee wilde, oma. Dat zei mam tenminste tegen mij."

"Welnee," antwoordde oma. "Ik ben immers dol op reizen, dat weet je best."

"Maar u hebt zelf tegen me gezegd, dat u geen busreizen meer wilde doen. Toch?"

En daarbij was het woord 'leeftijd' ook gevallen, maar het leek me niet verstandig om dat gevoelige onderwerp weer aan te stippen.

Oma schudde intussen haar hoofd. "Busreizen niet, dat klopt. Dat heen en weer gesleep met koffers, en op onmogelijke tijden je bed uit, dat is niks meer voor mij. Maar zo'n boot brengt je overal naar toe, terwijl je bij wijze van spreken lekker in een bar kunt gaan zitten."

"Maar dan snap ik niet dat ze u zomaar thuis wilden laten. U hoort er toch ook bij? Zeker bij zo'n huwelijksfeest."

Oma haalde haar schouders op. "Ach, je kent je moeder, hè? Die heeft wel vaker van die vreemde buien. Ze speelt nou eenmaal graag de baas en dan is ze bij mij aan het verkeerde adres."

Na die woorden viel het gesprek even stil, want ik had geen flauw idee hoe ik op die opmerking over mijn moeder moest reageren.

Je moet weten dat oma en mam elkaar eigenlijk niet konden uitstaan, er was altijd een ondergrondse strijd aan de gang als ze bij elkaar waren. Dat was iets wat al uit mams jeugd stamde. Oma had me weleens verteld dat mam een ontzettend opstandige puber was geweest en oma had destijds flink op haar strepen moeten staan. Dat werkte nu nog steeds door in de moederdochter relatie.

Hoewel ik het vrijwel altijd met oma eens was, liet ik dat nooit merken. Het leek mij veiliger om neutraal te blijven. Ik had immers zelf net zo'n geweldige relatie met mam.

Opa had uiteraard met grote oren naar het gesprek staan luisteren en zag zijn kans schoon om ook iets te zeggen. "Hou je daarvan, Greet?" vroeg hij. "Van een barretje pikken?"

"Nou en of," knikte oma. "Dat vind ik heerlijk. Glaasje wijn erbij. Een lekker knabbeltje... Wie doet je wat."

"Mag ik je dan voor een drankje uitnodigen, Greet?" vroeg opa.

"Na het eten in de Poemabar?"

"Op zich vind ik dat een erg goed plan. Maar eh... Welke zitting heb je?"

Opa's gezicht werd één groot vraagteken. "Zitting? Hoezo zitting?"

"Met eten natuurlijk. Omdat er zoveel gasten zijn, hebben ze hier een eerste en een tweede ronde. En wij eten dus om... Even kijken..." Oma viste ongegeneerd haar boordpasje tussen haar borsten vandaan en bestudeerde het met samengeknepen ogen. "Hè," zei ze wat ongeduldig. "Ik heb mijn leesbril niet bij me en nou kan ik er weer niks van zien."

Ze stootte mij aan. "Wat staat hier, Fleur?"

Ik keek. "Toendra, halfzes."

Opa draaide zijn hoofd naar Koen. "En wij eten om... Ook half-zes toch?"

Koen knikte. "Ja, oop. Dat staat op je pasje. In het Toendra-restaurant om halfzes."

"Dat komt mooi uit," verklaarde opa. "Zullen we dan rond acht uur doen? Dan pikken we de hele avond lekker mee. En ik heb een gratis drankpakket, dus ik trakteer."

Oma begon alweer te giechelen. "Dat is heel lief van je Coenraad, maar het tweede rondje is op mijn kosten."

"Dat is je reinste onzin," vond opa. "Een heer hoort voor een dame te betalen, ook al heb ik het dan gratis."

"Ik ben een geëmancipeerde vrouw," verklaarde oma kordaat. Ze pakte opa bij zijn arm en fluisterde: "En je kunt het rustig van me aannemen, jij gierigaard, want ik heb ook een drankpakket."

Daarna begon ze alweer als een overjarige tiener te giechelen en opa deed vrolijk mee.

Gelukkig was het toen eindelijk tijd voor de oefening, maar die stelde eigenlijk niks voor. Ik had verwacht dat we met ons allen in de reddingsboten moesten gaan zitten, maar niks hoor. Terwijl de bemanning het voor stond te doen, legde cruise director Dave via de intercom in minstens twintig verschillende talen uit hoe we onze zwemvesten aan moesten trekken en dat was het dan.

"Wat dacht je ervan om nu al een drankje te scoren, Greet?" vroeg opa. "Nu we toch gratis aan de bak kunnen, is het onzin om tot vanavond te wachten en moeten we er maar flink gebruik van maken. Wat jij?"

Daar was oma helemaal voor te vinden en de beide oudjes stapten opgewekt samen weg. Arm in arm.

Terwijl ik ze hoofdschuddend nakeek, voelde ik een warme hand op mijn elleboog. "Wat denk je, Fleur? Zullen wij ook samen een drankje scoren?" Ik hoorde Koen grinniken voor hij verder praatte. "En ik trakteer natuurlijk, want ik heb ook..."

"Een gratis drankpakket," vulde ik lachend aan.

"Wat een lol, zeg," hoorde ik Marleen een eindje verderop sneren. "Als ik straks tijd heb, zal ik er ook eens om lachen."

Koen en ik deden maar net of we het stuk sacherijn niet hoorden.

Hoofdstuk 6

Twee glaasjes ijskoude witte wijn, twee gloeiendhete pizza-punten én een gezellig praatje over koetjes en kalfjes later hoorden we de scheepstoeter blazen. Een donker, beetje sinister geluid.

"We gaan vertrekken," zei Koen. "Ga je mee naar het bovendek?"

Daar was ik meteen voor in. "Ja, lijkt me leuk om te zien hoe we wegvaren."

We liepen naar het trappenhuis en klommen naar dek 14, waar al snel bleek dat we niet de enige passagiers waren die Singapore gedag wilden zwaaien.

Met wat kunst- en vliegwerk vonden we toch nog een plekje langs de reling en ik keek belangstellend naar beneden.

Diep onder ons was het een drukte van belang. De slurf waardoor de passagiers op de boot konden komen, werd langzaam ingetrokken en de zware touwen die stevig op de wal vastzaten, werden losgemaakt en ingehaald.

De scheepstoeter loeide opnieuw en het enorme schip maakte zich zijwaarts millimeter voor millimeter van de enorme stootkussens langs de kade los.

Pas toen we een heel eind van de kant waren, stopte de Cupido even en voer daarna recht vooruit, op weg naar de Javazee.

Op hetzelfde moment begonnen de luidsprekers te kraken en schalde de song *Time to say goodbye* over het dek.

Ik vind dat een lekkere meezinger en alweer was ik niet de enige. Veel mensen stonden luidkeels mee te galmen en iedereen zwaaide vrolijk naar de achterblijvers op de kade.

"*Time to say goodbye*," galmde ik. "*Quando sono solo,
Sogno all'orizzonte...*"

Koen stootte me aan en ik bleef midden in mijn dromerij over de verre horizon steken.

"Ik kom niet verder dan *la, la, la*," riep hij boven de muziek uit.

"Spreek je Italiaans? Of zing je maar wat?"

Ik glimlachte. "Het is mijn lievelingssong, die ken ik helemaal uit mijn hoofd."

"In het Italiaans?" vroeg Koen. Hij kwam dichter bij me staan, omdat we elkaar anders niet konden verstaan en de vlammen sloegen me uit.

"Dat spreek ik vloeiend. Dat moet..." Ik zuchtte diep. "Dat moest voor mijn werk."

"Wat doe je dan voor de kost?"

"Ik ben... ik was manager van een reisbureau, maar ja..."

Het nare onderwerp hielp wel geweldig tegen het blozen, ik voelde de kleur weer razendsnel wegtrekken.

"Je bent je baan kwijt?" vroeg Koen.

"Ja, de hele keten is gesloten. Tenminste, dat gaat aan het eind van deze maand gebeuren. Iedereen van *Vliegvakanties* staat op straat." Ik haalde diep adem. "En we hadden heel wat filialen."

"Dat heb ik een tijdje geleden in de krant gelezen," knikte Koen.

"Ja, ik ook," bromde ik bitter. "Ik las het ook in de krant. De officiële ontslagbrief was even bij de post blijven liggen."

"Vervelend voor je. En wat ga je nu doen?"

"Solliciteren. Maar ik heb op internet al wel gezien dat de banen niet voor het opscheppen liggen en met zoveel andere werkelozen die ineens allemaal op zoek zijn naar een soortgelijke job..." Ik zuchtte diep. "Maar ik zie het wel. Ik kan er toch niks aan veranderen." Ik stootte hem zachtjes aan. "Trouwens, Koen. Jij bent de eerste aan wie ik dit vertel. Niet aan mijn familie zeggen, hoor. Die weten nog van niks."

"Dat lijkt me stug, Fleur. Het stond immers in alle kranten? En het journaal heeft er ook aandacht aan besteed."

Ik sloeg mijn hand verschrikt voor mijn mond. "Verhip, wat stom van mij. Daar heb ik nog helemaal niet bij stilgestaan."

"Of weten je familieleden niet precies waar je werkt?"

"Ja, dat weten ze heel goed. Nou ja, dan hoor ik het commentaar vanzelf wel. Wat een gedoe." Ik schudde langzaam mijn hoofd. *"Partirò,"* galmde zanger Andrea Bocelli in mijn oor. *"Su navi per mari..."*

Samen met jou vaar ik op een schip over zee...

Ik keek nadenkend naar Koen, maar vrijwel meteen bedacht ik me dat er ene Lydia in zijn leven was, waar ik niks van wist. Koen droeg geen ring, maar dat zei tegenwoordig ook niet veel meer. Binnenkort toch opa maar eens uithoren, want ja... Dat gevoelige onderwerp durfde ik bij Koen natuurlijk niet aan te kaarten.

"En jij," vroeg ik toen, boven de hartstochtelijk gezongen kreten over onbekende verre landen uit. "Wat doe jij?"

"Ik ben fysiotherapeut, bij een sportschool."

"Oh, dat lijkt me leuk werk. Dat is ook veel met mensen omgaan."

"Dat klopt, ik vind het leuk om te doen. Maar wij hebben ook last van de crisis. Met de nieuwe regels worden er veel minder behandelingen vergoed en dan stoppen de patiënten ermee voordat ze echt genezen zijn."

De muziek verstomde en we konden weer met een normaal stemvolume verder praten.

"Dat lijkt me niet zo gezond," antwoordde ik.

"Is het ook niet." Koen moest ook al zuchten. "Dat is de huidige regering, hè? Het gaat ze alleen maar om het geld. Het geluk van de mensen telt niet mee."

Ik was het helemaal met hem eens. "En ondertussen betalen we ons scheel aan premies voor ziektekosten en we krijgen er niks meer voor terug."

Koen knikte en daarna dwaalde zijn blik opzij. "Die man daar staat de hele tijd al naar je te staren. Is dat je vader?"

Ik schrok ervan.

Een man die naar me staarde?

Nee toch?

Ik draaide mijn gezicht in de aangewezen richting en ja hoor...

Dat was meneer Van Mechelen weer.

Zodra hij zag dat ik hem ontdekt had, zwaaide hij kort en liep weg.

Wat moest die vent toch van me?

"Je kijkt zo verschrikt," zei Koen. "Is er iets met die man?"

"Ja, ik weet het eigenlijk niet." Ik aarzelde. "Ik kwam hem gister voor het eerst in het hotel tegen. Hij zegt dat hij een vroegere patiënt van me is, maar..."

"Een patiënt?"

"Ja, ik heb een blauwe maandag in een ziekenhuis gewerkt, maar dat was niks voor mij. En..." Ik beet op mijn lip. "Ik herinner me die man helemaal niet."

"En nu valt hij je lastig?"

"Dat kan ik ook niet zeggen, maar hij wist precies hoe ik heet en hij beweerde dat hij mijn moeder kent."

"Heeft hij zijn naam genoemd?"

"Ja, Van Mechelen. Jannes van Mechelen."

"Nou, dan bespreek je dat toch even met je moeder?"

Ik knikte. "Ja, dat is een goed idee. Ik heb haar nog amper gezien. Ik zal straks bij het eten..."

"Ik heb je koffer te pakken gekregen, Fleur," klonk de stem van mijn vader onverwacht achter me. "De steward zal hem in je hut zetten."

Ik draaide me naar hem toe. "Wat fijn, pap. Wat ben ik blij dat ik mijn spullen terugheb! Kan ik straks lekker mijn bikini aan."

"Graag gedaan." Al pratend keek pap nieuwsgierig naar Koen.

"Dit is Koen van Hout, pap. We zaten naast elkaar in het vliegtuig. Koen, dit is mijn vader."

De beide mannen gaven elkaar een hand en ik hoorde ze de gebruikelijke opmerkingen over het prettige van de kennismaking mompelen.

Daarna stootte Koen mij aan. "Misschien weet je vader wie die man is?"

"Welke man?" vroeg pap.

"Ene Jannes van Mechelen," zei ik.

"Jannes wie?"

"Van Mechelen."

Pap trok een gezicht. "Zegt me niks. Nee... Waar moet ik die van kennen?"

"Geen idee, maar hij zei dat hij mam kent. En hij wist dat jullie vijfendertig jaar getrouwd zijn."

"Dan is dat vast iemand die ze op een cursus heeft ontmoet. Je moeder sjeest van de ene onzin-studie naar de andere." Pap keek me even nadenkend aan. "Hij valt je toch niet lastig?"

"Nee, maar... Tenminste... Ik kom hem steeds maar tegen en dan kijkt hij zo..." Ik hoorde zelf dat het een beetje aarzelend klonk.

"Zo... Hoe?" vroeg pap.

"Ja, dat is moeilijk te zeggen. Net of hij wat van me wil. Maar..."

"We bespreken het straks wel even met je moeder. Ik ga nu gauw douchen. Ik ben compleet doorweekt geraakt in die hitte."

"Ben je nog maar net terug van het vliegveld?"

"Ja, het verkeer zat weer eens vast. Het had een haartje gescheeld of ik was eenzaam op de kade achtergebleven."

Ik sloeg mijn armen om mijn vader heen en gaf hem een kus op zijn wang. "Ik vind het hartstikke fijn dat je me zo geholpen hebt, pap. Heel erg bedankt."

Pap gaf me een luchtige kus terug. "Graag gedaan, meisje. Tot straks bij het eten."

Hij gaf Koen een knikje en liep weg.

***

Mam haalde losjes haar schouders op toen ik die avond in de gezellige eetzaal over Jannes van Mechelen begon. We zaten met de hele familie – ik, oma, pap, mam, Marleen, en Claudia met haar twee modelkinderen – aan een keurig gedekte ronde tafel en genoten van het eten, dat door gedienstige obers gang voor gang werd opgediend.

Ondertussen hadden we via het ronde raam een prachtig uitzicht op de intens blauwe zee, waarop geregeld een bootje passeerde.

Een eindje verderop zaten Koen en zijn opa aan een tafeltje voor twee.

Oma zat naast me en vanuit mijn ooghoeken kon ik zien, dat ze geregeld vriendelijke blikken uitwisselde met opa. Die twee mochten elkaar wel, dat was wel duidelijk.

"Je vader noemde de naam Van Mechelen al," reageerde mam met een wat nadenkende blik in haar ogen op mijn vraag. "Maar ik heb geen flauw idee wie die man kan zijn. Ik ken zoveel mensen."

"Maar hij wist precies te vertellen dat jullie vijfendertig jaar getrouwd zijn."

"Daar hebben we geen geheim van gemaakt, Fleur. Dat weet de hele wereld onderhand. Als we thuis zijn, houden we ook nog een receptie voor onze kennissenkring."

"Maar wat moet die vent dan van me?" vroeg ik.

Daar had mijn moeder ook geen antwoord op.

"Het is je eigen schuld," snauwde Marleen vinnig. "Jij loopt altijd maar om te slijmen met aftandse bejaarden, dan kun je wachten op een stalker."

Oma keek Marleen met samengeknepen ogen aan. "Aftandse

bejaarden?" bitste ze verontwaardigd. "Wil jij een beetje op je woorden letten, Marleen!"

Marleen trok een gezicht. "Ik bedoel u toch niet, oma," antwoordde ze op een sussend toontje. "U bent jong en energiek." Het klonk een beetje alsof ze de modelkinderen van Claudia in de maling zat te nemen.

"Jij hebt het over dokter Coenraad van Hout, Marleen, dat snap ik heus wel. En die mag dan net als ik op leeftijd zijn, hij is beslist niet aftands."

Marleen haalde haar schouders op. "Ik heb het over die stalker van Fleur. Dat is een ouwe..."

"Die Jannes van Mechelen is hooguit in de vijftig," bemoeide ik me met het gesprek. "Dus er klopt geen draad van je hele betoog."

Marleen begon vals te grinniken. "Wie de schoen past, trekke hem aan," sneerde ze en daarna werd haar gezicht één en al glimlach. "Oh, kijk aan. Daar is mijn hoofdgerecht." Ze wierp me een dodelijke blik toe voor ze verder praatte: "Wat een héérlijk gebraden kippetje. Dank u, ober. Dat lekkere beestje zal smaken, hoor."

Oma snoof en fluisterde in mijn oor. "Ik vind het helemaal niet gezellig in mijn eentje in die hut. En ik wil wedden dat jij Marleen als kamergenote liever kwijt dan rijk bent."

Ik knikte en antwoordde zachtjes: "Ja, ik kijk er niet bepaald naar uit om vannacht naast haar te slapen. Alle kans dat ze iemand inhuurt om me van het balkon te kieperen."

Uiteraard geloofde ik niet echt dat Marleen tot een heuse moord in staat zou zijn. Het was meer bij wijze van spreken om de ernst van mijn toestand aan te geven.

"Daarom stel ik voor dat je bij mij komt logeren, Fleur," fluisterde oma. "Net als vroeger."

Er ging een golf van opluchting door me heen. Wilde oma haar hut met mij delen? Dat zou een hele berg aan ellende gaan schelen. Dan kon Marleen verder lekker in haar sop gaarkoken zonder dat ik er nog last van had.

Ik pakte oma's hand en zei hardop: "Oh, graag. Heel graag, oma."

"Wat zitten jullie daar nou klef te doen?" informeerde Marleen met haar mond vol eten.

"Fleur komt bij mij in de hut slapen," verklaarde oma. "Dan heb jij verder het rijk alleen."

Marleens gezicht klaarde op. "Oh, dat is goed nieuws, zeg. Daar word ik nou echt blij van."

"Maar moeder, wat is dat nou weer voor onzin?" snauwde mam. "Wij hebben een hoop geld betaald om u een eigen hut te bezorgen."

"Ik vind het gezellig als Fleur bij me komt slapen. Alleen is maar alleen."

"Moeder, u moet me niet kwalijk nemen, maar bent u soms vergeten dat u per se een eigen hut wilde?"

Oma wuifde de vervelende opmerking met een losse beweging van haar hand weg. "Ik ben echt nog niet dement, Ada. Als je dat soms bedoelt."

"Dat bedoel ik niet, moeder. Maar ik wil u er wel aan herinneren dat u een hele toestand maakte toen ik u vertelde dat u bij Claudia in de hut zou komen."

"Jij weet heel goed dat het helemaal niet om Claudia ging, maar vooral om Herman en Sander die dan ook van de partij zouden zijn," zei oma bits.

"En wat hebt u op mijn kinderen tegen?" bromde Claudia met een sacherijnig gezicht.

Oma haalde diep adem en ging kaarsrecht zitten. "Maak niet overal zo'n drama van, Claudia. Ik ben dol op mijn achterkleinkinderen, dat weet je best. Ze zijn alleen af en toe wat druk."

Claudia trok haar wenkbrauwen op. "Druk? Hoe komt u daar nou bij? Het zijn schatjes."

Ze keek met moederlijke trots naar de twee rampgebiedjes, die net hadden ontdekt dat ze met de zojuist geserveerde doperwten heel leuk op de langslopende obers konden schieten. Wat Claudia de bewonderende opmerking '*Ach, wat zijn die twee weer lief bezig*' ontlokte.

Mijn moeder nam het gesprek weer over. "In ieder geval vind ik het niet goed, dat Fleur bij u in de hut komt, moeder," zei ze streng. Alsof ze een schooljuffrouw was die een lastige klas de mantel uitveegde.

Oma trok ook een schooljuffengezicht. "Dat maak ik zelf wel uit, Ada! Daar heb jij helemaal niets mee te maken, met wie ik mijn hut wil delen. Al ga ik er met de steward op bed liggen."

Mijn moeder verschoot van kleur over die in haar ogen onbetamelijke opmerking. "Ik heb die hut betaald, moeder," barstte ze uit. "Dus dan bepaal ik..."

"Dacht ik het niet?" snauwde oma. "Je was altijd al zo gierig dat je er scheel van zag. Maak je geen zorgen. Je krijgt elke cent van me terug. Maar reken er maar niet op dat ik die schenking van tienduizend euro voor jullie bruiloftsfeest nog doe."

"Ik hoef helemaal geen huwelijkscadeau van u," mopperde mijn moeder boos. "Ik kan mijn eigen brood wel verdienen en ik heb u niet nodig."

"Je bedoelt natuurlijk dat je Onno wel uitvreet," zei oma onparlementair. "Je verdient zelf geen rooie cent."

Mijn moeder zag er intussen uit alsof ze elk moment een hyperventilatie-aanval kon krijgen. "Ik doe vrijwilligerswerk, ik betéken iets voor de maatschappij!"

Claudia tikte mam op haar arm. "Die twee uurtjes per maand in dat bejaardentehuis stellen amper wat voor. Oma heeft helemaal gelijk. Je kunt beter een baan zoeken."

"Die vindt ze nooit," zei oma hatelijk. "Ze kan immers niks. En bovendien, ze is nog te lui om uit haar ogen te kijken. Daar zit geen enkele werkgever op te wachten."

Mijn moeder had daar blijkbaar niks op terug. Ze pakte een stuk brood van de schaal, smeerde daar met heftige bewegingen een laag boter op en ging zitten kauwen alsof ze oma tussen haar kaken had.

"Oma, u begint steeds meer een ouwe zeur te worden," zei Marleen boos. "Mama heeft u niks misdaan."

"Je hoeft niet zo'n toon tegen oma aan te slaan, Marleen," nam ik het meteen voor oma op. "Dat vind ik..."

Marleen keek me kwaad aan. "Bemoei je er niet mee, werkeloze uitkeringstrekker!"

"Werkeloze uit..." Ik hapte naar adem. "Hoe haal je het..."

Maar Marleen snoerde me opnieuw de mond. "Je bent er toch uitgeschopt? En doe nou maar niet of je neus bloedt, want heel

Nederland heeft naar het journaal zitten kijken."

Mijn moeder at haar mond leeg en knikte. "Wij hebben je genoeg gewaarschuwd, Fleur. Je had gewoon rechten moeten gaan studeren."

"Dat kan alsnog," zei pap sussend. "Je komt weer gezellig thuis wonen en dan betalen wij je studie."

Ik denk dat mijn ogen half uit mijn hoofd puilden van pure schrik. *Gezellig thuiswonen?* Ik moest er niet aan denken!

Maar voor ik iets kon zeggen, siste Claudia: "Pap, wat krijgen we nou? Je hebt voor mij ook geen studie betaald. Jullie trekken Fleur altijd maar voor."

Pap schudde zijn hoofd. "Dat is niet waar, Claudia. Wij behandelen onze dochters allemaal hetzelfde." Hij keek haar scherp aan. "Jij wilde zelf niet studeren, dus dan is het logisch dat..."

"Dat is helemaal niet logisch," snauwde Claudia. "Fleurtje is het lieve jongste kindje, en Marleen en ik tellen niet."

Marleen begon heftig te knikken. "Ja, Fleur is die bekende krekel die nooit aan de toekomst denkt. En wij maar werken voor ons geld."

Oma schudde haar hoofd. "Wat zijn jullie een stel jaloerse meiden. Dat valt me vreselijk van..."

"Moeder!" bitste mam, en ze wierp oma een dodelijke blik toe. "Wilt u zich hier even buiten houden? Dit zijn onze zaken!"

Dat liet oma zich natuurlijk niet zeggen en terwijl ook Claudia en Marleen zich weer in de strijd mengden, keken pap en ik elkaar maar eens zuchtend aan.

Aan zijn gezicht zag ik dat hij precies hetzelfde dacht als ik: *Ja, wij Zomerdijkjes... Eén gezellige en gelukkige familie!*

***

Na het toetje van roomijs met vers fruit en slagroom schoof oma haar stoel achteruit en stond op.

"Loop je mee, Fleur? Dan gaan we bij de receptie even een nieuw hutpasje voor je regelen." Ze praatte zo hard dat de halve eetzaal het hoorde.

Mijn moeder was blijkbaar alweer bijgekomen van de aanvaring met oma. Ze kromp eerst een beetje in elkaar, maar rekte zich daarna strijdbaar uit en deed haar mond ver open om oma van repliek te dienen. Maar op dat moment legde pap bezwerend een vinger op haar lippen en ze zakte terug op haar stoel.

Oma snoof luidruchtig. "Mooi, daar gaan we dan, Fleur. Kom maar, meisje."

Ze pakte mijn hand en trok me mee naar de tafel waar opa en Koen ieder een enorm stuk kwarkgebak naar binnen zaten te werken.

"Ach, dat ziet er toch ook wel heel erg smakelijk uit," zei oma met een verlekkerd gezicht. "Het is moeilijk kiezen hier."

Opa knikte. "Ja, we hebben het maar goed. Wij eten ons klem, terwijl er een miljard mensen op deze wereld honger lijden."

"Dat is heel erg." Oma zuchtte. "Maar daar moet de politiek wat aan doen. Als eenling kun je daar zo weinig mee."

"Dat ben ik niet met u eens," reageerde Koen. "U zou bijvoorbeeld kunnen stoppen met vlees eten. Die hele vleesindustrie is één gigantische verspilling van landbouwgrond en drinkwater." Hij slikte. "Daarom hebben al die mensen in die arme landen honger. Omdat ze in het vrije westen geen maat kunnen houden."

Oma trok een gezicht. "Jij past goed bij Fleur, jongeman. Die roept altijd precies hetzelfde."

Koen glimlachte naar me. "Fleur heeft gelijk."

"Je hoeft voor mij geen moeite meer te doen, jongen. Fleurtje heeft me al overtuigd en daarom eet ik elke maandag vegetarisch."

"Och, heden," zuchtte opa. "Jij ook al, Greet? Dat had ik toch niet achter je gezocht."

Oma zette haar handen in haar zij. "Wat is er mis mee om dat vlees één dag in de week te laten staan, als je daar zoveel arme mensen mee kunt helpen? Een kleine moeite toch?"

Opa zuchtte opnieuw en nam snel een grote hap van zijn kwarkgebak.

Koen grinnikte. "Doe maar geen moeite, mevrouw. Als er één koppig is, is het mijn opa wel. Zelfs tegen beter weten in."

Opa mummelde iets onverstaanbaars en nam nog maar weer een hap.

Oma gaf Koen een knipoog en tikte opa op zijn hand. "We gaan zo toch nog wel een drankje doen, hè Coenraad? Of heb ik het al bij je verpest?"

"Welnee, Greet. Van een mooie vrouw kan ik veel hebben, hoor."

"Zien we elkaar dan over een halfuurtje in de Poemabar?"

Opa knikte. "Doen we."

Oma keek hem wat aarzelend aan. "Misschien kunnen we dan een dansje wagen? Wat denk je?"

Opa knikte alweer. "Ja, een beetje schuifelen, dat lukt me nog wel met de stramme knieën."

Oma lachte blij. "Mooi zo. Daar verheug ik me op. Ik ben dol op dansen." Daarna keek ze Koen aan. "Je hoeft geen mevrouw tegen me te zeggen, Koen. Dat vind ik niet klinken. Ik ben Greet."

"Als u het goed vindt, maak ik daar dan liever *oma* van," zei Koen. "Fleur zegt immers ook opa tegen oop."

Oma glimlachte. "Helemaal prima, jongen. Ik heb geen kleinzoons, dus dat komt goed uit."

Ze pakte mijn hand weer vast. "Fleur en ik gaan even naar de receptie. Zij komt bij mij in de hut logeren."

Opa knikte goedkeurend. "Dat is een goed plan. Ze zat zeker weer met die lastige zus van haar opgezadeld?"

Oma glimlachte. "Dat klopt. En Marleen heeft de hut liever voor zichzelf. Ze kan een beetje moeilijk zijn."

"Een béétje?" vond opa.

Oma legde haar vrije hand vertrouwelijk op zijn arm. "Ach, Marleen is verder een beste meid." Daarna draaide ze haar hoofd weer naar mij toe. "En wij vinden het met ons tweetjes maar wat gezellig. Hè, Fleur?"

"Nou en of," zei ik.

Oma liet opa los en ging weer rechtop staan. "Tot straks, Coenraad."

"Dag Greetje, tot straks."

***

De volgende dag had ik me net lekker met een romantisch boek op een luie stoel aan dek genesteld toen er een donkere schaduw over me heen viel.

Ik keek verschrikt op. "Oh, mam. Ben jij het? Wat een heerlijk weertje, hè?"

"Het is mij wat te heet," antwoordde mam en het viel me meteen op dat haar stem behoorlijk pinnig klonk.

"Nou, ik vind het super na al die regen in ons kikkerlandje," zei ik zo vrolijk mogelijk. "Eindelijk een beetje zon."

"Wat jij maar *een beetje* noemt," bromde mam. "Wat mij betreft, mag het ijsblokjes gaan regenen. Maar goed, ik ben hier niet om over het weer te praten."

Oh help, dat klonk alsof er een moederlijke donderbui op komst was!

En ja hoor, daar barstte de bui al los.

"Waar was jij met het ontbijt? Dit is een gezellig familie-gebeuren en alle maaltijden gebruiken we gezamenlijk." Ze keek me zo fel aan, dat ik even de neiging kreeg om op te springen en weg te draven, maar dat leek me bij nader inzien niet de beste reactie.

"Ontbijt begin ik niet aan, mam. Je weet best dat ik geen vroege vogel ben."

"Met dat luie gedoe van jou heb ik niets te maken," zei mam pinnig. "Dan had je beter thuis kunnen blijven."

"Ik heb je in Nederland al gezegd dat ik uiteraard best met ons allen wil lunchen en 's avonds warm wil komen eten, maar bij het ontbijt moeten jullie het maar gewoon zonder mij doen." Ik glimlachte onwillekeurig even. "Ik ben 's morgens toch niet te genieten, dus dat is alleen maar prettiger voor iedereen."

Mijn moeder leek daar even over na te denken. "En wat doe jij dan hier als ik vragen mag?"

Ik keek haar wat verbaasd aan. "Dat zie je toch? Ik probeer even lekker te lezen." Ik pakte mijn boek weer op. "En als je het niet erg vindt, dan ga ik daar nu even mee door, want het is hartstikke spannend."

"Geen sprake van," bitste mam. "Het is lunchtijd en we zitten allemaal op je te wachten."

"Maar ik heb mijn ontbijt net achter de kiezen. Ik hoef nu echt geen eten."

"Daar heb je het nou al. Maar dat gaat niet gebeuren, Fleur. Afspraak is afspraak."

"Maar mam, ik heb nu echt geen trek."

"Dan maak je maar trek."

Mijn moeder ging kaarsrecht staan en keek even kort om zich heen. Dat was een soort gewoontegebaar van haar. Daarna zou ze haar blik weer op mij richten en me zonder pardon van mijn stoel sleuren.

Maar tot mijn verbazing bleef mam in de beweging steken en staarde met samengeknepen ogen naar de reling een eind verderop.

Ik volgde haar blik.

Verdraaid!

Daar had je Jannes van Mechelen. En die vervelende kerel stond weer eens ongegeneerd naar mij te gluren.

Of keek hij naar mam?

Want door de afstand kon ik niet zien waar zijn blik precies op gericht was.

"Mam," zei ik. "Dat is hem nou. Die Jannes van Mechelen waar ik het gisteravond over had. Die vent kom ik opeens overal maar tegen."

Mam gaf geen antwoord. Ze bleef gewoon naar Jannes staren alsof ik niet meer bestond. Er trilde een spiertje in haar mondhoek.

"Mam! Ken je die vent?"

Mam scheurde haar blik van Jannes los. "Natuurlijk ken ik die man niet," zei ze, maar haar stem was ineens ontzettend schor. "We zitten in het Toendra-restaurant. Kleed je fatsoenlijk aan en dan zie ik je zo."

En daarna vluchtte ze weg.

Een ander woord kan ik echt niet verzinnen voor de manier waarop mam maakte dat ze wegkwam.

Ik keek haar even wat verbaasd na en richtte daarna mijn ogen weer op Jannes van Mechelen. Maar die was nergens meer te bekennen.

Vreemd.

***

Echt gezellig werd de familie-lunch niet. Ik prikte wat lusteloos in mijn salade en nam alleen een hapje als er iemand naar me keek. Mijn moeder was ontzettend prikkelbaar en oma leek haar uiterste best te doen om haar nog meer op stang te jagen.

Mijn vader probeerde de boel nog een beetje op te vrolijken met leuke anekdotes over diverse familieleden, maar hij kreeg de lachers niet op zijn hand. "We passeren straks de evenaar," zei hij bij het toetje opgewekt. "Dan komt Neptunus hier aan boord.

Dat is altijd weer dolle pret."

"Ik zie er de lol echt niet van in om mensen in het zwembad te gooien," reageerde Claudia zuur. "Mij zien ze daar niet."

Ik leunde achterover. Het zou voor mij al de vierde keer zijn dat ik de evenaar passeerde en dan is het bijzondere er een beetje af. Maar om Claudia te ergeren, riep ik dat het vast ontzettend leuk zou worden en dat ik het feestje niet aan mijn neus voorbij zou laten gaan.

Marleen trok haar wenkbrauwen op. "Over onvolwassen gesproken," mompelde ze hooghartig. Ze keek op haar horloge en gaf Claudia een samenzweerdige knipoog.

Raar. Waren die twee wat van plan?

"Je hoeft geen kind te zijn om een beetje pret te hebben in het leven," vond oma. "Al die verzuurde volwassenen maken de wereld er niet gezelliger op."

Ik wilde me net weer met de discussie gaan bemoeien, toen Claudia me opeens aanstootte. "Heb jij toevallig tampons bij je?" fluisterde ze op een discreet toontje. "Ik ben ze vergeten."

Ik knikte. "Ja, altijd. Maar die hebben ze hier aan boord vast ook wel te..."

"Daar kan ik niet op wachten. Ik voel opeens allemaal nattigheid. Liggen ze in je hut?"

"Ja, maar..."

"Kan ik je boordpasje dan even lenen? Dan ga ik..."

Daar had je het al. Wat moest ze met mijn pasje?

Ik keek naar mijn zus. Claudia zag er op dit moment heel kwetsbaar en zelfs zielig uit, maar ik vertrouwde haar voor geen meter. Ik bedoel, welke vrouw vergeet er nou om haar tampons in te pakken? Dan ben je wel erg duf bezig.

En ik was die knipoog die ze net met Marleen had uitgewisseld ook nog niet vergeten.

Dit was een flauwe poging om mijn pasje in te pikken. En wie weet wat mijn twee lieve zussen er allemaal mee van plan waren, dus hier trapte ik mooi niet in.

Maar het kon geen kwaad om het ik-sta-op-het-punt-om-heftig-door-te-lekken-spelletje mee te spelen, een gewaarschuwd Fleurtje telt immers voor twee.

Ik schoof mijn stoel achteruit. "Ik loop wel even met je mee."

Tot mijn genoegen zag ik dat Claudia's gezicht even op onweer sloeg, maar daarna had ze de boel meteen weer in de plooi.

"Let jij even op de jongens, Marleen?" vroeg ze. "Ik ben zo terug."

Marleen knikte stralend. "Tuurlijk, Claudia. Graag zelfs." Ze draaide zich naar Herman en Sander. "Wat dachten jullie ervan, boys? Zullen wij zo meteen gaan kijken hoe Neptunus al die sukkels in het zwembad kiepert?"

Daar hadden de kinderen wel zin in en ze begonnen zo luid te juichen dat mijn moeder haar vingers in haar oren stopte.

"Dan gaan wij maar gauw," zei Claudia. Ze trok mij nogal opdringerig met zich mee, de eetzaal uit.

En ik besefte dat ik nu heel erg op mijn tellen moest gaan passen.

Hoofdstuk 7

Claudia wilde – vanwege de dreigende lekkage – natuurlijk niet met de trap naar beneden, dus namen we de lift, want dan kon zij haar benen zo strak mogelijk tegen elkaar klemmen.

Terwijl we het trappenhuis van dek 9 binnenstapten, klonken er vrolijke pinggeluiden uit de luidsprekers en een tel later schalde de overdreven vrolijke stem van cruise director Dave door de hal.

"Dames en heren, een hele goede middag op deze prachtige dag. Graag vraag ik even uw aandacht voor een bijzondere gebeurtenis. Dadelijk zullen wij de evenaar passeren en daarom is er zojuist een vip aan boord van ons cruiseschip Cupido gestapt. En dat is natuurlijk niemand minder dan Neptunus, de heerser over de zeven zeeën. U bent van harte welkom bij de ceremonie die op..."

"Wat een flauwekul, zeg," praatte Claudia door de enthousiaste aankondiging heen. "Die vent doet ook steeds zo overdreven blij. Alsof het leven een lolletje is."

Ik moest erom lachen. "Het leven is echt helemaal zo slecht nog niet, hoor."

"Wat weet jij daar nou van?" barstte Claudia los. "Je gaat nog wel anders praten als je eenmaal kinderen hebt en je geliefde echtgenoot laat jou ook overal alleen voor opdraaien."

"Maar Emiel kon toch geen vakantie krijgen?" vroeg ik.

"Emiel vertíkte het om daar ook maar enige moeite voor te doen. Als hij gewild had, was het hem heus wel gelukt. Als hij met zijn vrienden op pad wil, is er ook nooit een probleem met de vrije dagen."

We waren al pratend bij mijn hut aangekomen. Ik scande mijn pasje, stapte naar binnen en viel languit over het lege afvalemmertje dat onze behulpzame steward meteen achter de deur in het gangetje had neergezet.

"Waarom ga je liggen?" vroeg Claudia fijntjes. "Wordt het geweldige leven je opeens toch te veel?"

"Ik struikelde," zei ik wat overbodig.

Claudia gaf geen antwoord. Terwijl ik weer opkrabbelde, liep zij ongegeneerd de hele hut door, duwde de schuifdeur open en stapte het balkon op. "Mooi uitzicht, zeg."

"Ja, de zee verveelt niet gauw. Maar jij hebt toch ook zo'n balkon?"

Er klonk onverwacht een luid geroffel van vuisten op mijn deur. "Er wordt geklopt," riep Claudia vanaf de reling van het balkon. "Doe maar gauw open."

Heel vaag in mijn achterhoofd vroeg ik me nog af, waarom Claudia het opeens zo belangrijk vond dat ik de deur snel opendeed, terwijl ze toch dringend om een tampon verlegen zat. Maar die gedachte fladderde meteen weer weg.

Ik schoof het afvalbakje opzij, trok de deur open en toen voelde ik hoe mijn ogen in spleetjes veranderden.

Er stond een heuse zeerover in de gang en het leek wel alsof die regelrecht uit een sprookjesboek tevoorschijn was gesprongen. Een grote kerel met een knalgele baard in een traditioneel piratenpak. Hij had een zwarte lap voor zijn linkeroog, een houten been en ik zag een stoffige papegaai van rood-geel fluweel op zijn schouder zitten.

Terwijl de vent me met één bruin oog intens aankeek, duwde hij de punt van een speelgoedzwaard op mijn borst. Tenminste, ik hoopte maar dat het nep was, want het zag er eigenlijk best echt uit.

"Juffrouw Zomerdijk?" vroeg hij in onvervalst Nederlands.

Ik staarde hem aan. "Eh... En u bent?"

"Ik ben kapitein Geelbaard, de schrik van de zeven zeeën," bralde de piraat. "Speciaal gezant van Neptunus."

Ik wist nog steeds niet goed wat ik met de vent aan moest. "Oh... Eh..." stotterde ik.

De piraat duwde zijn zwaard nu tegen mijn keel. "Bent u juffrouw Zomerdijk?"

"Ja, hoor," brulde Claudia achter me. "Dat is Fleur Zomerdijk. Ze is nog nooit over de evenaar gevaren."

"Wat een kul! Ik ben al tig keer..."

Maar mijn protesten haalden niets uit. Kapitein Geelbaard stapte opzij en een tel later viel er een zwarte schaduw over mijn hoofd. Ik deed mijn handen nog omhoog om het af te weren, maar toen zat ik al gevangen.

In een visnet...

En ik was niet de enige. Er zaten nog twee andere vrouwen onder hetzelfde net, een blonde en een roodharige, die alle twee een vrolijke bikini droegen.

De blonde was heel slank, maar de roodharige had een duidelijk buikje. En dat zag er niet uit alsof het overvloedige eten aan boord de oorzaak was. Die vrouw was al minstens een maandje of vier in gezegende omstandigheden, zoals ze dat vroeger bij ons in het ziekenhuis altijd noemden.

Allemaal heel leuk natuurlijk, maar ik kon nu beter maken dat ik wegkwam, ik had echt geen zin in deze flauwekul.

Ik begon aan het net te trekken, om er onderdoor te kunnen glippen, maar dat hielp weinig, want er zat geen enkele rek in de stof.

"Voer ze weg!" brulde de piratenkapitein boven mijn hoofd.

Als uit het niets kwam er een hele horde zeerovers aangerend en tegen zo'n overmacht kon ik natuurlijk helemaal niet op. Ik moest wel meelopen.

Achter me hoorde ik Claudia in een soort vals gehinnik uitbarsten. "Veel plezier, Fleur. Geniet van de ceremonie, dat gaan wij zeker weten ook doen!"

Ik wilde iets terugroepen, maar omdat me niks ludieks te binnen schoot, zag ik daar toch maar van af. Ik kon maar beter net doen of ik het allemaal erg leuk vond, dan hadden die twee trutten van zussen van me er tenminste geen lol van.

De zeerovers gebruikten lange knalroze zuurstokken om hun drie gevangenen – wij dus – op een speelse manier in beweging te houden en ik keek vanuit mijn ooghoeken naar de andere meiden. Die hadden duidelijk de grootste lol in het gebeuren.

Tja, die hadden zich natuurlijk vrijwillig opgegeven voor deze toestand.

"Jij bent Fleur, hè?" zei het blonde meisje dat het dichtste bij me liep. "Heb ik dat daarnet goed gehoord?"

Ik knikte. "Ja, klopt. Fleur Zomerdijk."

"Ik ben Hedy van Zijl," zei ze vrolijk en daarna wees ze op de roodharige-met-het-zwangere-buikje. "Dat is onze collega Angela, die is ook Nederlands."

Angela stak al lopend haar hand naar me uit. "Hoi Fleur, leuk je te ontmoeten. Ik heb je gister bij de sloepenrol gemist." Ze lachte vrolijk. "Maar er waren ook zoveel nieuwen."

"Jullie werken hier?" vroeg ik.

"Ja, sinds het vertrek van de Cupido uit Amsterdam. En jij?"

Ik trok mijn schouder wat omhoog. "Ik ben gewoon passagier."

"Je bent een gast?" zei Angela verbaasd. "Hoe kan dat nou? Dit is alleen voor personeel. Tenminste..." Ze keek naar Hedy. "Toch?"

Hedy schudde haar hoofd. "In principe wel, maar als gasten het leuk vinden, kunnen ze zich opgeven." Ze keek naar mij. "Waarom heb je eigenlijk een jurk aan? Dat is niet echt handig, lijkt me."

Voor ik ook maar iets kon terugzeggen, begonnen de zeerovers om ons heen keihard te brullen en vervolgens joegen ze ons – met behulp van die zuurstokken – minstens vier trappen op.

Het was maar goed dat er met mijn conditie niks mis was, want ze hielden er een flink tempo in en ik kon pas weer wat zeggen toen we eindelijk boven waren.

"Mijn zussen hebben me dit geflikt," legde ik wat hijgend uit. "Ik ben al zeker vier keer over de evenaar gevlogen."

"Dat is iets heel anders dan varen," vond Hedy. "Maar als je er niks aan vindt, regel ik wel even dat ze je loslaten. We hebben niks aan klagende passagiers."

"Als dat zou kunnen," zei ik. "Niet omdat ik zo'n trutje ben of zo, maar ik gun mijn zussen die lol gewoon niet."

"Snap ik helemaal." Angela knikte. "Ik heb ook van die vervelende zussen." En daarna zette ze het zonder pauze op een brullen. "Hé, Mark! Zij wil los!"

Er kwam geen enkele reactie uit het clubje zeerovers om ons heen. Integendeel, ze dirigeerden ons een hal door en ik zag aan het eind de schuifdeuren naar het zwembaddek al wijd openstaan.

"Mark!" riep nu ook Hedy keihard. "Er is een vergissing begaan. Fleur is..."

"Mond dicht, kikkervis!" brulde de piratenkapitein. "Ik ben Geelbaard, de schrik der zeven zeeën!"

Hij stapte soepel opzij en terwijl de zeerovers ons het dek op joegen, drong er een smerige walm van rauwe vis mijn neusgaten binnen. Hè bah, als ik ergens een hekel aan had, dan was het wel aan vis, die ver over de datum was.

Maar ik kreeg geen tijd om me over de vislucht te beklagen, want twee tellen later spoelde er een plens ijskoud water over ons heen. Angela en Hedy gilden het uit van pret. Zelf wist ik me nog net in te houden.

We werden naar een schaduwrijk hoekje van het dek gebracht, waar nog zes andere meiden onder soortgelijke netten gevangen zaten en de zeerovers gooiden luid joelend een volgende emmer water boven ons leeg.

Toen het luide gegil weer was weggestorven, riep Hedy: "Kapitein Geelbaard, mag ik u even wat vragen?" Na een korte aarzeling voegde ze daar nog aan toe: "Alstublieft?"

Maar dat maakte geen enkele indruk op de vervaarlijke kaperkapitein. "Zwijg, kikkervis!" brulde hij en vervolgens gaf hij zijn mannen de opdracht om nog maar eens een flinke plens water over ons heen te kieperen.

"Ik ben bang dat je de pineut bent, Fleur," zei Angela. "Mark gaat helemaal in het spel op."

"Welnee," zei Hedy. "Mark is gewoon een sukkel die misbruik maakt van de situatie. Ik zal..."

Door de mazen van het net zag ik mijn twee zussen sadistisch genietend bij de rand van het zwembad staan en mijn twee modelneefjes stonden – heftig op mij wijzend – te springen van de pure pret. Weer een eindje verder ontdekte ik het magere silhouet van opa dat zich tegen de stralend blauwe lucht aftekende. Het kon haast niet anders of Koen was ook ergens in de buurt.

Tja, wat had ik nog voor keus? Ik moest het spelletje wel meespelen, want anders zat er na afloop weinig anders voor me op dan overboord te springen, omdat ik dan nooit meer iemand onder ogen durfde te komen.

Ik tikte Hedy op haar arm. "Laat maar verder. Ik doe gewoon of ik het allemaal fantastisch vind, anders maak ik me voor eeuwig belachelijk."

"Wel zonde van je dure jurkje," zei Angela. "Dat moet heel wat hebben gekost."

Ik knikte zuur. "Minstens honderd dollar en dan kan ik de bijpassende accessoires ook wel weggooien." Ik keek wat spijtig naar mijn voeten.

"Dat zijn hartstikke leuke sandaaltjes." Angela's blik gleed onderzoekend over mijn outfit en haar gezicht betrok. "Leuk sjaaltje ook, maar dat is inderdaad een kleur die verder nergens bij past."

Ik zuchtte diep. "Ja, het is..." begon ik en toen schoot me te binnen dat ik mijn bikini er immers onder droeg.

Ik wurmde me met de nodige moeite uit het jurkje, maar dat was natuurlijk ook niet handig, want waar moest ik het neerleggen?

Uiteindelijk knoopte ik het maar voorzichtig om mijn middel.

Er klonk tromgeroffel en daar kwam Neptunus aan gestapt. Net als zeeroverkapitein Geelbaard zag ook hij eruit alsof hij net uit een eng kinderboek was gestapt. Hij droeg een lang zeeblauw gewaad, had een wapperende witte baard à la Sinterklaas en hij liep met een enorme goudkleurige drietand te sjouwen.

Naast hem zag ik een vent in een zwarte toga met een witte krulletjespruik op zijn hoofd, die een enorm dik wetboek onder zijn arm hield. Dat was een rechter, dat kon niet missen.

Achter hen liep een zeemeermin in een nauwsluitende jurk die onderaan uitwaaierde in een soort vissenstaart.

Aan de korte kant van het zwembad waren twee tronen neergezet en daar gingen Neptunus en de rechter op zitten. De zeemeermin ging – met een stralend gezicht – achter hen staan.

"De journalisten zijn er ook," zei Hedy en ze wees op een groepje mensen die zich aan de lange zijde van het zwembad vrolijk lachend over twee rijen stoeltjes verdeelden.

"Sst..." fluisterde Angela. "Het feest gaat beginnen. Ik hoop alleen niet dat de vis erg smerig is."

"Vis?" vroeg ik geschrokken. "Wat voor vis?"

"De koks hebben een grote vis gemaakt. Die staat daar naast Neptunus, op dat paaltje geprikt. Die moeten we straks kussen."

Ik staarde met een vies gezicht naar de enorme vis, die er heel levensecht uitzag. De ogen leken te leven.

"Maar die is van papier, toch?" vroeg ik hoopvol.

"Niks hoor, die hebben ze van stukken vis gemaakt."

"Van de bedorven restjes," voegde Hedy er vrolijk aan toe.

"Daarom kunnen we hem hier ruiken."

"Oh, nee toch! Ik ben vegetariër," sputterde ik.

"Maar dan eet je toch gewoon vis?" vroeg Angela. "Ik heb tenminste een vriendin die..."

"Echte vegetariërs lusten geen dieren," viel ik haar in de rede.

"Een vis is ook een dier."

Angela glimlachte. "Oh, oké. Maar je hoeft hem niet op te eten, hoor. Een simpel kusje is genoeg."

"Daar ga ik niet aan beginnen," zei ik vastberaden.

"Je kunt maar beter gewoon meespelen, Fleur," waarschuwde Hedy. "Ik heb gehoord dat er op de vorige reis ook iemand had geweigerd om de vis te kussen en die hebben ze toen helemaal met een rauwe haring en uien ingewreven. Dat arme meisje liep dagen later nog gigantisch te stinken."

"En dan gaan je zussen helemaal uit hun dak," voegde Angela daar nog opgewekt aan toe.

Ik haalde diep adem. Daar was ik klaar mee, zeg. Ik moest mijn verstand maar gewoon op nul zetten en dat beest straks een luchtkusje geven.

Hoewel... Ik kon mijn hersens eigenlijk maar beter in de hoogste versnelling gooien en iets bedenken om wraak op mijn zussen te kunnen nemen. Want dit liet ik er natuurlijk niet bij zitten!

***

Terwijl ik mijn hersens afbeulde, hield de vent in het rechters-
pak een algemeen praatje over de diverse schanddaden die de
gevangenen hadden begaan: te veel gegeten, op het foute moment te hard gelachen, de pizza's laten aanbranden en de kapitein thee gebracht terwijl de goede man om koffie had gevraagd... Dat soort vergezochte onzin dus, die blijkbaar keihard
afgestraft diende te worden.

Mijn zussen stonden vreselijk te lachen en daar werd ik me toch
sacherijnig van!

"Ik vind dit allemaal erg kinderachtig en flauw," zei ik. "We
zijn volwassenen onder elkaar, maar het lijkt hier wel een kleuterschool."

"Sst," zei Hedy waarschuwend. "Maak je niet zo dik, het is
maar een geintje."

"Nou, ik vind..."

"Sst!"

"En dan heb ik het nog niet eens over de allerergste misdaad gehad," bralde de rechter gewichtig. "Eén van deze kikkervissen
heeft het helemaal bont gemaakt. Zij pest haar zussen!"

Ik schrok ervan. Oh help! Daar zou je het hebben!

De rechter keek gewichtig naar Neptunus, die direct een geschokt gezicht trok. "Zij pest haar zussen?" brulde de zeegod.
"Dat moet zwaar worden gestraft!"

De rechter knikte en wenkte de kaperkapitein. "Laat Miss Fleur
Summerdike voor ons verschijnen!"

Onder luid gejuich van het publiek werd ik onder het net vandaan gehaald. Toen ze me naar voren brachten, zag ik pas dat de stinkende vis niet het enige lolletje was, wat het rechterspanel in petto had. Voor de stoelen van de journalisten stond langs de rand van het zwembad een lange tafel met daar bovenop een aantal grote zwarte emmers, die gevuld waren met een smerige smurrie. In een flits zag ik dat de vieze bagger in drie kleuren op voorraad was: gifgroen, zuurstokroze en poepiebruin.

Bah! Ik kreeg gewoon zin om heel hard te gaan gillen, maar ja... Dus trok ik een vrolijk gezicht, lachte opgewekt naar mijn zussen en stapte met een rechte rug op Neptunus af.

"Fleur Zomerdijk?" vroeg de zeegod. Het klonk dreigend, maar tegelijkertijd ook erg Nederlands.

Ik kon er niks aan doen. "Hai, Nep," antwoordde ik vrolijk. "Leuk je te zien."

Want wat kon die vent me nou eigenlijk maken? Dit was bedoeld als een lolletje voor de passagiers. Nou, daar ging ik eens lekker aan meewerken. En die stinkende vis, daar kwam ik ook wel weer overheen.

"*We speak English here*," brulde Neptunus met een vreselijk Hollands accent.

"*Orde*!" riep de rechter en daarna legde hij nog eens in geuren en kleuren uit wat een pestkop ik wel niet was.

"En wat heb je hierop te zeggen?" vroeg Neptunus in zijn krakkemikkige Engels.

Ik ging rechtop staan, draaide me naar het publiek en riep boven het geroezemoes van de mensen uit: "Ik ben onschuldig!"

De rechter trok verschrikt een wenkbrauw op. Blijkbaar kwam het woord *onschuldig* niet in zijn script voor.

"Onschuldig," herhaalde ik keihard en ik sloeg mijn armen strijdlustig over elkaar.

"Onzin," vond Neptunus. "Iedereen is schuldig. Jij mag de vis gaan kussen." Hij haalde diep adem om verder te gaan, maar ik was hem net voor. "Dat ben ik niet van plan! Wat is dit voor een slappe rechtbank? Luisteren jullie alleen maar naar roddels?"

Neptunus keek me even verbaasd aan. Ook hij was blijkbaar gewend dat alles altijd van een leien dakje ging. Maar zijn verwarring duurde niet lang. Hij haalde opnieuw diep adem, bewoog zijn handen op en neer om het publiek mee te krijgen, en schreeuwde op een ritmische toon: "Kus de vis! Kus de vis!"

Het publiek vond het allemaal prachtig en iedereen begon mee te brullen en te klappen.

"Kus de vis! Kus de vis!"

Tja...

Kapitein Geelbaard haastte zich naar voren om mij naar de vis te leiden, maar op dat moment stapte er een hoogbejaarde man in zijn pad.

Opa dus. En opa stak gebiedend zijn vinger naar Geelbaard op. "Laat de jongedame met rust. Zij is onschuldig!"

Geelbaard zoog gierend wat lucht naar binnen en brulde: "Uit de weg, kikkervis!"

Opa zwaaide vermanend met zijn wijsvinger voor Geelbaards ogen heen en weer. "Kikkervis? Mankeert er iets aan je verstand, snotneusje? Ik was al lang en breed huisarts toen jij je luiers nog onderpoepte. Als er hier iemand een kikkervis is, ben jij dat wel."

Geelbaards mond viel open van pure verbazing en meer dan

een vaag gestamel kreeg hij er niet uit.

Het publiek dacht ondertussen dat het er allemaal bij hoorde en overal werd gelachen en geklapt.

De rechter en Neptunus keken elkaar eens aan en ik zag ze tot de conclusie komen dat ze het nieuwe spel maar beter mee konden spelen.

"Meneer, wilt u zo vriendelijk zijn om voor mij te verschijnen?" sprak de zeegod op een plechtig toontje, toen het eindelijk weer stil was.

"Zeker wel, majesteit," antwoordde opa. "Dat is mij een hele eer."

Hij gaf me knipoog, stapte langs me heen en ging voor Neptunus staan.

Neptunus zwaaide kort met zijn drietand om het uitgelaten publiek opnieuw stil te krijgen en daarna maakte opa een korte buiging voor hem. "Majesteit, mijn naam is Coenraad van Hout, ik ben huisarts en ik kom u voor een vreselijke vergissing behoeden."

Neptunus knikte langzaam. "Welke vergissing?"

"De jongedame hier pest haar zussen niet. Het is juist andersom."

"Andersom?"

Opa knikte en hij wees opzij, naar Claudia en Marleen. "Daar staan de ware schuldigen. Dát zijn de pesters."

Ik zag hoe Claudia en Marleen het opeens erg warm kregen. Ze keken elkaar aan en daarna probeerden ze naar achteren te schuifelen, maar dat lukte niet omdat mijn geliefde neefjes aan hun armen begonnen te trekken.

Geelbaard besefte dat hier zijn kans lag om zijn afgang weer goed te maken, en hij stuurde meteen zijn mannen op Claudia en Marleen af. De neefjes vonden het allemaal prachtig en al gauw stonden ze alle vier ook voor Neptunus.

"Kijk eens naar die twee ouwe koppen," zei opa onparlementair en daarna wees hij op mij. "En kijk dan eens naar dat mooie jonge gezichtje van Fleur. Wie is hier dan het kleine zusje dat nog steeds wordt gepest door haar gemene oudere zussen?"

Neptunus keek naar Marleen en Claudia en vandaar naar mij. "Ja, die twee zijn duidelijk een stuk ouder," concludeerde hij.

"En die twee zijn dus schuldig aan pesten," zei opa. "Zij moeten de vis kussen." Hij draaide zich naar het publiek dat de gebeurtenissen ademloos volgde en riep: "Kus de vis! Kus de vis!"

"Ja!" riepen de mensen. "Kus de vis. Kus de vis!"

Onder luid gejuich van mijn neefjes werden Claudia en Marleen door de piraten naar de vis gevoerd en met hun mond op het stinkende beest gedrukt.

Daarna moesten ze op de lange tafel gaan liggen en de neefjes mochten – kraaiend van plezier – meehelpen om hun moeder en tante onder de troep te smeren. Binnen de kortste keren hadden ze alle kleuren van de regenboog. Het publiek mocht nog even joelen en vervolgens werden mijn valse zussen zonder pardon en onder luid gejuich het zwembad in gekieperd.

Ik moet eerlijk bekennen dat ik misschien nog wel het hardste juichte van iedereen. En daarna sloeg ik mijn armen om opa heen. "U bent een schat," zei ik uit de grond van mijn hart.

"Helemaal mee eens, Fleur," hoorde ik mijn oma achter me zeggen. "Maar nu mag je hem wel loslaten, want hij is toch heus van mij."

Opa moest er erg om lachen en hij gaf kapitein Geelbaard een vrolijk tikje op zijn arm. "De vrouwen vechten nog om me. Hoor je dat, jij kapitein der kikkervissen? Dat moet jij nog maar eens waar zien te maken, als je zo oud bent als ik." Hij pakte oma's hand. "Wij gaan lekker een borreltje halen, wat jij, Greet?"

"Als het ook een kopje thee met taart mag zijn, ben ik je vrouw," grapte oma en giechelend liep ze met opa mee.

Neptunus keek hoofdschuddend toe hoe de twee oude mensen bij de bar twee krukken wisten te veroveren en knus naast elkaar gingen zitten. Daarna trakteerde hij mij met zijn hand op een soort wegwerpgebaar en trok de microfoon weer naar zich toe. "Laat de volgende misdadiger voor mij verschijnen!"

Ik liep een eindje opzij om kapitein Geelbaard door te laten en kreeg daardoor een fraai uitzicht op het zwembad, waar Claudia heftig balend haar dure permanentje – dat trouwens vol chocola zat – probeerde droog te houden, terwijl Marleen verwoede pogingen deed om haar contactlenzen van de ondergang te redden. Wat met het oog op de twee fanatiek rondspetterende neefjes natuurlijk geen doen was.

Marleen wilde zich bij de kant optrekken, maar de piraten duwden haar zonder medelijden het water weer in. "Je mag er pas uit, als Neptunus dat zegt," klonk het streng.

"Die oop," hoorde ik Koen naast me zeggen. "Die twee dames daar hebben hun trekken flink thuis." Hij grinnikte. "En die twee neefjes van je hebben zo te zien de tijd van hun leven."

Ik knikte vrolijk en mijn gezicht ging helemaal op standje zon toen ik zag dat Marleen me ontzettend vuil aankeek. Voor ik het besefte, vormde mijn mond de woorden: "Wie een kuil graaft voor een ander, moet zelf het zwembad in."

Met een woeste beweging draaide Marleen haar hoofd van me weg, maar dat was niet erg slim van haar, want neefje Herman had net een nieuwe aanval ingezet en ze kreeg dan ook een enorme plens water over zich heen.

"Mijn lenzen!" kreet Marleen en ze sloeg haar handen dramatisch voor haar ogen.

"Nu maar hopen dat ze een reservepaar bij zich heeft," zei Koen en hij keek er zowaar een beetje bezorgd bij. "Een verloren lens kan een dure grap zijn."

"Ze stelt zich aan," verklaarde ik luchtig. "Ze gebruikt daglenzen, die gooit ze elke avond weg. Van eentje meer of minder gaat ze heus niet failliet."

"Gelukkig maar," zei Koen. "Zij lijkt mij echt iemand om een klacht tegen het personeel in te dienen en een enorme schadevergoeding te eisen voor het aangedane leed."

Ik trok een gezicht. "Daar zeg je zowat. Ik ga straks wel even bij de receptie melden dat ze zichzelf voor dit feestje heeft opgegeven. Ze heet ook Zomerdijk, dus dat gaat hem wel worden."

"Heb je zin in een drankje?" vroeg Koen.

"Ja, dat lijkt me..."

Maar ik kon mijn zin niet meer afmaken, omdat iemand keihard begon te gillen.

"Help! Ze is bewusteloos! Help!"

De piraten stormden als één zeerover naar de andere kant van het dek en Koen volgde hen.

"Dokter Van Hout, Wilt u gaan kijken wat er mis is?" vroeg Neptunus door de luidspreker en daarna gebaarde hij naar de ober achter de bar. "Waarschuw de scheepsarts."

Als een rechtgeaard nieuwsgierig aagje wilde ik Koen snel achterna gaan, maar ik werd nog even afgeleid door opa die met een gewichtig gezicht van zijn barkruk af stapte en door een haag van mensen naar de plaats des onheils liep.

Ik stond er een beetje vertederd naar te kijken.

Die opa... Dat was me er eentje!

Op vrijwel hetzelfde moment zag ik vanuit mijn ooghoeken hoe Marleen en Claudia van de consternatie gebruik maakten om een nieuwe ontsnappingspoging te wagen en ik draaide mijn hoofd vol interesse naar het tafereeltje om.

Dat ging ze natuurlijk niet lukken, want de piraten...

Maar er was helaas geen zeerover te zien.

Dus keek ik wat spijtig toe hoe mijn achterbakse zussen de heftig spartelende kinderen op de kant zetten, waar de twee bengels zorgzaam door mijn ouders werden aangepakt. Daarna hesen ze zichzelf het water uit en stormden – met de roze smurrie nog in hun haren – in ijltempo het dek af.

Drie tellen later stond mijn moeder mij met overdreven gebaren te wenken. Mijn eerste impuls was natuurlijk om net te doen alsof ik haar niet zag, maar op mams gezicht was duidelijk te lezen dat ze mij wel doorhad.

Dus wurmde ik me door de mensen heen en liep naar mijn ouders.

"Wat ben jij altijd flauw bezig, Fleur," was het eerste wat mam zei. "Zo kinderachtig, dat je niet tegen een lolletje kunt. Die arme Claudia heeft allemaal vieze troep in haar dure kapsel."

Ik probeerde me nog in te houden, maar tegen de grote grijns die er opeens op mijn gezicht verscheen, kon ik niet veel doen.

"En nou sta je ook nog te lachen," snauwde mam verontwaardigd. "Het is een grof schandaal hoe jij je arme zussen altijd maar weer aan het treiteren bent."

Ze keek me zo kwaad aan, dat ik er boos van werd. Wat dacht ze wel niet? Ze snapte toch zelf ook wel dat het zo niet was gegaan?

Ik deed mijn mond al open om mam eens goed te vertellen hoe ik over die opmerking dacht, maar op dat moment ving ik een soort smekende blik op van mijn vader en daarom liet ik het er maar bij.

Pap had een laaiende hekel aan geruzie. Hij wilde het altijd graag *gezellig* houden en hij was dan ook de vredestichter in ons gezin. Tenminste, dat probeerde hij te zijn...

Meestal liep het allemaal op niks uit en stonden wij elkaar gewoon de hersens in te slaan, terwijl hij sussend "*Meisjes, meisjes toch!*" prevelde.

Ja, die arme pap had het best moeilijk in ons gezin dat verder alleen uit vrouwen bestond.

"Kan ik je ergens mee helpen, mam?" vroeg ik daarom. "Zal ik de jongens meenemen en wat leuks met ze gaan doen?"

"Nee," bitste mijn moeder. "Ik ben heel goed in staat om zelf op mijn kleinkinderen te letten." Ze nam een hap lucht. "Nee, het gaat om wat anders. Ik wil namelijk van jou weten of je de excursies al hebt uitgezocht?"

"De excursies..."

"Dat dacht ik nou wel," viel mam mij in de rede. "Ik heb je gisteravond het schema gegeven. En je hebt er nog niks aan gedaan, hè?"

"Ik ben er nog niet aan toe..."

"Sta niet tegen me te liegen, Fleur. Je lag vanmorgen ongegeneerd op het dek te zonnen. Je bent het gewoon vergeten!"

"Oké, ja... eh... Misschien heb ik er inderdaad even niet meer aan gedacht."

"Mooie boel," bromde mam. "Wil je zo vriendelijk zijn om dat nu direct te gaan regelen? We zijn morgen al in Jakarta."

"De excursiebalie is pas om vijf uur weer open en Jakarta..."

"Ja?" snauwde mam. Het klonk als een zweepslag.

Ik slikte onwillekeurig. "In Jakarta zijn er geen spectaculaire excursies. Ik herinner me vooral één grote vieze stad vol files."

"Wat een onzin, ik denk..."

Ik liet haar maar niet uitpraten. "Maar we zouden zelf een taxi kunnen nemen en naar Taman Mini Indonesia kunnen gaan."

"Wat een goed idee, Fleur," zei pap vrolijk. "Dat vinden de jongens vast ook leuk."

Mam stond pap een beetje achterdochtig aan te kijken. "Wat is dat dan, dat Taman gedoe?"

"Een soort Indonesisch Madurodam, maar dan wat groter allemaal," legde pap uit.

Ik knikte. "Er zijn veel tempels en huizen uit de diverse streken nagebouwd, vaak op ware grootte."

Mam trok een gezicht. "Ik denk niet dat Herman en Sander..."

"Voor de kinderen is er een leuke monorail en ze hebben van die zwevende gondeltjes. Er is een enorme vijver om op te varen, er zijn vogels en ze hebben ook nog een heus pretparkje bij een sprookjeskasteel."

Mam keek al wat minder sacherijnig en ik praatte enthousiast door: "En voor de volwassenen zijn de bijzondere gebouwen echt heel erg interessant en natuurlijk hangt er ook een echte Indonesische sfeer."

Ik vertelde er maar niet bij dat mam van de *Indonesische sfeer* in de aanwezige toiletten een rolberoerte zou gaan krijgen. Dat zijn namelijk van die simpele gaten in een betegelde verhoogde vloer, waar je echt moeite moet doen om goed te mikken, zal ik maar zeggen. En omdat iedereen met datzelfde euvel kampt en het woord *schoonmaak* blijkbaar niet bestaat in het Maleis, zitten de stinkende bruine, groene, gele en bloederig rode spetters overal, tot groot genoegen van diverse soorten smerige vliegen, muggen, kakkerlakken en ander ongedierte.

Bovendien doen ze in Indonesië niet aan wc-papier. Wel staat er altijd een enorme gemetselde betonnen bak of een grote teil met water naast het gat, waarin dan een vrolijk gekleurd plastic steelpannetje ronddrijft. Ik heb nooit durven vragen waar dat plakkerige steelpannetje nu precies voor dient...

Maar goed, ik moest maar even onthouden dat we morgen flink wat papieren zakdoekjes en een paar flesjes met ontsmettende handgel mee moesten nemen.

Mam stond me ondertussen broedend aan te kijken. "Morgen dus geen officiële excursie, maar de dag erna wil ik in ieder geval naar de Borobudur en de Komodo-varanen... daar mogen we ook niet in ons eentje heen, dus..."

Ik knikte welwillend. "Ik ga het zo even uitzoeken en de dingen die we niet zelf kunnen doen, zal ik straks om vijf uur voor ons allemaal gaan boeken, oké?"

"Ik weet niet of je oma ook mee wil," zei mam. "Dus vraag dat even, anders is het zonde van het geld."

"Ga ik doen, mam."

Mijn moeder snoof wat minachtend, maakte haar bekende draaibeweging met haar hoofd en ik zette me al schrap voor de volgende sneer. Maar die kwam niet.

In plaats daarvan zag ik haar onverwacht verbleken. "Kom, jongens, we gaan een ijsje halen," klonk het ineens ontzettend schor. Daarna greep ze de kinderen bij hun lurven en draafde zonder groeten weg.

"Wat was dat nou?" mompelde ik in mezelf. "Wat heeft die opeens?"

Maar pap hoorde me. "Ik vraag me af... Ze keek volgens mij naar die man daar."

Mijn ogen volgden paps wijzende vinger en een tel later keek ik recht in het lachende gezicht van Jannes van Mechelen...

Die gaf me een vrolijke knipoog, draaide zich om en verdween in de wriemelende massa mensen.

"Verdraaid," mompelde ik. "Wat moet die vent toch?"

"Was dat die man waar je het al een paar keer over had?" vroeg pap. "Die, eh... Hoe heette hij ook alweer? Van Leuven of Van Brussel zo?"

"Van Mechelen. Jannes van Mechelen." Ik schudde mijn hoofd. "Ik snap echt niet wat die kerel toch van me moet."

Pap keek wat nadenkend voor zich uit. "Misschien moet hij wel wat van je moeder. Tenminste, het is vast zo'n creatieve meneer die ze op een cursus heeft ontmoet."

"Mam zei vanmorgen nog tegen me dat ze hem niet kende. Toen liep hij op het promenadedek en..."

"En?" vroeg pap.

"Toen wist mam ook al niet hoe snel ze weg moest wezen," antwoordde ik langzaam.

"Dan kent ze hem vast alleen van gezicht," opperde pap. "Misschien is hij wel wat opdringerig of zo? Je hebt immers van die mensen... Als je daarmee aan de praat raakt, ben je er de eerste uren nog niet van af."

"Ik kan me eigenlijk niet voorstellen dat mam daar last van zou hebben. Je kunt van mam veel zeggen, maar ze is niet bepaald op haar mondje gevallen."

Pap knikte langzaam. "Je hebt gelijk, Fleur. Je moeder weet wel raad met die types." Ik zag hem slikken. "Vreemd eigenlijk. Ik zal haar straks nog eens vragen."

"Goed plan, pap. Maar ik heb zo'n donkerbruin vermoeden dat je geen antwoord krijgt."

"Ik vrees dat je gelijk hebt, Fleur." Pap zuchtte diep. "Maar ik ga toch maar eens kijken waar ze heen zijn. Het wordt me hier te lawaaierig."

"Nou je het zegt. Het is hier opeens een complete disco. Die muziek staat veel te hard."

"Ze zullen de aandacht wel willen afleiden van dat ongeluk van daarnet."

"Ja, wat was dat eigenlijk? Ik hoorde iemand gillen, maar verder heb ik er niks van meegekregen. Ik was helemaal afgeleid doordat Marleen en Claudia uit het zwembad klommen."

"Er was iemand flauwgevallen onder zo'n net. Een paar minuten geleden zag ik die nieuwe vlam van je oma achter zo'n brancard aan lopen."

"Dat is dokter Van Hout, een gepensioneerde huisarts," begon ik, maar pap viel me grinnikend in de rede: "Daar weet ik immers alles al van af, Fleur. Je oma is helemaal weg van die man, ze raakt niet over hem uitgepraat."

"Arme pap, dat valt ook niet mee met al die kakelende vrouwen. Ik kan me voorstellen dat we weleens wat te druk voor je zijn."

Er trok even een donkere schaduw over paps gezicht, maar daarna brak de zon meteen weer door. "Ach, ik weet immers niet beter," zei hij zuchtend. "En het is natuurlijk ook best gezellig met ons allen." Hij wreef even over zijn ogen en haalde daarna diep adem. "Maar nu ga ik er heus vandoor. Ik krijg last van mijn oren door die herrie."

Ik zwaaide pap na en ging daarna op zoek naar Koen, maar die kon ik nergens meer vinden.

En behalve Neptunus, die uitgebreid lachend – naast zijn zeemeerminnetje – met allerlei passagiers op de foto ging, zag ik weinig bekende gezichten meer op het dek.

Nou, dan werd het voor mij tijd voor een lekker bakje loeisterke koffie in *Café New York*. En heel misschien liep ik daar Koen ook nog wel tegen het knappe lijf.

Hoofdstuk 8

"Hé Fleur! Leef je nog?" klonk mijn oma's stem dwars door de deur van de badkamer heen. "Had jij niet met je moeder afgesproken om onze excursies te gaan boeken?"

Ik lag languit in een heerlijk warm schuimbad te suffen en ik schrok ervan. Verdraaid, zeg. Die stomme excursies. Die was ik alweer vergeten.

Ja, wat wil je ook? Excursies boeken was mijn werk en ik had nu vakantie!

"Hoe laat is het, oma?" riep ik terug.

"Kwart voor zes."

Ik schoot verschrikt rechtop.

"Kwart voor zes alweer? Dan mag ik wel opschieten."

Terwijl ik overeind kwam, zag ik dat er onder water diverse vellen papier scheef tegen de wand van het bad lagen te verkommeren.

Oh nee, hè? Ik had wel degelijk aan de excursies gedacht en ik had die formulieren al badderend liggen invullen, totdat ik in slaap was gevallen.

Ik viste de kletsnatte vellen uit de nattigheid en ik zag de inkt er bij wijze van spreken afdruipen. Tja, daar had ik helemaal niks meer aan. Bofte ik even dat ik een goed geheugen had.

"Daarom waarschuw ik ook," hoorde ik oma intussen roepen. "Vanavond verwacht Ada ons klokslag halfzeven in de eetzaal."

Ik stapte uit bad, trok de stop eruit en mikte de verdronken papierwinkel in het prullenbakje.

Terwijl het ontspannende schuimwater langzaam begon weg te

zakken, baalde ik heftig van mezelf. Ik was volwassen, zeg. Ik had vakantie. Moest ik dan maar steeds naar de pijpen van mijn moeder dansen? Ik kon niet eens normaal een bad nemen zonder dat ik ondertussen een opdracht van mijn moeder moest uitvoeren.

Bah!

Ik droogde me haastig af, trok het ondergoed aan dat ik al eerder had klaargelegd en liep op mijn slippers onze hut in, waar oma op een makkelijke stoel bij het tafeltje was gaan zitten.

"Zullen we dat stomme eten maar gewoon overslaan?" mopperde ik opstandig. "Mam lijkt wel zo'n slavendrijver. Ik heb er gewoon spijt van dat ik me heb laten overhalen om mee te varen."

Al pratend viste ik een van mijn nieuwe jurkjes uit de kast – de rode met zilveren glittertjes en een spannend decolleté – liet dat over mijn hoofd glijden en ging op zoek naar een bijpassend sjaaltje, want het moest voor het bedienend personeel natuurlijk ook weer niet té opwindend worden.

"Nou, ik heb nergens spijt van," verklaarde oma intussen. "Als ik thuis was gebleven, dan had ik Coenraad nooit ontmoet." Ze was even stil en keek me aan. "En trouwens, dat geldt voor jou ook. Jij vindt Koen toch een erg leuke man?"

Ik trok een gezicht. "Ja, dat klopt wel, oma. Maar... Hij schijnt ene Lydia te hebben. Dat zei opa Coenraad tenminste."

Gek, bij oma durfde ik het niet alleen over 'opa' te hebben, als het over Koens opa ging. Voor mijn gevoel hoorde mijn eigen opa nog steeds bij oma.

Onzin natuurlijk, het leven gaat door en mijn eigen opa was er al jaren niet meer.

Oma merkte mijn korte verwarring niet. Of ze deed net alsof.

"Zou het?" vroeg ze zich hardop af. "Ik heb van Coenraad nog niet gehoord dat Koen al aanhang heeft."

"Ik wél. Ik zat naast ze in het vliegtuig toen opa Coenraad dat zei. En Koen deed net of hij hem niet hoorde."

Oma tuitte haar lippen en daardoor kwamen er allemaal fijne rimpeltjes onder haar neus. "Tja, dat klinkt... Hoe zeg ik dat nou? Een beetje verdacht?" Ze wreef heel even over haar kin. "Hoewel, hij kan het natuurlijk ook echt niet gehoord hebben. Er is nou eenmaal veel lawaai in zo'n vliegtuig."

"Ja, dat is wel zo. Maar ja..."

"Nou, wat let je dan eigenlijk, Fleur? Je kunt het hem immers gewoon vragen?"

"Ach nee, oma. Dat kan toch niet? Dat klinkt zo... Zo... Alsof ik mezelf in de aanbieding gooi."

"Daar is helemaal niks mis mee, Fleur," vond oma. "Je kunt jezelf best even in de schijnwerper zetten bij een leuke man." Ze schraapte haar keel. "Kijk, vroeger deden we daar als vrouw natuurlijk moeilijk over, maar die jeugd van tegenwoordig is een stuk losser. Ik zei dat vanmiddag nog tegen Coenraad."

Ik schudde mijn hoofd. "Nou, dat is niet zo, oma. Sommige dingen doe je gewoon niet. Of... In elk geval doe ik het niet." Ik had eindelijk een geschikt sjaaltje gevonden, drapeerde dat elegant om mijn hals en daarna ging ik op bed zitten om mijn tenen nog eens extra af te drogen. "Ik zie mezelf al aan Koen vragen of hij iets met ene Lydia heeft. Dat durf ik gewoon niet."

"Hm..." bromde oma nadenkend. "Dat zou ik waarschijnlijk ook niet doen. Weet je wat? Ik bespreek het wel even met Coenraad vanavond. Die weet vast wel van de hoed en de rand."

"Oh, dat is een goed idee, oma. Ik vind het wel een beetje laf van mezelf, maar ja..."

"In de liefde mag alles," vond oma. "Je bent toch verliefd op hem?"

Ik zuchtte diep. "Dat weet ik eigenlijk niet. Ik ken hem nog maar kort. Ik vind hem wel heel erg leuk. Maar die Lydia zit me toch wel een beetje dwars."

"Ik ga er voor je achteraan," beloofde oma. "En als ik jou was, zou ik nu een beetje haast gaan maken met die boekingen. We moeten over twintig minuten al aan tafel."

"Ik heb er geen zin in," zei ik heftig. "Ik heb nog totaal geen honger. Halfzeven is echt geen tijd om al te gaan eten."

Oma glimlachte. "Het is maar wat je gewend bent. Zelf eet ik thuis altijd stipt om halfzes. Voor mij is dit erg aan de late kant. Eerlijkgezegd voel ik mijn maag al flink rammelen."

"Hoe is het mogelijk?" bromde ik. "Ik zit meestal pas om acht uur 's avonds aan de warme prak."

"Dat lijkt me logisch, Fleur. Je komt laat uit je werk en dan moet je nog boodschappen doen en koken."

Ik knikte. "Dat is waar, maar in het weekend is het meestal niet veel vroeger, hoor."

Oma begon te lachen. "Dus je kunt er niks aan doen dat je daarstraks om vier uur samen met Koen uitvoerig aan de tapas zat."

Ik kuchte. "Misschien heb ik toen inderdaad een beetje te veel opgeschept, maar dat kwam omdat ik bij de door mam verplichte lunch geen hap naar binnen kreeg, omdat mijn ontbijtje nog in de weg zat."

"Het is me wat met jou. Ik wil wedden dat ze vanavond bij de middernacht-snack weer een goeie klant aan je krijgen."

"Dat kan maar zo. Maar goed, ik ga even achter die excursies aan en mocht ik dan wat later bij het eten zijn..." Ik maakte mijn zin niet af, want oma begreep het zo ook wel.

"Tuurlijk," knikte ze. "Ik verzin wel een mooi verhaal over ellenlange rijen bij de balie." Ze lachte vrolijk. "Daar is trouwens weinig van gelogen, want toen ik er om halfzes toevallig langskwam, stond het er inderdaad helemaal tjokvol. Ze hadden een storing met de computer of zoiets."

"Dan is het maar goed dat ik er niet meteen om vijf uur heen ben gegaan," zei ik tevreden. "Dan had ik me suf geërgerd aan de rij."

"Ga nou maar gauw," drong oma aan. "Ik ben al een hele poos op deze wereld, maar ik heb nog nooit iemand ontmoet die haar tijd zo kan verkletsen als jij."

Ik schoot in de lach. "Dat beschouw ik dan maar als compliment, lief omaatje van me."

Ik ging in de kast op zoek naar mijn rode sandaaltjes, gaf oma nog een liefdevolle kus op haar wang en stapte de hut uit.

Via de trap kwam ik op de vijfde verdieping, maar toen ik de grote lounge in wilde lopen, waar behalve de receptie ook de excursiebalie was, kwam ik amper naar binnen.

Wat hadden ze hier voor evenement georganiseerd?

Ik wurmde me ongegeneerd door de wriemelende mensen heen en kreeg opeens zicht op de excursiebalie, waar een blonde vrouw met een knalrood hoofd de gasten stond te helpen. En er stonden minstens zestig mensen drie rijen dik te dringen om aan de beurt te komen.

Oei. Dat ging me wat worden als ik straks mijn moeder onder

ogen moest komen zonder de begeerde excursiekaartjes. En als ik wél keurig in de rij ging staan, kon het algauw een stief kwartiertje gaan duren voor ik aan de beurt zou zijn. Zo te zien was die vrouw daar in haar piere-eentje aan het werk en...

Verdraaid, was dat Hedy? Dezelfde vrolijke Hedy waar ik vanmiddag mee onder dat piratennet gevangen had gezeten?

Ik kneep mijn ogen tot spleetjes. Ja, dat was Hedy. Dan kon ik best even naar voren stappen om een stel nieuwe formulieren te scoren. Ik had nu immers alle tijd om ze nog een keer uitvoerig in te vullen.

Zonder op de protesten van de mensen in de rij te letten, drong ik naar voren en veroverde een plekje bij de balie. "Hé Hedy, lukt het een beetje?"

Hedy keek gekweld in mijn richting en haar gezicht klaarde op. "Hoi Fleur, dat had je 'm mooi gelapt vanmiddag. Zelf ben ik de stinklucht van die ranzige vis nog niet kwijt."

Ik grinnikte. "Ja, ik heb behoorlijk veel geluk gehad."

Hedy lachte mee. "Je hebt gewoon een leuke opa."

Ik had op mijn lippen om te gaan uitleggen dat opa mijn opa helemaal niet was, maar bij nader inzicht liet ik het maar zitten. Hedy had wel iets anders te doen, dan gezellig kletsen.

Ik wachtte even tot Hedy haar klant had weggewerkt en vroeg toen: "Waarom sta je hier eigenlijk alleen? Of komt er zo nog versterking?"

"Ik werk altijd samen met Angela, maar ja..." Ze trok er een gezicht bij alsof ik er alles al van wist, maar ik had geen flauw idee waar ze het over had.

"Angela? Hoezo? Heeft ze last van haar zwangerschap?"

"Ze is vanmiddag flauwgevallen onder dat net. Ik dacht dat je dat wel wist, omdat je opa haar geholpen heeft."

Ik had het verhaal inderdaad in geuren en kleuren van Koen gehoord, maar het was niet tot me doorgedrongen dat het om Angela ging.

"Het is helemaal mis met haar bloeddruk en ze mag voorlopig niet meer werken." Hedy zuchtte diep en praatte door: "Maar als je het niet erg vindt, ga ik weer even verder. We hadden ook nog een computerstoring, daardoor is het nu een extra grote puinhoop hier." Hedy draaide haar hoofd belangstellend naar de volgende gast, die tamelijk opdringerig zijn ingevulde formulier onder haar neus stond te duwen.

Hedy pakte het papier met een vrolijk lachje aan, vroeg de man om zijn boordpasje en even later begon de printer enthousiast kaartjes te spugen.

Toen de man met zijn buit wegliep, vroeg ik: "Bedoel je dat je hier de rest van de reis in je eentje staat?"

Hedy haalde haar schouders op. "Angela gaat morgen in Jakarta van boord en dan duurt het tot Singapore voor er een vervangster komt." Ze zuchtte diep. "En die invalster komt eigenlijk in de plaats van Inge. Die is vorige week met een blindedarmontsteking van boord getakeld. En we waren al onderbemand." Ze slikte moeizaam. "Maar nu moet ik heus verder, Fleur."

"Zal ik je dan maar even helpen?" flapte ik er zonder nadenken uit.

"Helpen? Hoezo helpen? Dit is gespecialiseerd werk en dat moet je echt wel kunnen."

"Heeft voor mij geen geheimen. Ik werk al jaren op een reisbureau."

Hedy keek me verbaasd aan en ergens in de diepte van haar ogen zag ik een sprankje hoop opgloeien. "Je werkt op een reisbureau?"

Ik had geen zin om uit te leggen, dat ik die baan intussen kwijt was en knikte. "Yep. Als jij even voordoet hoe dat systeem hier loopt, gaat dat zeker lukken."

Hedy klapte verheugd de zijkant van de balie voor me omhoog en ik kwam naast haar staan.

"Ik zal even een eigen computer voor je opstarten," verklaarde ze opgewekt, maar daarna sloeg de twijfel blijkbaar toe. "Eh... Weet je eigenlijk wel wat we aan excursies te koop hebben? Mensen vragen ook om inlichtingen."

Ik knikte losjes. "Ja hoor, ik heb de excursies voor onze familie uitgezocht. Ik ben eerder in Indonesië geweest en een manager van een reisbureau is wel gewend om toeristische informatie te geven."

"Je bent manager?"

"Juffrouw! U staat alleen maar te zwetsen! Geen wonder dat er hier zo'n rij staat!" mopperde een van de passagiers en nog geen tel later begon de rest van de wachtenden zich er ook – en al net zo negatief – mee te bemoeien.

Maar daar wist de ervaren Hedy wel raad mee. "Momentje, meneer," zei ze met een lief lachje. "Ik ben even een collega aan het inwerken. En daarna bent u meteen aan de beurt. Dan zijn we met ons tweeën en is de rij zo weg."

De computer was intussen warmgedraaid en Hedy legde kort

uit dat het een kwestie was van de gewenste excursies aanvinken en het boordpasje scannen. "En dan moet je hier nog even het aantal deelnemers invullen, de reservering definitief bevestigen en op print drukken." Ze keek me aarzelend aan. "Denk je dat het gaat lukken?"

"Appeltje, eitje. Ik heb dit zo vaak gedaan." Ik draaide mijn gezicht naar de volgende wachtende in de rij. "Wie mag ik helpen, alstublieft?"

Mijn eerste klant was een Rus en vanuit mijn ooghoeken zag ik hoe Hedy letterlijk haar hart stond vast te houden.

"Zal ik die meneer anders maar nemen?" vroeg ze aarzelend.

"Welnee, ik spreek vloeiend Russisch. Komt wel goed."

Een paar minuten later stapte mijn klant tevreden weg met zijn kaartjes en ik ging vrolijk verder in het Italiaans.

De volgende gast was een Engelse mevrouw, die van alles wilde weten over Taman Mini Indonesia en naast me hoorde ik Hedy alweer scherp inademen. Maar het liep uiteraard van een leien dakje en toen ik mevrouw ook nog uitgebreid waarschuwde voor de toiletten en vertelde dat ze vooral veel papieren zakdoekjes en handgel moest meenemen, kon ik bij Hedy helemaal niet meer stuk.

"Je weet echt van wanten, hè," zei ze opgelucht. "Wat ontzettend super."

En daarna liet ze mij gewoon mijn gang gaan en spurtte zelfs tussendoor nog even weg om koffie voor ons te gaan halen.

De rij werd al snel dunner en dunner, en ik had veel schik in mijn werk. Totdat er opeens een wel heel bekende vrouw voor mijn neus kwam staan die me snerpend toesnauwde: "En wat denkt de jongedame dat ze hier staat te doen, terwijl haar familie sinds halfzeven in de eetzaal zit te wachten?"

Mam dus.

Ik voelde de woede in me naar boven borrelen. Oké, ik had totaal niet meer aan het diner gedacht en een snelle blik op mijn horloge gaf aan dat het intussen al halfnegen was, maar dat was toch geen reden om nu zo'n toon tegen me aan te slaan? En de halve lounge stond er van mee te genieten, dat was nog het ergste.

Bah. Ik kon haar maar het beste behandelen als een vervelende klant. Daar was ik in de loop van de jaren best goed in geworden.

Ik trok mijn gezicht in een vrolijk plooitje en zei zo vriendelijk mogelijk: "Hoi mam. Ik help Hedy even met excursies boeken. Dat zie je toch?"

Maar mam had geen zin om aardig terug te doen. "Ik heb totaal geen behoefte aan die eeuwige grote mond van jou," snauwde ze kwaad. "Met jou is het geen afspraken maken en dat was vroeger al nooit anders."

Tja... Dit was natuurlijk geen lastige klant, waar je onder alle omstandigheden beleefd tegen moest doen. Dit was mijn moeder en ze zat me intussen echt helemaal tot hier.

Het flinterdunne laagje zelfbeheersing dat ik zo keurig over mezelf had uitgesmeerd, smolt ter plekke weg.

"En als je dat dan al zo ontzettend lang weet, waarom maak je je daar dan nog steeds druk over?" bitste ik terug. "Bovendien heeft oma ongetwijfeld gezegd dat ik de excursies ging boeken en later kon zijn."

"Oh ja, hoor," sneerde mam kwaad. "Die oma van jou danst keurig naar je pijpen. Maak je maar niet ongerust."

"Nou, dan wist je toch waar ik bleef? Dan hadden jullie gewoon kunnen gaan eten."

"Dat hebben we ook gedaan," verklaarde mam op een vals toontje. "En het was zonder jou heerlijk rustig aan tafel."

"Nou, zeg," zei ik verontwaardigd. "Waarom kom je hier dan nog een scène schoppen? Hoepel toch even gauw op."

"Wel, alle mensen! Weet je wel tegen wie je het hebt?"

Ik knikte heftig en toen kon ik me niet meer inhouden. "Ja, ik heb het tegen een vrouw in de overgang die altijd wel wat te zeuren heeft. Ik ben volwassen, mam. Het wordt hoog tijd dat je daar eens aan went."

Eigenlijk had ik meteen al een beetje spijt van die woorden. Het was flauw om haar leeftijd erbij te slepen. Maar ik had geen gelegenheid om mijn uitspraak weer wat af te zwakken, want mam ontplofte bijna letterlijk en ik kreeg er geen zinnig woord meer tussen.

Tja, daar werd mijn boze bui natuurlijk niet beter van, dus toen mam eindelijk even naar adem hapte, ging ik er weer stevig tegenaan. "Je staat je belachelijk te maken, mam. En als je nu even aan de kant wilt gaan? Er wachten nog een heleboel klanten op hun beurt."

"Fleur!" brulde mam woest. "Wat denk jij wel niet?"

"Ik denk dat ik achtentwintig ben, mam. Ik kan mijn eigen leven wel bepalen. Daar heb ik mijn moeder niet meer bij nodig."

"Zo geweldig doe je het helemaal niet. Je bent alleen maar een werkeloze uitvreter! Dát ben je!"

Ik beet op mijn lip. Wat moest ik hier nou mee? Hield ze nooit op?

Op dat moment wierp Hedy mij een korte vragende blik toe en ik knikte langzaam. Ja hoor, Hedy mocht zich er van mij zoveel mee bemoeien als ze maar wilde. Misschien kreeg zij mijn moeder weer in haar mandje. Mij ging dat op korte termijn niet meer lukken, dat was wel duidelijk.

Hedy gaf mijn moeder een bevelend tikje op haar arm. "Mevrouw, wilt u zo vriendelijk zijn om weg te gaan?" Al pratend pakte ze de telefoon en hield haar vinger dreigend bij het knopje. "Anders ben ik helaas genoodzaakt om de beveiliging in te seinen. We hebben een cellenblok aan boord, ik waarschuw maar even."

Daar had mijn moeder niet van terug. Ze keek mij nog een keer ontzettend kwaad aan en siste: "Ik spreek jou nog wel, jongedame!" En daarna zeilde ze met heftig tikkende hoge hakken de lounge uit.

Een tel later schoof de volgende klant zijn formulier onder mijn neus. Ik lachte vriendelijk naar hem en trok het toetsenbord van de computer weer naar me toe.

"Neem me niet kwalijk dat ik het zeg," zei Hedy terwijl we even op de printer moesten wachten. "Maar eh... Doet ze altijd zo?"

Ik snoof. "Ja, het is een ramp, die moeder van mij. Autoritair en oervervelend. Het lijkt wel of ze steeds irritanter wordt."

"Dat je dat pikt."

"Dat doe ik toch niet? Ik ben al jaren het huis uit en ik ga nog maar weinig op bezoek. Maar over een paar dagen zijn mijn ouders vijfendertig jaar getrouwd en daarom zijn we nu met de hele familie héél erg gezellig op cruise."

"Ik merk het, ja. Nou, jij liever dan ik."

"Mijn vader vindt wel fijn dat ik er ben."

"Je vader? Die arme stakker is ook niet te benijden, denk ik. Sorry, dat ik het zeg, maar eh... wat een kenau eigenlijk."

"Ik ben er wel aan gewend. Ze draait wel weer bij." Ik keek even nadenkend voor me uit. "En anders maar niet."

Ik gaf mijn klant zijn kaartjes mee en haalde diep adem. "En ik heb het natuurlijk ook hartstikke gezellig met mijn oma."

"Dat is zeker een leuke vrouw," knikte Hedy. "En je opa is ook een schat. Je kunt zien dat die twee helemaal dol op elkaar zijn. En dat na al die jaren nog..."

"Twee dagen pas," verklaarde ik.

Ik hielp mijn volgende klant af, legde even kort uit hoe opa en oma elkaar tijdens de veiligheidsoefening hadden ontmoet en daarna gingen we ijverig verder met de boekingen.

***

Uiteindelijk was de hele rij verdwenen en leunden Hedy en ik tevreden achterover met een kop koffie.

"Ik ben zo blij, dat je bent komen helpen," bekende Hedy lachend. "Ik weet niet wat ik zonder jou had moeten doen."

Haar woorden waren een heerlijke balsem voor mijn gekwelde egootje. Want zeg nou zelf, als je moeder in het openbaar loopt te roepen dat het zonder jou allemaal veel gezelliger is, krijg je daar geen prettig gevoel van.

"Ach," zei ik losjes. "Ik vond het erg leuk om te doen. Ik wil best eens vaker inspringen, als het nodig is."

"Oh, graag." Hedy keek me wat aarzelend aan. "Eh... Hoorde ik je moeder iets over een werkeloze nogwat roepen?"

Ik haalde kort mijn schouders op. "Ik ben op dit moment nog een succesvolle manager van een reisbureau, maar mijn firma is op de klippen gelopen en aan het eind van deze maand gaat de stekker er definitief uit."

"Dat gaat vast over *Vliegvakanties*," begreep Hedy.

"Klopt, ja. *Vliegvakanties*."

"Daar heb ik ook nog een tijdje gewerkt. Het was een fijn bedrijf. Echt hartstikke jammer dat ze op de fles zijn. Ook voor mijn collega's daar. Ik heb met een aantal nog steeds een supergezellig contact."

"Die zullen dan ook wel gigantisch balen," zei ik.

Hedy knikte. "Ja, ze zijn allemaal op zoek naar een andere baan. En jij? Heb je intussen al wat anders gevonden?"

"Nee, ik heb twee dagen intensief rondgekeken, maar toen kwam deze vakantie ertussen. Als ik thuis ben, ga ik wel weer verder op zoek."

"Zal ik vragen of je voorlopig hier aan de slag kunt? Of hou je niet van varen?"

Ik keek Hedy verbaasd aan. "Je biedt me een baan aan?"

Hedy kneep haar lippen op elkaar. "Ik heb natuurlijk niks aan te bieden, maar ik kan wél naar de personeelsmanager gaan en..." Ze was even stil. "Maar misschien is het wel beneden je niveau. Als je manager was... En je hebt nu natuurlijk vakantie. Je wilt met je familie op stap."

"Nou, zo vreselijk graag wil ik natuurlijk ook weer niet met mijn familie op pad, maar... Oh help!"

Hedy schrok ervan. "Wat is er? Heb ik iets verkeerds gezegd?"

"Welnee, ik heb het tegen mezelf. Mag ik nog even bij de computer? Ik ben helemaal vergeten om de familie-excursies te boeken. Daar kwam ik nota bene voor."

Hedy begon te lachen. "Bof jij even dat je daar nog op tijd aan denkt? Anders was je moeder helemaal ontploft."

Ik knikte. "Ik had morgen zelf wat taxi's voor de familie willen regelen, maar bij nader inzien moeten we toch maar met de bus mee. Als er dan wat fout gaat, krijgt een ander de schuld."

Hedy grinnikte. "Waar willen jullie morgen heen?"

"Naar het Taman Mini Indonesia. Dat is ook leuk voor de kinderen."

Hedy knikte. "Daar zijn nog net wat plekjes voor vrij. Zullen we samen even kijken?"

"Lijkt me een goed idee," lachte ik.

Dus boekten we met behulp van mijn boordpasje samen diverse excursies voor mijn geliefde familie en ondertussen vertelde Hedy iets meer over het werken aan boord.

"Ik heb een contract voor zes maanden en dan moet ik in principe zeven dagen per week aan de bak. Je maakt wel aardig veel uurtjes, maar het is heel afwisselend werk. Nou ja, dat weet je zelf ook wel."

"En na die zes maanden?" vroeg ik.

"Dan heb je twee maanden vrij en als het wederzijds bevallen is, kun je een nieuw contract krijgen, weer voor een halfjaar."

"En het salaris?"

"Dat is helemaal niet verkeerd, want er zit uiteraard ook kost en inwoning bij."

"Ik moet het even laten bezinken," zei ik langzaam. "Hoewel... Misschien moet ik er maar meteen voor gaan. Ik heb er immers alleen maar bij te winnen. En als ze me hier niet willen hebben, kan ik altijd nog in Nederland op zoek."

"En als het wel wat wordt, heb je in elk geval een paar maanden om uit te vinden of je het leven aan boord leuk vindt," voegde Hedy eraan toe. "We zijn over zo'n vier maanden terug in Amsterdam." Ze keek me onderzoekend aan. "Zal ik de personeelsmanager maar inseinen dan?"

Ik grinnikte. "Jij zit echt om hulp te springen, hè?"

"Dat wil ik graag toegeven," bekende Hedy. "Ik kan dit allemaal niet in mijn eentje af. Dan kunnen ze mij straks ook van boord dragen. Jij bent echt een lot uit de loterij."

Ook die opmerking deed wonderen voor mijn gekwetste zieltje. "Ga dat dan maar gauw aan de personeelsmanager vertellen," lachte ik. "Een betere referentie krijg ik niet gauw."

Hedy lachte met me mee. "Als jij het fort hier dan nog even bezet wilt houden? Deze balie is tot tien uur open. Dan ga ik er meteen achteraan."

***

Hedy draafde weg en ik stond een tijdje alleen achter de balie. Ik besteedde de tijd nuttig door de map met excursie-info nog een keer kritisch door te nemen.

"Hé Fleur?" klonk opeens een bekende stem. "Is dit de balie waar verdwaalde mooie vrouwen mogen wachten totdat ze door een spannende ridder opgehaald worden?"

Mijn hart maakte een verheugd sprongetje en ik keek lachend naar Koen. "Nee, ik kan intussen aardig uit de voeten op deze mooie boot. Als je het systeem eenmaal doorhebt, is de weg zelfs voor iemand met mijn geweldige richtingsgevoel goed te vinden."

"Wat doe je hier dan achter de balie?"

"Ik heb Hedy geholpen met de boekingen. Er stond een gigantische rij toen ik hier aankwam."

Koen knikte. "Dat heb ik gemerkt, ja. Het leek de uitverkoop bij de Bijenkorf wel. Ik ben weer weggegaan." Hij keek me wat aarzelend aan. "Maar hoe kwamen ze er dan bij om jou hier achter de balie te zetten?"

"Ik heb mezelf aangeboden. Die vrouw die bij Neptunus flauwviel... Angela... Die werkt hier op de excursie-afdeling."

Koen knikte begrijpend. "Ik hoorde van oop dat die dame voorlopig wel uit de running is, dus... dan hebben ze hier een dringende vacature om op te vullen."

Ik glimlachte. "Ja, klopt. Haar collega Hedy is net naar de personeelsmanager gelopen om mij aan te bevelen. Ik kende haar ook van onder dat net."

"Dat klinkt naar goed nieuws voor jou, Fleur." Koen legde een formulier op de balie. "En voor mij ook, want dan kan ik onze excursies nu dus even vlot bij jou regelen?"

"Yep, dat gaat helemaal lukken." Ik trok zijn formulier naar me toe en liet mijn ogen over de regels glijden. "Ik heb overal nog plekjes voor, behalve de tocht naar de Borobudur met de bus. Die zit intussen vol, maar ik heb in de trein nog net twee plaatsen vrij."

Koens gezicht betrok. "Oop wil niet met de trein. Hij is bang dat het er te heet zal zijn. Hij wil liever in een bus met airco."

"De airco in de bussen hier moet je met een flinke korrel zout nemen, dat valt vaak behoorlijk tegen. En de treinreis is maar hooguit een halfuur van het hele traject. De rest van de trip is sowieso met de bus."

Koen keek me wat onzeker aan. "Dus je denkt dat we gerust die trein kunnen boeken?"

"Ja hoor, heb ik voor onze party ook gedaan. De trein rijdt dwars door de rijstvelden. Een heel mooi tochtje."

"Gaat je oma met jullie mee?"

"Ja, die gaat ook mee."

"Kun je ons dan bij jullie in de coupé zetten, als ik die trein boek?"

"Dat kun je heel makkelijk zelf regelen. Voor de excursies verzamelen we de mensen in het theater of in een bar. Dat verzamelpunt en het juiste tijdstip staan op je kaartje. Ter plekke strepen we dan de deelnemers af en je krijgt een sticker met een nummer. Dus als opa en oma tegelijk naar het verzamelpunt gaan, kunnen ze in dezelfde groep."

"Oké, goeie tip. Nou, boek de boel dan maar voor ons."

Terwijl de printer stond te ratelen, draaide ik me naar een vrouw in een rood mantelpakje die al een tijdje vol interesse leek mee te luisteren.

"Kan ik u alvast ergens mee helpen, mevrouw?" vroeg ik in het Engels.

De vrouw antwoordde in het Nederlands. "U heeft me al fantastisch geholpen, mevrouw Zomerdijk. U komt over alsof u hier al jaren werkt." Ze stak glimlachend haar hand naar me uit. "Ik ben Emma Freiters, personeelsmanager."

Ik schrok ervan. Was dat de personeelsmanager? Sinds wanneer stond ze al mee te luisteren? Had ik in die tijd wat raars gezegd? Of...

"Hallo," zei Emma Freiters met een vrolijk lachje. "Hier spreekt de aarde voor mevrouw Zomerdijk. Miss Zomerdijk? Hoort u mij?"

"Oh... Eh... Neem me niet kwalijk. Ik, eh..." Ik pakte haar hand snel aan en drukte die stevig. "Aangenaam kennis met u te maken, mevrouw Freiters."

"Dat vind ik nou ook," reageerde Emma Freiters. "Helpt u rustig deze meneer even af, dan praten wij dadelijk verder." Ze stapte discreet wat achteruit en ging belangstellend om zich heen staan kijken, maar ik was er zeker van dat ze haar oren wijd open had gezet.

Ik pakte Koens kaartjes uit de printer. "Kijk eens, hier zijn ze dan. De Komodo-excursie van over een paar dagen naar die beroemde varanen heb ik vroeg in de ochtend geboekt. Dan is het nog niet zo warm voor opa. En oma gaat op hetzelfde tijdstip."

"Helemaal geweldig. Je hebt me heel goed geholpen, Fleur. Reuze bedankt." Hij maakte met zijn hoofd een kort knikje in de richting van Emma Freiters en zijn lippen vormden het woord *succes*.

"Dank je. Graag gedaan."

Met de personeelsmanager binnen gehoorsafstand durfde ik hem niet te vragen of ik hem straks nog zou zien, maar dat had Koen zelf ook al bedacht.

Halfelf. Poemabar, zeiden zijn lippen. Hij gaf me een knipoog en botste bij het weglopen bijna tegen Hedy aan, die hijgend op de balie af kwam stappen.

"Oh, neem me niet kwalijk, meneer," zei Hedy meteen. "Ik had niet in de gaten dat u zich net omdraaide."

"Geen punt, hoor," antwoordde Koen losjes. "Fijne avond nog."

Hoofdstuk 9

"Laten we daarachter maar even gaan zitten." Emma Freiters gebaarde vaagjes in de richting van de receptiebalie aan de overkant van de lounge. "Als u dat nu tenminste uitkomt?"

"Ja hoor, natuurlijk. Ik heb vakantie."

"U hebt vakantie? Maar Hedy zei..." Emma Freiters keek me onderzoekend aan.

"Ik ben uiteraard ook op zoek naar een baan. Mijn functie vervalt aan het eind van deze maand."

"En u bent werkzaam als manager van een reisbureau?"

"Ja, bij *Vliegvakanties*. Maar die, eh..."

"Dat heb ik gehoord, ja. Een klap voor de reiswereld." Ze was even stil en slikte moeilijk, alsof het faillissement van *Vliegvakanties* haar persoonlijk diep raakte. "Maar laten we even naar mijn kantoor gaan, dat praat wat rustiger."

Terwijl Hedy mij een kushandje toewierp en me ook met haar lippen succes wenste, liep ik achter Emma Freiters aan naar haar kantoortje, waarvan de ingang precies achter de receptiebalie was.

Ze wees op een grote gemakkelijke leunsteun, waar ik bijna compleet in wegzakte en ging zelf achter een enorm bureau zitten. "Ik heb u net aan het werk gezien en dat zag er werkelijk veelbelovend uit. Wat ik al zei: alsof u hier al jaren werkt." Ze keek me peinzend aan. "U bent vaker in Indonesië geweest?"

"Ja, ik hou erg van reizen. Ik ben hier destijds met mijn vriendin Thelma geweest. We hebben in een jaar tijd een heleboel van de wereld gezien."

"En daarna bent u in de reisbranche aan het werk gegaan?"

Ik had geen zin om mijn werkervaring met de piespotten in het ziekenhuis op te rakelen, dus ik knikte. "Ja, zo ongeveer wel." En vervolgens telde ik op mijn vingers af welke opleidingen ik allemaal op het gebied van *Toerisme en Management* had gevolgd.

Het was een indrukwekkende rij en Emma Freiters knikte enthousiast. Daarna was het haar beurt om uit te leggen wat mijn werkzaamheden aan boord zouden inhouden. Ook hield ze een heel verhaal over de arbeidsvoorwaarden, het best leuke salaris en de huisvesting. Ten slotte vroeg ze of ik misschien een referentie kon opgeven.

"Ja, ik werk, eh... werkte rechtstreeks onder Harmen van der Vlist, onze regiomanager."

Emma keek op haar horloge. "Die zou ik dan graag even persoonlijk willen spreken, maar eh... U weet ongetwijfeld dat er op volle zee geen gewoon mobiel bereik is. Hier op de Cupido gebruiken wij het draadloze maritieme netwerk, dat moet u even inschakelen."

Ik knikte. "Dat staat al aan. Ik heb vanmiddag een vriendin gebeld. In Nederland."

En we hadden eindelijk weer eens heerlijk bijgekletst, Thelma en ik. Over Neptunus en het leven aan boord, maar natuurlijk was ook Koen uitgebreid aan de orde geweest.

"Waarom laat jij je oma de kastanjes voor je uit het vuur halen?" had Thelma gezegd. "Je bent een zelfverzekerde vrouw en dus kun je Koen best zelf vragen hoe dat met die Lydia zit."

"Maar dan dring ik me zo op," had ik geantwoord. "Dat durf ik echt niet."

"Kom nou toch, Fleur. Straks ben je tot over je oren verliefd op hem en dan blijkt Lydia zijn wettige echtgenote die met acht bloedjes van kindertjes smachtend op hem zit te wachten."

"Dat zal toch wel meevallen, Thel? Tegenwoordig zijn acht kinderen..."

"Doe nou niet alsof je gek bent, Fleur. Je snapt best wat ik bedoel. Je hebt het al gigantisch van die man te pakken. Zorg dan dat je zekerheid krijgt."

"Zekerheid bestaat niet in relaties," had ik er – heel eigenwijs – nog even tegenaan gegooid, maar ja... Ik snapte zelf ook wel dat Thelma het grootste gelijk van de wereld had.

"Gaat het, mevrouw Zomerdijk?" De stem van Emma Freiters rukte me snerpend terug naar de werkelijkheid. "U zit opeens zo wezenloos voor u uit te staren. Zal ik een glaasje water voor u laten halen?"

"Nee, hoor. Ik voel me prima. Ik was even afgeleid."

Emma keek me onderzoekend aan. "Wilt u dan nu het nummer van uw regiomanager intoetsen? Dan bellen we hem meteen even."

"Nu?" vroeg ik verbaasd. "Het is al best laat."

"Hier wel, ja. Maar in Nederland is het zes uur vroeger en daar zijn ze nog volop aan het werk."

Oeps! Dat kreeg je er nou van als je tijdens een sollicitatie ging zitten dromen. Tot mijn pure schrik voelde ik de hitte achter in mijn nek opstijgen en die verspreidde zich natuurlijk binnen de kortste keren over mijn wangen. Oh help, daar zat ik weer als een onzeker tienermeisje te blozen. Wat een afgang!

Om me een houding te geven, viste ik haastig mijn mobieltje uit mijn zak, scrolde snel door het menu naar het nummer van Harmen en drukte het knopje in.

Er klonk eerst een heleboel geknars, gekraak en gezoem op de lijn, maar net toen ik het op wilde geven, hoorde ik in de verte een mannenstem brommen: "Van der Vlist hier."

"Hoi Harmen, met Fleur. Ik zit op de..."

"Fleur! Wat goed dat je belt. Ik heb al tig keer een boodschap ingesproken."

Huh? Ik had geen boodschappen gekregen. Ik haalde adem om wat terug te zeggen, maar op dat moment tikte Emma Freiters op mijn arm. "Zet 'm even op speaker, als u wilt."

Het kostte mij in de zenuwen veel langer dan anders om het knopje te vinden, maar uiteindelijk lukte dat toch en ik legde mijn mobiel op tafel. Omdat ik hem veel te hard had gezet, schalde de stem van Harmen door de kleine ruimte: "Fleur, waarom zeg je niks meer? Ik heb een baan voor je."

Ik dacht heel even dat ik hem niet goed had verstaan, maar Emma Freiters schrok zichtbaar. Ze zoog haar adem met een piepend geluidje naar binnen en keek geschokt naar mijn mobiel.

Ik stond op, pakte mijn mobiel en maakte een vaag gebaar naar de deur. "Ik kan misschien beter even..."

Maar daar trapte Emma Freiters niet in. Ze wees bijna bevelend naar de stoel. "Ga maar weer gauw zitten, ik wil echt even meeluisteren, anders kan ik de referentie immers niet beoordelen."

Daar had ik absoluut geen zin in, maar ja... Ik had vaag het idee dat ik de job hier op het schip wel op mijn buik kon schrijven, als ik nu wegliep.

Aan de andere kant… Als Harmen echt een nieuwe baan voor me had, was dat hele schip natuurlijk geen item meer.

Hoewel… Op de Cupido kon ik heel veel van de wereld zien, en dan werd ik er ook nog voor betaald.

Dat was toch ook wel iets om rekening mee te houden, dus legde ik aarzelend mijn mobiel terug op tafel en ging als een braaf meisje weer zitten.

"Wat zeg je, Fleur?" vroeg Harmen intussen. "Ik kan er helemaal niks meer van verstaan."

"Dat was mevrouw Freiters," legde ik uit. "Ik zit namelijk midden in een sollicitatiegesprek."

Maar daar verstond Harmen ook niks van, want hij zei: "Die verbinding is opeens niet veel soeps meer. Ik zal straks mijn provider eens bellen. Maar heb je begrepen dat ik een baan voor je heb?"

"Ja," riep ik.

Dat leverde me meteen een verbaasde blik op van Emma Freiters, dus ik vervolgde wat zachter: "Ja, dat heb ik wel, maar…"

Ik wilde er nog een keer over beginnen, dat ik nu niet vrij kon praten, maar Harmen had blijkbaar alleen mijn *Ja* gehoord.

"Die baan komt over vier maanden vrij," praatte hij door mijn woorden heen. "Het zit namelijk zo, dat ik vorige maand bij *Zontravels* heb gesolliciteerd. Ik had al geen goed gevoel meer over *Vliegvakanties*. Vandaar dat ik weg wilde. De bekende ratten en het zinkende schip, zeg maar." Hij was even stil, maar voor ik iets kon terugzeggen, vertelde Harmen alweer vrolijk verder. "Bij *Zontravels* stonden ze om me te springen. Ik ben daar vrijwel meteen aangenomen."

Ik pakte mijn mobiel van tafel en zorgde ervoor dat het micro-foongedeelte recht onder mijn mond zat. "Hoelang wist je dat al?"

En uiteraard verstond Harmen nu eindelijk weer wat ik zei. "Drie weken," antwoordde hij. "Ik had die nieuwe baan al binnen, toen de bijl voor *Vliegvakanties* naar beneden kwam vallen."

"Maar waarom heb je dat dan niet..." begon ik, maar op hetzelf-de moment realiseerde ik me weer dat Emma Freiters gretig zat mee te luisteren en daar voelde ik me nog steeds niet écht prettig bij.

Ik zat hier midden in een sollicitatiegesprek en Harmen wist niet beter dan dat hij – net als anders – even gezellig met mij zat te kletsen. Wie weet wat hij er nog uit zou kramen, want hij was altijd wel in voor een lolletje. En dat ging Emma Freiters alle-maal echt niks aan.

Dus deed ik een nieuwe poging om hem op de hoogte te bren-gen. "Harmen, luister eens, ik heb momenteel een sollicitatie-gesprek en ik bel je eigenlijk omdat ik een referentie nodig heb."

"Wat! Je wilt ergens anders aan de slag? Dat kun je me niet aan-doen, Fleur. Het gaat om een baan als regiomanager, samen met mij. Jij het noorden van Nederland, en ik het zuiden."

"Ja, maar Harmen..."

"Weet je, Fleur... We moeten dit even persoonlijk bespreken. Over een halfuur in *Het Schoteltje*? Dan eten we meteen een hapje. Ze hebben vandaag de vega-goulash met zilvervliesrijst, die jij altijd zo lekker vindt."

Ik zuchtte diep. "Ik zou wel willen, Harmen. Maar dat gaat me niet..."

"Oh ja, dat is ook zo. Jij eet altijd veel later. Halfacht dan maar doen? Of is dat ook nog te vroeg voor je?"

"Daar gaat het niet om, Harmen. Ik zit op de Javazee."

"Wat zeg je? Je zit waar?"

"Aan de andere kant van de wereld. Op de Javazee."

"Op zee?" vroeg Harmen verbaasd. "Op een boot?"

"Een cruise met de Cupido."

"Ja, dat heb je wel gezegd. Compleet door mijn hoofd gegaan. Wanneer ben je terug?"

"Dat weet ik nog niet, Harmen." Met veel omhaal van woorden probeerde ik mijn penibele situatie nog maar een keer uit te leggen, maar dat viel echt voor geen centimeter mee.

"Ach, shit," zei Harmen alweer. "En ze luistert nu mee, begrijp ik dat goed?"

Ik kon inmiddels niet rooier meer worden, maar Emma Freiters moest er erg om lachen.

Ze pakte ongegeneerd mijn mobiel van me af en nam het gesprek meteen over. "Ja hoor, meneer Van der Vlist, ik luister de hele tijd al mee. En u moet goed begrijpen dat u het voorlopig zonder mevrouw Zomerdijk zult moeten doen, want ik heb haar hier dringend nodig." En ze legde kort uit, hoe de zaken er op de Cupido voor stonden.

Harmen snoof hoorbaar. "Dan hebt u aan Fleur inderdaad een lot uit de loterij. Beter vindt u niet snel. Maar u denkt toch niet dat ik zo'n goede kracht zomaar door mijn vingers laat glippen?

Dat gaat u nog niet glad zitten, mevrouw Freiters."

"Oh jawel, hoor. Dan kent u mij nog niet."

"Maar ik..."

"Ik stel dadelijk een contract op en dan zet ik mevrouw Zomerdijk de drietand van Neptunus tegen haar hoofd. Dan heeft ze voor de komende vier maanden getekend, let op mijn woorden."

"Vier maanden?" vroeg Harmen. "Daar kan ik het nog wel mee eens zijn, mevrouw. Als u met een tijdelijk contract werkt, kan ik haar over vier maanden weer van u overnemen."

"Als ze daar dan nog voor voelt," reageerde Emma. "Mevrouw Zomerdijk vertelde me dat ze dol is op reizen. Op de Cupido kan ze dat naar hartelust doen. Daar kan een kantoorbaantje heus niet aan tippen."

Ik wreef over mijn ogen. Tja, dat was nog niet zo gek gezegd van Emma Freiters. Dat speelde mij immers ook al door mijn hoofd.

"Dat moet Fleur tegen die tijd dan zelf maar beslissen, mevrouw Freiters. Kan ik haar nog even privé spreken, alstublieft?"

"Ze belt u zo wel even terug," reageerde Emma op een kordaat toontje. "Hartelijk dank voor uw referentie. En een fijne dag nog verder."

Voor ik kon protesteren, had Emma de verbinding al weggedrukt. Oei, wat was ze eigenlijk een bitch! Wilde ik wel voor haar werken?

Maar Emma keek me zo vriendelijk aan, dat mijn wantrouwen alweer snel wegsmolt. Want zeg nou zelf... Als een man kordaat optreedt, is het een prima vent. Maar als een vrouw hetzelfde doet... Is ze dan opeens een kenau? Nee, dat slaat natuurlijk nergens op.

"Dat was een uitstekende referentie," glimlachte Emma. "Ik moest u bij wijze van spreken voor de poorten van de hel wegslepen. Maar ik wil erg graag dat u voor ons komt werken en daarom kom ik ook nog even op uw salaris terug." En vervolgens noemde ze – zonder blikken of blozen – een bedrag dat flink hoger was dan waar ze het eerst over had gehad.

Oeps, die wilde me wel heel graag hebben. En voor zo'n riant bedrag wilde ik heel graag aan de slag! Dan hoefde ik me ook geen zorgen meer te maken over de visa-afrekening van die berg kleren die ik zo ondoordacht in Singapore had aangeschaft.

"Ik laat het contract meteen opmaken. Dan begint u officieel vandaag al. Oké?"

Het liefste was ik opgesprongen om een rondedansje te gaan maken, maar dat leek me onder de omstandigheden niet zo gepast, dus knikte ik vriendelijk en vroeg: "Het gaat dan om een tijdelijk contract voor vier maanden? Heb ik dat goed begrepen?"

"Ja, het loopt tot de Cupido weer in Amsterdam aanmeert. Ik zal de juiste datum straks even opzoeken. Maar voor die tijd zullen we het zeker over een verlenging hebben." Ze keek me glimlachend aan en vervolgde: "Ons vaste ontgroeningsritueel voor nieuwe bemanningsleden hebt u al achter de rug. Ik heb met eigen ogen gezien dat u daar vanmiddag bij Neptunus een hele show van hebt gemaakt."

Ze glimlachte opnieuw en stak haar hand uit. "Van harte welkom in ons Cupido-team, mevrouw Zomerdijk."

***

Terwijl ik al mijn spieren aanspande om te voorkomen dat ik ging huppelen, liep ik een kwartiertje later – heel stijfjes – het kantoortje achter de receptie uit. De afscheidswoorden van mijn nieuwe cheffin dreunden nog na in mijn oren. "Ik laat het contract binnen een uur in uw hut bezorgen, dan kunt u het nog even rustig doornemen voor u het tekent."

Joepie, ik had een baan! En wat nog leuker was, na afloop van mijn contract kreeg ik, als ik het tenminste niet helemaal verprutste, de keus uit maar liefst twee jobs. Ik bofte echt gigantisch in deze tijd van crisis en werkeloosheid.

Hoewel de klok aangaf dat het al over tienen liep, was de excursiebalie aan de overkant van de lounge nog steeds open en ik zag Hedy met een vragend gezicht mijn kant op kijken. Ik haastte me naar haar toe en merkte dat ik onwillekeurig toch aan het huppelen was geslagen.

"Nou, ik zie het al aan die enorme smile van je," begroette Hedy me lachend. "Ik heb er een nieuwe collega bij." Ze pakte me bij mijn schouders en gaf me de drie bekende kussen. "Welkom in ons Cupido-team, Fleur. Zullen we wat gaan drinken? Ik ga afsluiten."

"Zullen we dat morgen doen? Ik heb vanavond al wat."

"Oh, oké. Logisch natuurlijk, je hebt eigenlijk vakantie." Ze keek me wat aarzelend aan. "Is er al over je werktijden gepraat?"

"Ja, tot Singapore heb ik een aangepast rooster. Op de zeedagen ben ik vrij, behalve als je dringend hulp nodig hebt." Ik haalde diep adem om Hedy gelegenheid te geven iets terug te zeggen, maar die glimlachte alleen maar, dus praatte ik door: "Ik begin morgenochtend om acht uur. Ik help dan in het theater met gasten nummeren en als ik het goed begrepen heb, ga ik met een bus mee naar het Taman Mini."

"Ben je al eerder reisleidster geweest?"

Ik grinnikte. "Ja hoor, dat diploma zit ook in mijn pakket."

"Je bent echt all-round, hè Fleur? Super." Ze haalde diep adem. "Nou, eh... Er zit dus een Engelstalige gids op die bussen en..." Ik onderbrak haar vrolijk. "Dat zei Emma Freiters al. Ik hoef alleen maar te vertalen en de boel een beetje in goede banen te leiden. Dat gaat helemaal lukken."

"Als jij morgen even oplet met welke bus je familie gaat, neem je die. Dan zijn jullie toch met z'n allen op pad."

"Hmmm," bromde ik.

Hedy begreep me meteen. "Je bent bang dat je zussen een streek gaan uithalen?"

"Kan maar zo... En mijn moeder is ook een onberekenbare factor. Ik zit eigenlijk liever op een andere bus. Je weet maar nooit."

Hedy knikte. "Je hebt gelijk. We hebben niks aan gezeur." Ze glimlachte. "We gaan het morgen regelen. Komt wel goed."

"Daar twijfel ik niet aan." Ik maakte een gebaar met mijn hand. "Als je het goed vindt, ga ik nu gauw. Ik moet nog iemand bellen."

"Tuurlijk. Ik zie je morgen."

Ik groette terug en zocht op het promenadedek een rustig hoekje om nog even met Harmen te kunnen bijkletsen.

"Je moet je niet door dat mens laten ompraten, Fleurtje," zei Harmen. "Ik wil jou echt graag voor die job."

"Ik kan je niks beloven, Harmen. Ik wil eerst kijken of me dit hier bevalt. Ik ga heel goed verdienen, maar daar lever ik wel een heleboel vrije tijd voor in. Het is hier behoorlijk aanpoten, dat heb ik al wel begrepen. En als je een keertje vrij bent, kunnen ze je nog oproepen. Ik woon op mijn werk."

"Dat klinkt alsof ze op die boot vergeten zijn dat de slavernij al in 1865 is afgeschaft," grapte Harmen.

"Nou, zo erg zal het ook niet zijn, maar ik heb in elk geval een paar maanden om uit te vogelen of mij dit bevalt."

We kletsten nog even verder en daarna ging ik in mijn hut kijken of het contract al gebracht was, maar dat lag er nog niet.

***

Het was druk in de Poemabar en het duurde heel even voor ik Koen aan een tafeltje zag zitten. Terwijl ik door de wriemelende mensenmassa naar hem toe liep, zag ik dat hij niet alleen was. Mijn oma en Koens opa zaten dicht tegen elkaar aan vrolijk te praten met...

Maar dat zag ik toch niet goed? Zaten ze daar echt met Jannes van Mechelen?

"Ha, die Fleur," groette Koen. Hij stond op en gaf me een kus op mijn wang. "Hoe is het gegaan?"

"Helemaal prima. Ik ben aangenomen."

Koen gaf me nog een kus op mijn wang. "Gefeliciteerd."

"Ze waren ook wel gek geweest als ze zo'n goeie kracht hadden laten lopen," bromde opa.

Oma kwam kwiek overeind en omhelsde me hartelijk. "Wat heerlijk voor je, Fleur. Zijn die zorgen ook weer voorbij. En het mooiste is nog wel, dat je andere baan pas aan het eind van deze maand vervalt, dus je bent geen moment werkeloos geweest. Dat zal ik je zussen even lekker onder hun neus wrijven, als ik ze morgen zie."

Al pratend draaide ze zich naar Jannes van Mechelen om. "Jannes, dit is mijn kleindochter Fleur. Fleur, dit is..."

"Meneer van Mechelen en ik kennen elkaar al. Tenminste, we zijn elkaar al een aantal keren tegen het lijf gelopen."

"Zeg maar Jannes, hoor," zei Van Mechelen. "Als ze me *meneer* noemen voel ik me zo oud."

"Onzin," vond opa. "Jij komt pas kijken, broekie. Dat kan iedereen heus wel aan je zien."

Ik ging op de vrije stoel naast Koen zitten. "Ik zou wel een rondje willen geven, maar als iedereen een drankpakket heeft...." Ik keek vragend naar meneer Van Mechelen, maar die knikte opgewekt. "Het was een actie van de rederij. Volgens mij hebben alle passagiers deze reis gratis drinken."

"Dat kan maar zo," zei opa. "Als ik zie wat er hier allemaal achterover geslagen wordt... Niet normaal meer." Hij zwaaide opgewekt naar een serveerster en de vrouw kwam meteen gedienstig aangerend.

"Wat mag het zijn, meneer?"

"Zij geeft een rondje omdat ze een nieuwe baan heeft, maar wij betalen allemaal voor onszelf." Opa wees uitvoerig op mij en begon daarna smakelijk te lachen om zijn eigen grapje.

Oma lachte met hem mee, maar aan de serveerster was het lolletje niet besteed. Zij produceerde een beleefde grijns en keek opa wat aarzelend aan.

"Wij willen graag iets bestellen," redde Jannes van Mechelen de serveerster uit haar nood. "We hebben allemaal een drankpakket, dus u mag het wat mij betreft allemaal op mijn pasje zetten, als dat makkelijker voor u is."

Het was blijkbaar niet makkelijker voor de serveerster, want zij schudde heftig haar hoofd. "Ik mag maar twee drankjes op één pasje zetten, meneer."

Jannes knikte. "Anders valt er niet meer te controleren wie er wél of niet een drankpakket heeft."

"Dat klopt, meneer. Wat mag het voor u zijn?"

"Doe mij maar een biertje." Hij gaf met zijn handen een enorm formaat glas aan. "Een pint graag."

Het meisje schreef netjes de bestellingen op, nam de bijbehorende boordpasjes mee en liep weg om onze drankjes te gaan halen.

"Gek idee dat zij nu eigenlijk een collega van me is," zei ik nadenkend.

Van Mechelen glimlachte. "Ik denk dat er hier wat rangen en standen zijn. En dat jij wat dat betreft in de hogere regionen verkeert." Hij glimlachte naar me. "Je hebt een tijdelijk contract?"

"Ja, dat klopt. Voorlopig vier maanden. En daarna kunnen we het met wederzijds goedvinden verlengen. Maar ik moet eerst maar eens zien of het me hier bevalt."

"Dat zal toch wel lukken?" vroeg Van Mechelen. "Of hou je niet van reizen?"

Oma begon te lachen. "Fleur is helemaal verslaafd aan reizen. Ze heeft er alleen niet altijd het geld voor."

"Nou, dan heb je hier de ideale baan wel gevonden, Fleurtje," reageerde Van Mechelen. "Lekker reizen en je krijgt er ook nog behoorlijk voor betaald."

Ik glimlachte. "Dat had ik zelf ook al bedacht. Eigenlijk is het wel een beetje raar om midden in mijn vakantie aan het werk te gaan..."

"Maar een mens moet de kansen die langs komen dwarrelen meteen durven grijpen," vulde Van Mechelen aan.

Ik keek hem wat verbaasd aan. "Dat was precies wat ik wilde zeggen."

"Jannes kan gedachten lezen," verklaarde opa en hij trok er zo'n serieus gezicht bij, dat ik me afvroeg of hij het meende.

"Niemand kan gedachten lezen," protesteerde ik. "Dat weet je best, oop."

Opa grinnikte. "Maar hij wél. Hij is baas van de kermis."

"De kermis?"

Jannes glimlachte. "Ik ben kermis-exploitant, ik heb wat attracties."

Ik schoot rechtop. "Oh, wat leuk. Wat heeft u dan?"

"Diverse achtbanen, botsauto's, een reuzenrad, een waarzegkraam, wat schiettenten, een spookhuis... Eigenlijk te veel om op te noemen."

"Wow! Geweldig. Ik ben dol op de kermis. Vooral het spookhuis is echt te gek."

"Dan kom je na je reis een keertje bij mij op de kermis langs. Dan mag je overal gratis in." Jannes keek het kringetje rond. "Jullie zijn uiteraard ook uitgenodigd om met Fleur mee te komen. En als jullie eerder thuis zijn, kan dat natuurlijk ook."

"Daar ga je spijt van krijgen," grapte opa. "Want wij willen natuurlijk in de duurste attracties en we komen elke week bij je op de koffie. Wat jij, Greet?"

"We hebben immers geld genoeg om normaal te betalen," begon oma, maar opa onderbrak haar schaterend.

"Grapje!" riep hij.

"Jullie zijn van harte welkom, hoor," zei Jannes. "Ik heb ook geld genoeg, dus al wil je elke dag in de vrije-val-toren: aan jullie raak ik heus niet failliet."

Oma rilde. "Reken er maar niet op dat je mij in zo'n toren krijgt. Veel te griezelig."

"Dan is het reuzenrad misschien meer wat voor jou, Greet. Of de draaiende theekopjes." Jannes lachte en draaide zijn gezicht naar opa. "En dan gaat Coenraad intussen lekker over de kop in *The Shake*."

"Daag me niet uit," bromde opa.

Ik staarde wat nadenkend voor me uit. "Ik kon als klein kind nooit naar de kermis," zei ik langzaam. "Dat mocht niet van mam." Ik tikte oma op haar arm. "Weet u nog, dat wij een keertje stiekem waren geweest en dat mam daar achterkwam?"

"En of ik dat nog weet," antwoordde oma. "Het huis was te klein. Ik heb eigenlijk nooit begrepen wat je moeder bezielde. Je zussen gingen altijd wel."

Jannes van Mechelen zat mij intussen intens aan te kijken en ik kreeg opeens het sterke gevoel dat ik hem destijds in het ziekenhuis toch een keer met zo'n piespot had geholpen...

Wat een ontzettend gênant idee!

Jannes grinnikte. "Geen zorgen, Fleur. Jij hebt mij nooit op een piespot hoeven helpen."

Ik staarde hem verbijsterd aan. Hoe kon hij nou weten dat ik aan die ondersteken had zitten denken? Hij zou toch niet echt...

"Nee, hoor. Ik kan geen gedachten lezen," gaf Van Mechelen antwoord op de vraag, die ik nog niet eens gesteld had.

Er ging een ijskoude rilling over mijn rug. Wat was dit voor man? Dit was eng!

"Ik ben niet eng," maakte Jannes het voor mij nog erger. "Ik ben gewoon bij de waarzegster in de leer geweest."

"Bij de waarzegster..." begon ik aarzelend.

"Yep, het is simpel een kwestie van op de reacties van de mensen letten. We hebben het immers al eerder over je tijd in het Brediusziekenhuis gehad en je zat me net ineens zo geschokt aan te staren..." Jannes grinnikte. "Het was gewoon een kwestie van één en één bij elkaar optellen."

"Maar ik heb écht het gevoel dat u..." prevelde ik.

"Zeg nou gewoon Jannes tegen me. Ik zal me heus niet aan je opdringen." Hij begon alweer te lachen. "En ja, Fleurtje. Die angst stond ook op je gezicht te lezen."

"Fascinerend." Opa bemoeide zich met een bewonderende blik in zijn ogen met het gesprek. "Kun je ook zien wat ik denk?"

Jannes knikte. "Natuurlijk, Coenraad. Jij vraagt je af waar de drankjes blijven."

Opa's gezicht werd één en al grijns. "Ongelofelijk," bromde hij. "Dat dacht ik echt."

"Ja, als je zo over je lippen gaat zitten likken, is dat voor niemand een geheim meer," verklaarde Jannes opgewekt.

Op dat moment kwam de serveerster met een volgeladen dienblad naar ons toe en even later toostte iedereen op mijn nieuwe baan.

Ik nam genietend een slok van mijn sprankelende wijn en leunde ontspannen achterover. Het leven was zo slecht nog niet!

***

"Heb je eigenlijk al gegeten?" vroeg Koen een halfuurtje van gezellig kletsen later.

Ik schudde mijn hoofd. "Nee, dat is er een beetje bij in geschoten vanavond."

"Zullen we dan zo meteen naar het Late Night Buffet? Ik heb ook wel zin in een hapje."

"Oh, dat lijkt mij..." begon oma, maar opa legde direct zijn hand op haar arm.

"Die jongelui willen even samen op pad, Greetje. Die hebben ons daar echt niet bij nodig."

"Oh ja, eh... Ja, je hebt natuurlijk gelijk, Coenraad. Maar eh... Ik lust eigenlijk ook wel..."

"Geen zorgen, meisje. Dat restaurant is groot genoeg." Hij keek Jannes aan. "Ga jij met ons mee? Of gaat je vrouw dan stuiteren?"

"Ik ben de eeuwige vrijgezel," antwoordde Jannes losjes. "Altijd op reis."

"Lijkt mij erg ongezellig," vond opa en hij sloeg zijn arm om oma's schouder. "Met z'n tweeën vind ik het veel leuker."

"Jij hebt het ontzettend getroffen, Coenraad. Maar als je de verkeerde vrouw tegen het lijf loopt..." Jannes keek mij aan. "Neem nou jouw moeder, Fleur. Dat is toch een compleet rampenplan?" Hij nam een slok bier. "Ik heb haar vanavond tegen jou tekeer horen gaan in die lounge. Waar iedereen bij was." Hij schudde zijn hoofd. "Nee hoor, ik benijd je vader helemaal niet."

Ik wist niet goed wat ik terug moest zeggen. Oké, Jannes was best sympathiek en hij had natuurlijk wel gelijk, maar ik vond het ook raar om met een betrekkelijk onbekende over mijn moeder te gaan zitten roddelen.

"Waar ken je mam eigenlijk van?" vroeg ik. "Van een schildercursus of zo?" Want bloemschikken leek me geen optie voor een man als Jannes.

"Van de kermis," antwoordde Jannes.

"Huh? Van de..."

Jannes stond op. "Ik ga weer eens naar mijn hut. Het is morgen vroeg dag, als je wat van Jakarta wilt zien." Hij stak zijn hand op in een groetend gebaar. "Welterusten, allemaal."

Ik keek hem verbijsterd na. Kende mam hem van de kermis? Of had ik dat niet goed gehoord?

"Vreemde man eigenlijk," zei Koen nadenkend. "Heel aardig natuurlijk, maar hij heeft toch iets... iets raars over zich."

"Hij heeft helemaal gelijk wat Ada betreft," zei oma. "Je arme vader heeft het niet best met haar. En trouwens, heeft Ada je vanavond uitgescholden?"

"Ja, toen ik Hedy achter de balie meehielp met de reserveringen, stond mam opeens voor mijn neus. En ze was zo vervelend, dat Hedy met de beveiliging moest dreigen om haar weg te krijgen."

"Dat bedoel ik nou," zei oma. "Ada wordt met de dag gekker."

"Dat zal de overgang wel zijn," bromde opa. "Dan wordt zo'n vrouw jaloers op het knappe uiterlijk van haar dochter."

Oma haalde haar schouders op. "Ik ben toch ook niet jaloers op Fleur? En als er iemand door de overgang heen is, ben ik het wel."

"Maar jij bent dan ook een prachtvrouw," bromde opa. "Jij straalt schoonheid uit, terwijl die dochter van je één brok sacherijn is. En dan heb ik het nog niet eens over die twee wanproducten van een Marleen en een Claudia gehad. Dat zijn ook twee portretten." Opa keek wat nadenkend naar mij. "Jij lijkt als enige op je oma, Fleur. Je bent net zo sprankelend en mooi als zij."

Ik schoot in de lach. "Dan hebt u mij 's morgens vroeg nog niet meegemaakt, oop. Dan is er weinig vrolijks aan."

"Dat heb je mis, Fleur. Ik was er in het vliegtuig immers bij toen je wakker werd? En je was wel wat sloom, maar beslist niet sacherijnig."

"Dat klopt helemaal," zei oma. "Daarom is het ook zo gezellig dat Fleur en ik een hut delen."

"Lijkt mij anders ook wel wat," bromde opa. "Om met jou een hut te delen, Greet."

Oma schoof lachend wat dichter naar opa toe. "Oh, zou jij dat wel willen, Coenraad?" vroeg ze guitig.

Opa knikte enthousiast.

"Nou, dan heb je pech gehad, jongen. Ik ben niet zo'n vrijzinnig type. Ik duik echt niet met iedereen zo'n hut in. Dat kan tegenwoordig wel gewoonte zijn, maar ik doe daar niet aan mee."

Opa haalde diep adem, kwam moeizaam overeind en zakte vervolgens op één stramme knie voor oma neer.

Mijn hart sloeg minstens zes tellen over. Wat kregen we nou? Koens opa wilde oma toch niet... Oh help! Dit leek wel heel erg op een aanloopje naar een heftige liefdesverklaring...

"Eh... oop," begon Koen, die blijkbaar dezelfde ideeën over de komende ceremonie had. "Zou je dat nou wel doen? Jullie kennen elkaar nog maar pas en..."

Maar opa wuifde de opmerking weg en keek oma intens verliefd aan. "Greet, ik ben helemaal weg van je. Wil je met me trouwen?"

Oma zat opa verbijsterd aan te kijken. "Je kleinzoon heeft gelijk, Coenraad. We kennen elkaar nog maar zo kort."

"Maar we hebben het toch gezellig samen, Greet?"

Oma glimlachte. "Ja, dat klopt. We hebben het heerlijk samen."

"Nou dan. En ik heb je al zeker vier keer horen zeggen dat je mij zo'n leuke man vindt."

"Ja, dat is ook zo, Coenraad. Ik vind je fantastisch. We kunnen ook zo heerlijk samen lachen."

"Nou, wat let je dan om *Ja* te zeggen, Greetje van me?" Opa pakte oma's hand. "En graag een beetje snel, want anders houdt mijn knie het niet."

Hoofdstuk 10

Het was nog steeds behoorlijk warm op het Lidodek, waar Koen en ik onder een inktzwarte sterrenhemel onze avondsnack naar binnen werkten. Heel veel keus was er niet in vegetarisch en daarom zagen onze borden er bijna precies hetzelfde uit: fruit, crackers, een kuipje boter en diverse soorten kaas. Maar het spectaculaire uitzicht maakte alles goed.

De maan stond als een enorme geel-oranje bol vlak boven de horizon en haar warme stralen weerspiegelden in het zachtjes klotsende water van de Javazee. Er dreven gitzwarte flarden langs de volle maan en dat zorgde voor een adembenemende mystieke sfeer. Bijna alsof we in een film van Harry Potter waren beland.

"Jammer, dat ze vanavond niks warms voor ons hebben," onderbrak Koen de stilte aan tafel. "Ik had wel zin gehad in een kroket of zo."

"Als je dat wilt, moet je die een dag eerder reserveren, maar ja..."

"Wat jij zegt," bromde Koen. "Ik had er gister nog geen idee van dat ik vanavond om elf uur trek in een kroket zou hebben. Gek, hè?"

"En morgenavond dan?" vroeg ik. "Als je morgenavond een warme snack wilt, moet je nu als een speer naar de kok rennen."

"Dat bedoel ik nou. Ik heb toch geen idee wat ik morgenavond om deze tijd aan het doen ben?" Koen lachte vrolijk. "Alle kans dat we dan een verlovingsfeest vieren." Hij keek me even wat aarzelend aan. "Of denk je dat je oma *Nee* gaat zeggen?"

"Ik heb eerlijk gezegd geen flauw idee, Koen." Ik smeerde wat kaas op mijn cracker. "Oma is niet zo'n snelle beslisser. Ze denkt overal altijd erg lang over na. En ze hield erg veel van mijn opa, best mogelijk dat er dan geen plaats is voor een andere man in haar leven."

"Maar volgens mij zijn ze wel stapelverliefd op elkaar. Tenminste..."

Ik knikte. "Ja, zo komen ze wel over."

"Wat is er dan mis mee om samen nog wat gelukkige jaren te hebben? Al hoeft dat voor mij niet meteen in een trouwpartij te eindigen."

"Oma is letterlijk van de oude stempel. Ik heb zelf destijds een tijdje samengewoond, maar dat vond ze maar niks."

"Nou ja, we moeten maar afwachten wat het nachtje slapen bij haar gaat doen." Hij glimlachte. "Maar voor oop kan het allemaal niet snel genoeg gaan. Hij houdt niet van wachten, dat vindt hij op zijn leeftijd maar tijdverspilling."

"Daar heeft hij ook gelijk in, maar ja... We moeten het maar even afwachten. Misschien horen we morgen al meer en anders in de komende dagen. Oma snapt ook wel dat ze je opa niet te lang aan het lijntje moet houden. Dat is ook niet eerlijk."

Ik prikte het laatste stukje ananas aan mijn vork en keek nadenkend kauwend naar mijn lege bord. "Ik denk dat ik nog even wat ga bijhalen."

"Goed plan," zei Koen. "Ik wacht wel even tot je terug bent, dit is een uniek plekje hier. Het zou jammer zijn als er iemand anders ging zitten."

Ik liep terug naar het buffet, waar ik tot mijn vreugde zag dat de

194

kok intussen wat groenteflapjes had gebakken. Ik liet twee borden vullen – want er stonden aardig wat mensen te dringen en op is op – en ging terug naar Koen, die mij met een '*Oh lekker, toch nog wat warms*' hartelijk ontving.

Terwijl ik zat te eten, lette ik stiekem op Koen. Ik vond hem echt leuk en ik zou het super vinden om hem veel beter te leren kennen. Maar ja, die losse opmerking van opa over die Lydia zat me nog steeds dwars.

In mijn hoofd hoorde ik Thelma opeens zeggen: *Je bent een zelfverzekerde vrouw en dus kun je Koen best zelf vragen hoe dat met die Lydia zit.*

Tja...

Het was natuurlijk ook onzin om een ander mijn hete kastanjes uit het vuur te laten halen. En ik kon er alleen maar bij winnen als ik eindelijk wist hoe het zat. Wat had ik eraan als ik steeds verliefder werd en Koen had allang iemand anders?

Ik nam nog een slok wijn, sprak mezelf in gedachten wat moed in en haalde diep adem. "Eh, Koen? Eh... misschien een gekke vraag, maar eh..."

Op dat moment zakte de moed mij in de hooggehakte sandaaltjes en ik stak gauw een stukje groenteflap in mijn mond. Nu maar hopen dat Koen het niet gehoord had.

Maar Koen keek me indringend aan. "Ik ben dol op gekke vragen, Fleur. Brand maar los."

Ik slikte drie keer om de restanten van het flapje kwijt te raken. "Eh... Nou ja, eh..."

"Fleur? Wat is er?"

"Ach, niks bijzonders... Maar eh... Ik vroeg me gewoon af wie

Lydia is."

Hè, hè, dat was eruit.

Koen keek me met samengeknepen ogen aan. "Lydia? Ik ken helemaal geen..." Heel even was zijn knappe gezicht nog één groot vraagteken en toen begon hij te lachen. "Oh ja, natuurlijk. Lydia. Maar Fleur, hoe kom je daar nou bij?"

Ik voelde de hitte naar mijn wangen stijgen en had alweer de grootste spijt van mijn vraag. "Oh... eh... Laat maar, hoor. Het is ook niet zo belangrijk."

"Lydia niet belangrijk? Laat haar dat maar niet horen."

Ik slikte moeilijk. "Dus... Ze bestaat écht. Jullie hebben iets samen. Ik eh.. Ik moet morgen vroeg op. Welterusten." Ik wilde opspringen en heel lafhartig wegvluchten, maar Koen was me voor.

Hij greep mijn hand stevig beet en ik kon het weghollen wel vergeten.

"Wat heeft oop jou over Lydia verteld?" vroeg Koen.

Ik sloeg mijn ogen neer onder zijn blik. "Eigenlijk niks. Ik eh... Ik hoorde oop in het vliegtuig eh... toevallig zeggen dat Lydia..."

"Dat Lydia wat?"

"Ja, dat eh... Dat Lydia het niet leuk zou vinden als ik in jullie hut langs zou komen. En toen dacht ik..."

"Die hebben wat samen," maakte Koen de zin schaterend voor me af.

"Nou, zo leuk vind ik dit anders helemaal niet," bitste ik fel en ik kreeg een enorme aandrang om mezelf aan mijn haren te gaan trekken van pure ellende. Maar ja, dat soort dingen doe je dan natuurlijk ook niet, daar maak je de zaken alleen maar erger mee. Bovendien kon ik geen kant op, want Koen had me nog steeds stevig beet.

"Jannes van Mechelen had helemaal gelijk," zei Koen opeens een stuk minder vrolijk. "Je kunt op jouw gezicht inderdaad zien wat je denkt."

"En wat denk ik dan?"

"Jij vindt dit helemaal niet leuk en je hebt enorme spijt van je onbezonnen vraag."

"Dat klopt wel aardig. Maar nu wil eigenlijk wel naar mijn hut."

"Welnee, dat wil je helemaal niet. Je wilt weten hoe dat met Lydia zit."

Ik zuchtte diep. "Oké, je hebt helemaal gelijk. Laat maar horen dan."

"Lydia is een grapje van oop."

"Dus ze bestaat toch niet?" Ik hoorde zelf dat het hoopvol klonk en ik schaamde me opeens rot.

"Lydia is mijn overbuurvrouw van achtenveertig. Opgeverfd, veel te hoge hakken en onzettend ordinair."

Ik keek Koen wat verbaasd aan. "Je buurvrouw?"

"Ja, ze valt op mij, enne... Ze probeert constant mijn aandacht te trekken met hele blote truitjes en veel te korte rokjes en dat soort dingen."

"Oh?" Veel meer wist ik er niet uit te brengen. Mijn ogen hadden intussen het formaat van een pizzabord aangenomen en leken wel op stokjes uit mijn hoofd te puilen. En misschien moest ik mijn mond ook maar eens dichtdoen. Dit was echt een groot succes zo. Maar niet heus...

Koen merkte blijkbaar niks van mijn verwarring, want hij praatte ondertussen gewoon door. "Twee maanden geleden kwam ze uit de douche en toen stond ze zichzelf heel uitdagend voor het raam af te drogen. Oop was erbij en hij ging helemaal uit zijn dak, want Lydia wond er letterlijk geen doekjes om." Koen haalde diep adem. "Sindsdien weet oop van geen ophouden meer."

"Oh... Ja... Eh..."

Help! Alweer zo'n super-intelligente reactie. Wat moest Koen wel niet van me denken?

Koen legde zijn andere hand ook op die van mij. "Je ziet er zo lief uit, Fleur. En je kunt zo prachtig blozen."

Ik schaamde me nu echt helemaal rot. "Nou ja, zeg," mompelde ik vaag.

Koen grinnikte. "Ik bedoel het als compliment. Je bent mooi, en leuk, en sprankelend. En ik vind het helemaal te gek dat je wat in mij ziet."

Huh? Nu wist ik helemaal niet meer hoe ik het had. "Eh..." aarzelde ik. "Hoe kom je daar nou opeens bij?"

"Anders had je je nooit zo druk gemaakt over die Lydia. En eerlijk gezegd..."

"Eerlijk gezegd?"

"Je bent niet de eerste die vanavond over Lydia begint. Je oma was ook heftig benieuwd."

Nee, toch! Had oma het al gevraagd? Ik ging gigantisch af!

Koen gaf me een speels kneepje in mijn arm. "Hé, meisje. Ik ben hartstikke gek op je. Dan is het toch alleen maar heerlijk om te merken dat jij er net zo over denkt?"

Ik wist alweer niet meer wat ik zeggen moest. Hoorde ik dat

goed? Was Koen echt gek op mij? Maar...

Koen boog over de tafel heen en drukte een zachte kus op mijn lippen. "En? Wat denk je ervan?"

"Waarvan?"

Terwijl ik het zei, snapte ik best dat ik nog steeds ontzettend dom bezig was. Maar nog voor ik iets zinnigs kon zeggen, liep Koen om de tafel heen en trok me mee naar de reling. Daar nam hij me in zijn armen en – met de glanzende maan als enige getuige – nam hij uitgebreid de tijd voor een heerlijke kus. "Hiervan," zei hij uiteindelijk ademloos.

Ik glimlachte. "Je kunt geweldig kussen," bekende ik.

"Kijk, dat wou ik even horen," lachte Koen vrolijk.

Hij trok me nog dichter tegen zich aan en kuste me opnieuw.

***

Het was al heel erg laat toen ik eindelijk weer in mijn hut terugkwam, maar oma was nog klaarwakker. Ze zat in haar nachthemd op het balkon van het uitzicht te genieten. Het was nog steeds flink warm buiten.

"Is mijn contract er al?" vroeg ik.

Oma schudde haar hoofd. "Niet gezien, maar hoor eens, Fleur. Ik heb Koen over die Lydia uitgehoord en dat blijkt een opdringerige buurvrouw te zijn."

Ik schoof een stoel bij en ging naast haar zitten. "Ik heb het al gehoord. Ik eh... Ik had eindelijk de moed om het zelf te vragen en toen vertelde Koen dat u eh..."

"Je ogen stralen, Fleur." Oma keek me even belangstellend aan en toen begon ze als een jong meisje te giechelen. "Kan hij een beetje zoenen?"

Ik lachte met haar mee. "Ja, dat kan hij zeker. Ik heb geen klagen."

"Wat heerlijk voor je, Fleur. Je ziet er zo blij uit."

"Ja, het lijkt allemaal geweldig." Ik voelde mijn gezicht opeens betrekken. Ik had me al heel wat vaker zo geweldig gevoeld. Al die keren dat ik verliefd was geweest. En dat was altijd in een zware zeperd geëindigd...

Oma keek me scherp aan. "Wat is er opeens met je? Je kijkt zo triest."

Ik haalde mijn schouders op. "Het lijkt nu allemaal wel heel leuk, oma. Maar... ik heb al een paar keer eerder gedacht dat ik de ware eindelijk gevonden had en dan bleek het toch weer gigantisch tegen te vallen."

Oma glimlachte. "Ja, dat weet je nooit, Fleur. Garanties zijn er niet in het leven. Daarom moet je ook de tijd nemen om elkaar beter te leren kennen."

"Maar hoe ga ik dat in die anderhalve week met Koen nog redden, terwijl ik nu ook weer een drukke baan heb?" Ik zuchtte diep. "Als we weer in Singapore aanmeren, stapt hij op het vliegtuig om dan tienduizend kilometers bij mij vandaan in de regen te gaan zitten kniezen. Wie weet wie er dan weer op zijn pad komt." Ik slikte moeilijk. "Ik bedoel... Onno wist ook van wanten op dat gebied en ik maar als een braaf vrouwtje thuis op hem wachten, terwijl hij de bloemetjes buitenzette."

Oma legde haar hand op mijn arm. "Als Koen écht de ware voor je is, komt het gewoon allemaal goed. Ik heb drie jaar op je opa gewacht terwijl hij in Indië voor ons land aan het vechten was. Dat is destijds allemaal goed gekomen."

Ze staarde wat triest in de verte.

"Opa was een schat," zei ik. "Het is logisch dat u hem nog steeds mist. Gelukkig dat u..."

Ik wilde over Koens opa beginnen, maar stopte toch maar met praten. Het zou klinken alsof ze op het punt stond om haar grote liefde te gaan inruilen voor een andere man.

Maar oma begreep me zo ook wel. "Ik hield zielsveel van je opa en eigenlijk hou ik nog steeds van hem. Dat zal nooit veranderen, Fleur. Maar het leven gaat verder en een mens heeft maar één leven. Daar moet je van genieten."

"Dus u wilt met oop verder?"

"Ja, ik ga het een kans geven." Oma was even stil en keek me een beetje ondeugend aan. "Je mag het aan niemand vertellen, Fleur, maar Coenraad kan ook heel goed zoenen."

Ik sloeg mijn armen om oma heen en gaf haar een kus op haar wang. "Oh oma, wat vind ik dit heerlijk voor u. Gaan jullie eh..."

"Nee, met trouwen wachten we nog even. Trouwen is zo... definitief. Ik wil hem echt eerst wat beter leren kennen en dan... Maar eh..." Ze begon te lachen. "We gaan ringen en oordoppen kopen, en dan onze verloving vieren."

"Oordoppen?" vroeg ik verbaasd.

"Een ideetje van Coenraad. Als we je moeder over onze plannen gaan vertellen, doen we eerst oordoppen in. Dan hebben we geen last van haar geschreeuw."

Ik schoot in de lach. "Oh, oma toch. U bent me er eentje."

Oma pakte mijn hand. "Wat is het hier mooi, hè? Die prachtige

volle maan en die speelse golfjes met die glinsterende stralen..." Ze glimlachte. "En dan ook nog al die liefde hier. Liefde
op zee."

"De Javazee," vulde ik aan.

"Liefde op de Javazee," herhaalde oma nadenkend. "Dat is een
mooie zin voor op onze verlovingskaart."

"Wilt u kaartjes gaan sturen?"

"Ach, kind. Je hebt gelijk." Oma haalde diep adem. "Dat is natuurlijk onzin. Zoveel vriendinnen en vrienden heb ik op mijn
leeftijd ook niet meer over." Er gleed even een verdrietige schaduw over haar gezicht, maar een paar tellen later lachte ze alweer. "Daarom is het zo heerlijk dat ik Coenraad heb leren kennen. Ik voel me zo gelukkig."

Ik sloeg mijn arm weer om oma's schouder en trok haar even
dicht tegen me aan. "Ik ben zo ontzettend blij voor u, oma. Na al
dat verdriet breekt de zon eindelijk weer door."

"En ik ben blij voor jou, Fleur. Jij kunt ook wel weer wat licht-
puntjes gebruiken."

"Met mij viel het allemaal best mee. Ik ben pas over twee weken
officieel mijn werk kwijt en ik heb nu weer een baan. En als het
me hier niet bevalt, kan ik over vier maanden bij *Zontravels* aan
de slag."

Ik vertelde haar uitvoerig over het aanbod dat Harmen me had
gedaan.

"Fantastisch," zei oma. "Daar kunnen we nog best een glaasje
bubbeltjeswijn op nemen. Ik kan wel een slaapmutsje gebruiken na al die opwinding. Ga jij het halen?"

"Goed plan, oma. Ik ben zo terug."

***

De volgende morgen was ik niet echt in vorm toen de wekker in alle vroegte afliep. Ik had echt veel te weinig geslapen en misschien waren die extra glaasjes bubbelwijn met oma achteraf ook niet zo'n goed idee geweest. Want bij één slaapmutsje hadden oma en ik het natuurlijk niet gelaten...

"Ik blijf nog een uurtje liggen, hoor," prevelde oma slaperig.

"Dat is goed, oma. Zal ik over een uurtje ontbijt op bed komen brengen?"

"Oh ja, dat zou geweldig zijn. Welterusten. Ik bedoel natuurlijk: werk ze."

"Truste, oma."

Ik ging een poosje onder de hete douche staan en daar kwam ik gelukkig weer wat van bij. Daarna kleedde ik me haastig aan en sloop de hut uit.

Mijn ogen schoten natuurlijk meteen naar het postbakje dat naast de deur hing, maar dat was nog steeds leeg.

Raar. Emma Freiters had toch beloofd dat de steward het contract...

"Inspiratie aan het opdoen voor je volgende meesterwerk?" vroeg een hatelijke stem naast me. "Of ga je niet naar de schildercurus?"

Ik keek opzij naar mijn geliefde zus Marleen, die met haar armen over elkaar geslagen naar mij stond te loeren.

Ja, loeren. Een ander woord kon ik er echt niet voor bedenken. Ze had de blik van moeder adelaar, die op het punt stond om mij mee te sleuren naar haar nest, waar ze me in stukjes en beetjes aan de kleine roofvogeltjes zou voeren.

"Heb jij post uit mijn postbakje gehaald?" vroeg ik.

"Hoe kóm je erbij?" Marleens gezicht sloeg op standje *Zwaar Noodweer*. "Wat een smérige beschuldiging. Alsof ik zoiets óóit zou doen."

Dat was voor mij antwoord genoeg. "Nee, nee. Natúúrlijk niet," bromde ik.

Marleens barometer steeg soepeltjes naar *Mooi Weer*. "Wij gaan straks met jou in de bus naar Jakarta," zei ze stralend. "Ik verheug me er zó ontzéttend op om jou als reisleidster aan het werk te zien."

"Reken daar maar niet op, zusje van me," mompelde ik zachtjes in mezelf. En flink hard liet ik erop volgen: "Lijkt mij ook ontzéttend leuk. Zie je straks, Marleen."

Zonder nog op Marleens antwoord te letten, haastte ik me naar het trappenhuis, waar onze trouwe steward Carlos net van de andere kant kwam aan spurten.

"Oh, goedemorgen Carlos. Mag ik je even iets vragen?"

Dat mocht, en een halve minuut later stond Carlos zich uitvoerig te verontschuldigen, dat de belangrijke brief die hij zo keurig onder de deur van hut 9116 door geschoven had, blijkbaar pootjes had gekregen en verdwenen was.

"Zei je 9116?" vroeg ik.

Carlos knikte heftig.

"Maar ik zit nu immers in 9118, bij mijn oma."

De arme Carlos verschoot lelijk van kleur en begon – handenwringend en half hysterisch – in minstens twintig verschillende talen "Het spijt me zo verschrikkelijk!" te roepen.

Ik kreeg er zelf gewoon spijt van dat ik het tegen hem gezegd had.

Uiteindelijk tikte ik hem meelevend op zijn schouder. "Hindert helemaal niks. Ik haal die brief in 9116 wel even op."

Daar wilde de trouwe Carlos natuurlijk niks van weten. Het was zijn fout en hij zou hoogstpersoonlijk in hut 9116 gaan vertellen dat hij die brief fout bezorgd had en...

Ik wapperde met mijn handen voor zijn ogen. "Niet doen, ik los het wel op. Het is immers mijn zus. Helemaal geen punt."

"Nee, dat kan ik niet goedkeuren, want..." begon Carlos, maar ik luisterde al niet meer.

Ik liet hem staan, rende acht trappen af, en kwam pas voor de receptiebalie weer tot stilstand, waar ik tot mijn genoegen Emma Freiters achter een computer zag zitten.

"Mevrouw Freiters, ik zou u graag even spreken..." Ik snakte naar adem.

Emma Freiters keek me verstoord aan. "Ik jou ook wel even," zei ze wat nors.

"Ik weet niet wat er aan de hand is," hijgde ik. "Maar wat het ook is, ik heb daar niks mee te maken. De steward heeft het contract per ongeluk bij mijn zus Marleen in de hut bezorgd en die stond vanmorgen zo gemeen naar me te grijnzen dat ik..."

Emma Freiters schoot in de lach. "Je zus Marleen? Diezelfde die gister door Neptunus is gestraft vanwege *zusje pesten*?"

Ik knikte. "Ja, dat klopt. Wat heeft ze met het contract uitgehaald?"

"Ik zal het je wel even laten zien en dan draai ik een nieuw exemplaar voor je uit." Emma Freiters liep voor me uit naar haar kantoortje en wees naar haar bureau, waar een stapeltje papieren lag. "Daar, schrik maar niet."

Ik pakte het eerste blad op en het schaamrood schoot naar mijn kaken. De pagina stond vol met obscene tekeningetjes die een hoog piemelgehalte hadden. En de andere vellen zagen er al niet veel beter uit.

Bij een van die kunstwerkjes was een pijltje geplaatst en in een tekstballonnetje erboven stond geschreven: *Portret van Emma Freiters.*

"Ik moet heel eerlijk zeggen dat ik hier vanmorgen niet bepaald blij van werd," bekende Emma Freiters achter me. Ze pakte de papieren uit mijn hand en duwde ze zonder aarzelen de papiervernietiger in.

Een eindje verderop begon de printer te ratelen en drie seconden later werden er vier nieuwe bladen papier naar buiten gespuwd.

"Die zus van je heeft dringend psychiatrische behandeling nodig," zei Emma. "Die heeft overduidelijk een peniscomplex." Ze keek me glimlachend aan. "Wat doet ze eigenlijk voor de kost?"

"Marleen is hoogleraar Keltische Taal- en Letterkunde."

"Grapje zeker?" vroeg Emma. "Dit lijkt mij meer iemand die de kleuterschool nog niet eens afgemaakt heeft."

Ik schudde mijn hoofd. "Nee, geen grapje, helaas. Professor Doctor Marleen Zomerdijk geeft les bij de VU in Amsterdam." Emma snoof. "Nou, dan is het toch waar, wat ze weleens zeggen." "Wat bedoelt u?"

"Dat er maar een heel smal grensje is tussen geniaal en knettergek."

Ik grinnikte. "Dat zal ik haar straks doorgeven, dat vindt ze vast leuk om te horen."

Er kwam een brede lach op Emma's gezicht. "Ik benijd jullie ouders niks. Dat zal me een vuurwerk geweest zijn, vroeger."

"Dat klopt, mevrouw Freiters. Echt leuk was het allemaal niet."

"Zeg maar Emma tegen me, hoor. Wij zijn nu collega's. Min of meer tenminste, ik blijf natuurlijk de cheffin. Heb je al ontbeten?"

"Nee, ik zag aan Marleens gezicht dat er iets heel erg mis moest zijn met dat contract en daarom ben ik meteen hierheen gerend."

"Verstandig van je. Dat scheelt een ontzettende berg misverstanden." Ze kneep vertrouwelijk in mijn hand. "Maar dan gaan we samen even ontbijten. Dan kun je meteen je contract nalezen en eindelijk die handtekening eens zetten."

***

Emma nam de lift naar boven en ik vond het een beetje raar om tegen haar te zeggen, dat ik het trappenhuis altijd gebruikte om in conditie te blijven, dus stapte ik ook maar in.

We praatten over de bekende koetjes en kalfjes tot de lift ons vertelde dat het tijd werd om uit te stappen.

"*Deck 12, Restodeck,*" klonk het blikkerig uit de luidspreker.

"We zijn er," zei Emma wat overbodig en ze liep met enthousiast tikkende hoge hakken voor me uit.

Bij de ingang van het buffetrestaurant draaide ze zich om en keek me aan. "Zoek rustig even iets te eten uit en als dat gelukt is, kun je daarheen lopen." Ze wees in de verte. "Helemaal achteraan hebben we een hoekje met gereserveerde tafels voor de hogere stafmedewerkers. Je ziet het vanzelf, er hangt een siertouw omheen. En de drankjes kun je aan tafel bestellen, dan hoef je daar niet mee rond te klotsen. Ik zie je zo."

Terwijl ze van me wegliep, zag ik opeens een hele knappe man aankomen. Hij had een groot bord vol etenswaren in zijn hand en hield met zijn andere hand een kop koffie in evenwicht.

Mijn hart sloeg een tel over en ik voelde hoe mijn hele gezicht begon te stralen.

Koen! Daar was Koen!

Koen zag mij ook en hij maakte een losse hoofdbeweging in de richting van Emma, die vol toewijding in een plateau met pannenkoeken stond te prikken. "Hé, schoonheid. Al aan het werk?"

Ik knikte. "Jij bent ook in functie, zo te zien?"

"Yep. Ik krijg oop niet uit de veren. Hij is moe, zegt hij. En dan draait hij zich schaamteloos weer op zijn andere zij."

"Oma heeft dat ook. Tenminste, ik weet niet hoe het nu met haar is, maar een kwartier geleden lag ze nog ijverig te snurken."

"Ik denk dat er van de gereserveerde excursie niet veel komt," zei Koen. "Kunnen we dat nog afzeggen?"

Ik keek hem even nadenkend aan, terwijl mijn eigen interne harde schijf overuren draaide. "Ja, we hebben een wachtlijst voor die excursie. Ik bel gelijk Hedy even, die zit vast al achter de computer. Wil jij wel mee?"

Koen knikte. "Ja, dat lijkt me wel. Als je oma ook aan boord blijft, zit oop niet op mij te wachten. Kan ik dan bij jou in de bus?"

"Gaan we regelen. Lijkt mij ook gezellig." Al pratend tikte ik

Hedy's nummer in, overlegde even met haar en drukte de verbinding weer weg. "Helemaal gelukt. Er staan diverse gegadigden voor de balie te springen om nog mee te kunnen. Dus laat oop maar lekker liggen."

Vanuit mijn ooghoeken zag ik Emma in de richting van het achterdek lopen. "Ik ren even snel naar oma om het door te geven en dan moet ik Emma achterna."

Koen drukte een kus op mijn lippen. "Ga maar gauw. Dan zie ik je straks."

Ik kuste hem terug. "Fijn. Ik verheug me erop. Maar ik ben wel aan het werk natuurlijk."

"Nou, wat sta je hier dan nog?" grapte Koen. "Aan de slag met jou."

Hij gaf me een vrolijke knipoog en het kostte mij even flink moeite om me van hem los te scheuren. Ik was het liefste bij hem blijven staan praten, maar dat kon natuurlijk niet.

Dus spurtte ik naar oma – die helemaal blij was dat ze verder kon slapen – en stormde terug naar de ontbijtzaal, waar ik haastig een paar bruine bolletjes, wat kaas en een fruitsalade op mijn bord legde.

Een beetje hijgend ging ik even later tegenover Emma zitten, die al volop van haar pannenkoeken genoot.

"Kwam er iets tussen?" vroeg ze belangstellend.

"Ja, twee afzeggingen voor een excursie. Maar de lege plekken zijn alweer opgevuld."

Emma tikte me even op mijn hand. "Volgens mij zit jij hier helemaal op je plek. Amper begonnen en nu al helemaal ingewerkt."

"Het is een fijne baan. Lekker wat van de wereld zien en ondertussen mijn brood verdienen."

Emma keek opzij door het raam naar buiten en toen ik haar blik volgde, ontdekte ik pas dat we in Tanjung Priok, de drukke haven van Jakarta, waren aangekomen. Ik was zo aan het rennen geweest, dat het uitzicht me was ontgaan.

Erg veel had ik daar trouwens ook niet aan gemist, want het was er een enorme bende. Stapels vrachtcontainers in verschillende kleuren, enorme ronde opslagloodsen, rondjakkerende vrachtwagens in allerlei soorten en maten, en gigantische hijskranen die hun uiterste best deden om boven het schip uit te komen. Bezwete havenarbeiders liepen zenuwachtig rond te drentelen.

"Het ene stuk van de wereld is heel wat mooier dan het andere," zei Emma. "Het stinkt hier vreselijk naar uitlaatgassen en weet ik wat voor viezigheid. Ruik je het ook?"

"Dat zijn de beroemde geuren van Azië." Ik glimlachte. "Toen iemand ooit tegen me zei dat het Verre Oosten zo speciaal ruikt, kreeg ik in eerste instantie visioenen van exotische kruiden en heerlijke bloemen."

"Maar in werkelijkheid valt dat behoorlijk tegen." Emma trok een ontzettend vies gezicht. "En dan die toiletten... Ik ben al heel wat keren in Indonesië geweest, maar die wc's hier... Die wennen nooit." Ze grinnikte. "Maar vandaag heb ik daar geen last van, want dankzij jou kan ik lekker aan boord blijven. Hier is het schoon."

Ze slikte haar laatste hap pannenkoek door, dronk haar kopje leeg en schoof haar stoel resoluut naar achteren. "Hoog tijd om aan de slag te gaan, Fleur. Het werk wacht."

Hoofdstuk 11

Het werk wacht...

Dat was een uitspraak waar ze op de Cupido wel een spreuken-tegeltje van hadden kunnen maken om overal op te hangen, daar kwam ik op mijn eerste dag als nieuwe medewerkster met-een al achter.

Nadat Hedy en ik met het nodige gedoe ladingen passagiers in de klaarstaande bussen hadden gekregen, moesten we al die bussen weer langsrennen om overal met behulp van een kort welkomstpraatje te controleren of iedereen in de juiste bus zat. Dat was meteen al geen pretje, want het was werkelijk bloed-heet. En toen ik zwetend naar mijn eigen bus terugliep, viel er zo'n tropisch stortbuitje over me heen.

Uiteraard spurtte ik meteen een willekeurige bus in om te schuilen, maar terwijl ik nog op de treeplank stond, werd het al-weer droog. En ik was – door die amper tien seconden van totale wolkbreuk – compleet doorweekt geraakt. Maar naar de boot teruglopen om een droge outfit aan te trekken, was er natuurlijk niet bij. We moesten ons uiteraard aan een tijdschema houden.

De felle zon scheen ongehinderd de bus in en de airco van het aftandse vehikel kon de smorende hitte niet aan. Hij deed het wel, maar produceerde alleen maar warme lucht. Vrijwel met-een na vertrek zaten mijn passagiers al met hoogrode wangen te mopperen over de temperatuur.

Bofte ik even dat mijn familie niet in de bus zat!

Dat was trouwens het enige pluspuntje van de hele onderne-ming, want verder viel er weinig te lachen.

Het was me bijvoorbeeld niet gelukt om Koen bij mij in de bus te krijgen. Hij paste er simpelweg niet meer in. Dat vond ik echt ontzettend jammer, want we hadden immers maar zo weinig tijd om elkaar wat beter te leren kennen, voordat hij weer naar Nederland zou vliegen...

Uit het oog uit het hart, brulde een vervelend stemmetje in mijn hoofd, maar dat draaide ik resoluut de nek om, want ik had nu genoeg andere ellende om me druk over te maken.

De buschauffeur vertelde me namelijk opgewekt dat het vandaag net toevallig een vrije dag was in Indonesië. En omdat alle inwoners van Jakarta blijkbaar massaal het idee gekregen hadden om er eens lekker op uit te trekken, kwamen wij met onze overkokende bus in een soort van gekkenhuis terecht. Dat verhoogde de feeststemming ook niet echt, dat zal duidelijk zijn.

Toeterende taxi's, gammele personenauto's die in Nederland beslist niet door de apk zouden komen en stinkende busjes in allerlei soorten en maten. Daar tussendoor wriemelden overvolle riksja's – een soort van fietstaxi's – open koetsjes met broodmagere paarden ervoor, en honderden scootertjes waarop soms hele gezinnen zich in evenwicht probeerden te houden.

Wandelaars stortten zich met ware doodsverachting in de drukte en vlak naast de weg stonden verkopers in rijdende stalletjes hun gebakken vleermuizen en andere smakelijk hapjes aan te prijzen.

Na zo'n twee uur van stapvoets rijden, kwamen we eindelijk bij Taman Mini Indonesia aan, waar half Jakarta in de schaduw van de vele nagebouwde tempels en traditionele woonhuizen ontspannen zat te picknicken.

Het was de bedoeling geweest om rijdend met de bus een eerste indruk van het park te krijgen, maar dat kon vanwege het massale verkeer ook niet echt doorgaan. We stonden alleen maar stil. Na een halfuur vergeefs zoeken, wist de buschauffeur eindelijk een parkeerplekje te vinden en de mensen haastten zich de bus uit, op zoek naar de toiletten.

Toen de laatste passagier vertrokken was, ging de chauffeur koffiedrinken en ik moest intussen ook erg nodig. Dus wandelde ik – nog steeds klam en vochtig – in mijn eentje naar de toiletten bij het basisstation van de monorail, waar ik mijn geliefde zus Marleen bijna letterlijk tegen het bezwete lijf liep.

"Wat een takkenexcursie!" brulde die meteen. "Er is hier geen draad te doen met al die stomme tempels! Ik verveel me rot en ik heb het heet!"

Ik deed net of ik haar niet gezien had, en maakte dat ik wegkwam. Het was zo vreselijk druk in het park dat ik haar gelukkig al snel weer kwijt was.

De monorail had diverse stationnetjes, dus ik liep gewoon naar het volgende, onderdrukte mijn afkeer en ging naar de wc.

Daarna kocht ik een toegangskaartje voor de monorail en klom de trap op om een ritje te gaan maken. Toen ik hoog boven het park zweefde, ging mijn mobieltje en was oma aan de lijn.

"Coenraad en ik vinden het zo jammer dat we Jakarta missen," klaagde oma. "Kun je nog wat voor ons regelen?"

"Het verkeer is vandaag één grote heksenketel, oma. Dus Jakarta is niet echt een optie. En het is ook erg heet. Misschien moet u gewoon maar aan boord blijven en wat energie sparen voor de excursie naar de Borobudur morgen. Dat wordt een drukke dag."

Daar wilde oma niks over horen. "Ik ben hier nu, dan wil ik ook wat zien."

"Dan kunt u naar de kade gaan, oma. Er staat daar een shuttlebus die u naar een winkelcentrum brengt. Op dat traject rijdt het verkeer wel redelijk door, dus dan ziet u ook wat van de omgeving. En in het winkelcentrum kunt u koffie gaan drinken of wat winkelen, en dan met de shuttlebus weer terug."

"En wat kost dat?"

"De shuttlebus is een gratis service, daar kunt u zo instappen."

Dat leek oma wel een goed idee. Ik borg mijn mobieltje weg en zag dat ik alweer bij mijn beginstationnetje was aangekomen. Ik stapte uit, liep de trap af en wandelde in de verzengende hitte terug naar mijn bus.

Dat was maar goed ook, want er stond een huilende moeder met een nog veel harder huilend kind op me te wachten. Het kind was van een schommel gevallen en zat onder het bloed...

Ik zorgde dat de kapotte knie en de geschaafde elleboog op de EHBO werden verzorgd en daarna zette ik moeder en kind in een taxi om terug te gaan naar het schip. "Ik bel zo de scheepsarts, dus als u straks bij de Cupido aankomt, moet u eerst langs de dokter om de wonden te laten controleren. Het is hier één grote vieze bende, dus het is belangrijk dat die wonden echt goed ontsmet worden."

Daarna kwamen mijn passagiers in kleine groepjes naar de bus terug, maar toen we eindelijk compleet waren, ontdekte de buschauffeur dat de uitrit van de parking vol illegaal geparkeerde auto's stond. De bus kon letterlijk geen kant op.

De chauffeur haalde de parkeerwachter erbij en samen stonden de mannen – onder het genot van een verse kop thee en een sigaretje – de situatie uitvoerig te bespreken, terwijl de temperaturen in de bus alweer naar recordhoogten stegen.

Uiteindelijk werden er wat sterke jongens opgetrommeld en nadat de chauffeur mij een overdreven riante fooi had afgetroggeld, begonnen de heren de in de weg staande auto's één voor één opzij te duwen. Dat deden ze zo geroutineerd dat ik me begon af te vragen of het hele probleem afgesproken werk was geweest. Alle kans dat deze vorm van toeristje-in-de-maling nemen een vaste bron van inkomsten voor ze was.

Na zo'n minuut of tien was er een smal baantje vrij en met veel kunst- en vliegwerk kreeg de chauffeur onze bus eindelijk op de straat naar de uitgang van het park. Maar ja, die weg stond natuurlijk nog steeds vol file en het duurde echt uren voor we de haven van Tanjung Priok weer bereikten.

Onnodig te zeggen dat er van een gezellige vakantiesfeer in de bus niks meer over was. Ik heb nooit geweten dat mensen zó kunnen mopperen en zeuren. En de arme reisleidster – ik dus – kreeg uiteraard overal de schuld van...

Ik was compleet gesloopt toen we eindelijk de loopplank van de Cupido op liepen, en ik wist niet hoe snel ik onder de douche moest springen en schone kleren aan moest doen.

Het hielp weinig, want ik voelde me daarna nog steeds een afgehaald bed, maar mijn werkdag zat er nog lang niet op.

Het was intussen alweer vijf uur en de excursiebalie ging open. Ik moest zelfs rennen om nog een beetje op tijd te zijn.

Een fit uitziende Hedy begroette me ontspannen. "Hé Fleur, je kijkt alsof ze je geradbraakt hebben. Viel het zo tegen?"

"Een beetje wel," bekende ik. "Ik had nooit gedacht dat het leven van een werknemer op een cruiseschip zo giga druk zou zijn." En ik gaf een kort verslagje van alle narigheid waar ik die dag mee te maken had gehad.

"Niks bijzonders dus," concludeerde Hedy lachend. "Het went gauw genoeg, dat zul je wel zien." Daarna keek ze me scherp aan. "Heb je eigenlijk wel gegeten vandaag?"

"Vanmorgen, maar daarna heb ik er niet meer aan gedacht."

"En ook weinig gedronken zeker?"

"Ja, ach..."

"Dan zou ik eerst maar eens flink gaan bunkeren," adviseerde Hedy. "Neem vanavond verder maar vrij."

"Maar dan sta jij er hier alleen voor, dus dat kan ik echt niet maken."

"Heb je jezelf nog niet in de spiegel bekeken, Fleur? Je ziet er helemaal uitgewoond uit en we hebben er echt niks aan als je meteen afknapt."

"Ik ben inderdaad wel een beetje moe," bekende ik.

"Nou dan. Dat komt van die bloedhitte hier en de jetlag speelt natuurlijk ook mee. Je bent hier immers nog maar een paar dagen. En volgens mij heb je het gisteravond ook behoorlijk laat gemaakt."

"Dat klopt wel aardig, ja. Ik was nog helemaal in de vakantiestemming."

"En dat gevoel is intussen wel over," zei Hedy hoofdschuddend. "Ga lekker rusten en dan plan ik je morgen hier op de boot in."

"Oh, maar ik wil morgen eigenlijk erg graag naar de Borobudur. Die tempel is toch één van de Zeven Wereldwonderen en daar ben ik nog nooit geweest."

"Ga nou eerst maar rusten, dan zien we dat morgen wel weer."

"Ja, maar als ik nu wegga, wat moet Emma Freiters..."

"Die heeft je daarstraks heus wel als een derdegraads zombie van die excursie terug zien komen," grinnikte Hedy. "Emma en ik hebben dit samen al besproken."

"Oh. Nou eh... Als je het echt niet erg vindt als ik nu ga..."

"Wanneer ik het niet red, weet ik je heus wel te vinden, Fleur. Maar nu ga je flink eten en vooral ook veel water drinken. En daarna zou ik gewoon naar bed gaan, als ik jou was."

"Tja..." mompelde ik.

"Zie ik je morgen om acht uur in het theater, oké?"

Ik knikte. "Oké. Bedankt, hè? En tot morgen."

"Tot morgen, Fleur. Fijne avond nog."

***

De volgende morgen voelde ik me weer helemaal prima en ik had er echt veel zin om de excursie naar de Borobudur te gaan begeleiden. Maar helaas, Hedy had mij definitief op de boot ingeroosterd en hoewel ik nog bij Emma Freiters ging vragen of ik niet toch nog mee kon, kreeg ik geen voet aan de grond.

"Nee, Fleur. Ik ga zelf mee, dus dan moet jij aan boord blijven."

Ik baalde gigantisch, maar ja... Als ik deze baan wilde houden, moest ik gewoon mijn orders opvolgen. Daar zat weinig anders op.

Nadat ik samen met Hedy alle gasten in groepen had ingedeeld en op de bussen had gezet, zat ik de rest van de dag opgezadeld met een berg achterstallige administratie, de voorbereiding van een paar lezingen en een speciale noodoefening voor personeelsleden.

En omdat Hedy de avond vrij kreeg, zat ik daarna nog tot tien uur in mijn eentje achter de excursiebalie.

Ik hield me op de been met de gedachte dat de volgende dag een zeedag was, waarop ik vrij zou zijn. Dan had ik eindelijk weer eens een beetje tijd voor Koen...

***

De volgende morgen zat ik samen met opa, oma en Koen aan een laat ontbijt, toen er ineens bekende piepjes klonken en nog geen tel later schalde de vrolijke stem van cruise director Dave door de ruimte:

"Dames en heren, een hele goede morgen. Dit is uw cruise director Dave met een belangrijke mededeling van de kapitein voor alle passagiers. In verband met de snel naderende tropische storm Bebinca heeft de kapitein besloten om ons vaarschema te wijzigen. Sinds middernacht koersen wij niet langer naar Bali, maar zijn wij nu op weg naar het eiland Komodo, waar wij overmorgen in de ochtend zullen aankomen. De eilanden Bali, Lombok en Sulawesi zullen later op deze reis alsnog worden aangedaan. Op deze manier varen wij om de storm heen, zodat de overlast voor u tot een minimum beperkt blijft. Passagiers die op de diverse bestemmingen een excursie heb-

ben geboekt, zullen de gewijzigde kaarten en de nieuwe infor-
matie zo snel mogelijk in hun hut ontvangen. Onze excuses voor
mogelijke overlast. Ladies and gentlemen, a very good mor-
ning..."

"Een verstandige beslissing," kraakte opa's stem door de Engelse versie van de mededeling heen. "We hebben er niks aan
als we in een tropische cycloon terechtkomen. Dat geschud en
gebonk op zo'n boot is echt geen pretje. En dan heb ik het als
arts nog niet eens over al die onsmakelijk kotsende passagiers
gehad."

"Hé oop, kan het wat minder?" vroeg Koen lachend. "Ik probeer nog even van mijn gekookte eitje te genieten."

"Als ze alle excursies moeten omzetten..." begon oma wat aarzelend, "Dan denk ik dat wij onze zwempartij zo meteen wel
kunnen vergeten, Fleurtje."

Ik zuchtte diep. "Daar ben ik ook een beetje bang voor, oma.
Maar misschien vergeten ze me wel. Ik bedoel, ik heb tot Singapore recht op een aangepast rooster en..."

Mijn mobieltje maakte abrupt een voortijdig einde aan mijn op-
timistische woorden.

"Daar zul je het hebben," voorspelde oma.

Tegen beter weten in hoopte ik nog twee seconden dat Thelma
mij misschien belde, maar helaas, op vrijwel hetzelfde moment
klonk de stem van Emma Freiters in mijn oor: "Fleur, je hebt
ongetwijfeld gehoord dat het vaarschema gewijzigd is. Kom je
naar de balie? We hebben je hulp hard nodig."

"Eh ja, eh... Ik moet nog even..."

"Nu meteen graag, Fleur. Het werk wacht."

***

Na twee hectische dagen waarin ik me de benen onder mijn lijf vandaan rende om alle geboekte excursies om te zetten en de passagiers met hulp van de stewards hun nieuwe kaartjes te bezorgen, ging de Cupido voor de kust van het eilandje Komodo voor anker.

Komodo is bekend vanwege de varanen, die ook wel draken worden genoemd. Dit zijn gevaarlijke, enorm grote hagedissen die wel wat op de uitgestorven dinosauriërs lijken.

Die varanen lopen gewoon in het wild rond en daarom mochten de passagiers alleen maar van boord als ze vooraf een excursie geboekt hadden. En aangezien vrijwel niemand deze bijzondere ervaring wilde missen, zou ik de hele dag in touw zijn om alles in goede banen te leiden. Maar gelukkig was ik een groot deel van de dag op het eiland ingeroosterd, zodat er alle kans was dat ik de bijzondere beesten zelf ook te zien zou krijgen.

Toen ik die morgen naast oma op het balkonnetje van onze hut naar het spectaculaire uitzicht stond te kijken, had ik eindelijk het gevoel dat we in Indonesië waren.

Uit een intens blauwe zee rezen donkere bergen omhoog. Daarvoor lagen heuvels in allerlei tinten groen. Het leek wel alsof ze willekeurig in zee waren uitgestrooid.

In de verte rolden de golven over een goudgeel strand en daarachter zag ik huisjes op palen. Het was nog vroeg in de ochtend, maar al bloedheet.

"Money! Money!" gilden kinderstemmen ver onder ons, en oma en ik keken tegelijk over de reling.

Er dreef een kleine houten prauw vlak bij ons enorme schip. Het bootje werd door twee lange stokken – met aan het eind een dwarslat – op het woelige water in evenwicht gehouden.

Het gammele ding zat vol met hele jonge – zomersgeklede – kinderen, die allemaal op blote voeten waren.

Een paar kleintjes zaten met minuscule bakjes ijverig water uit de prauw te hozen, terwijl de andere kinderen om het hardst *"Money, money!"* brulden.

"Ach, die stakkers," zei oma. "Ze hebben niet eens schoenen. Ik zal gauw wat geld voor ze halen."

"Geen sprake van!" zei ik streng. "Als u wat voor de kinderen in het dorpje wilt doen, kunt u via de receptie een donatie regelen. Dat is gister al drie keer omgeroepen."

"Dat is toch onzin, ik kan best wat munten naar beneden gooien en..."

"En dan gooit u mis en duiken die kinderen het water in om het geld te pakken, en vervolgens komen ze gezellig in de draaiende schroef van de Cupido terecht. Levensgevaarlijk."

"Maar we liggen immers stil," protesteerde oma. "De motor staat helemaal niet aan."

"Er staat altijd minimaal één motor aan, oma. Altijd. Anders hebben we geen electriciteit."

"Ja, maar ik vind het zo zielig voor die arme kinderen."

"Het is veel zieliger als ze verongelukken. En wat ik net zei over die donatie..."

"Je hebt gelijk, ik ga dat straks even regelen."

"Goed plan, maar nu eerst ontbijten. We gaan zo op excursie."

"Ja... Ik weet het eigenlijk niet," aarzelde oma. "Er lopen daar van die halve draken rond en als die je bijten, overleef je het niet. Dus ik wilde eigenlijk toch maar op het schip blijven."

"Welnee, oma. Die varanen doen je niks."

"Maar gister op die lezing hoorde ik je toch heel wat anders zeggen."

"Dat was vooral voor de show. Mensen vinden dat soort enge verhalen over giftige monsters nou eenmaal spannend en dan betalen ze een hoop geld voor een duffe excursie, die eigenlijk maar heel weinig voorstelt. Ik bedoel, je kunt die beesten in Diergaarde Blijdorp ook bewonderen. Dan ben je heel wat minder geld kwijt."

"Dat kan wel zo zijn, maar ik geloof er niks van dat die monsters ongevaarlijk zijn," verklaarde oma kordaat. "Die engerds hebben allemaal levensgevaarlijke bacteriën in hun mond, dat heb ik pas ook nog in mijn gidsje gelezen."

"Dat is intussen allang achterhaald, oma. Maar het klopt dat ze je niet moeten pakken, want dan scheuren ze je in stukken."

"Nou, daar heb je het al. Ik ga niet..."

Ik legde mijn hand op oma's arm. "Tussen ons gezegd en gezwegen, oma... Die varanen zijn alleen maar gevaarlijk als ze honger hebben en ik weet uit betrouwbare bron dat ze in de afgelopen dagen allemaal hun buikjes rond hebben gegeten."

"Dat kun je nou wel zeggen, maar..."

"Ze gaan toch niet het risico lopen dat er achter elkaar tientallen toeristen worden verslonden? Dan kunnen ze de tent hier wel sluiten en verdienen ze niks meer."

Oma's gezicht stond nog steeds op onweer en ik voegde eraan toe: "Waar denkt u dat die kinderen vandaan komen?"

"Eh..."

Ik wees naar de huisjes op palen in de verte. "Die wonen met hun ouders in die kampong daar."

Oma keek me verbaasd aan. "Wonen die stakkertjes echt op dat gevaarlijke eiland, midden tussen die enge beesten?"

"Nou en of. En zoals u kunt zien, zijn die ook nog steeds niet op-gepeuzeld."

"Ja, logisch. Die kinderen zijn dat natuurlijk gewend en..."

Ik pakte oma's arm. "U gaat gewoon met de excursie mee. Dit wilt u echt niet missen. Bij iedere groep zijn er maar liefst drie parkrangers om op te letten. En die mannen weten heus wel wat ze doen."

"Tja," bromde oma.

"Kom op, oma. Oop vindt het ook gezellig als u meegaat."

En die opmerking trok oma eindelijk over de streep.

***

Omdat ons enorme cruiseschip op Komodo nergens aan een kade kon afmeren, lagen we een eind uit de kust voor anker en de passagiers werden met de reddingsboten aan land gezet.

Als een reddingsboot op deze manier als een veerbootje, ofte-wel een tender, wordt gebruikt, passen er zo'n honderd passa-giers in. Dus dat is altijd een heel gedoe, waarbij passagiers vaak lang op hun beurt moeten wachten.

Omdat iedereen op Komodo verplicht met een excursie mee moest, was de uittocht dit keer iets makkelijker, omdat iedereen op een ander tijdstip in de tender verwacht werd.

Zo'n twee uur later liep ik zwetend over een smal paadje tussen de dichte groene bladerbosjes door. Boven ons hoofd zorgden de takken van verschillende soorten hoge bomen voor wat schaduw, maar dat hielp niet veel tegen de drukkende hitte.

Voor me liep onze gids die een lange stok met een gevorkt uiteinde in zijn handen hield. Dat ding was bedoeld om de varanen op afstand te houden, mocht er eentje te dichtbij komen.

In het midden van onze groep liep nog een kordate parkwachter-met-gevorkte-stok en nummer drie sloot de rij.

Toch kon ik er niks aan doen, dat ik geregeld wat argwanend naar die bosjes keek. Stel je voor dat er dadelijk zo'n varaan uit kwam springen en van opzij ons groepje te lijf ging? Dan hadden we aan die parkwachters ook niet veel.

En trouwens, de jonge varanen leefden in de bomen, anders werden ze namelijk door hun liefhebbende familieleden naar binnen gewerkt. Straks kwam er eentje op het fijne idee om op mijn hoofd te springen en mijn strot door te bijten. Er was vorig jaar nog een parkwachter bezweken nadat een hongerige varaan zijn kantoortje was binnengewandeld...

Hè, waarom had ik gister van die lezing zo'n enge toestand gemaakt, terwijl ik best wist dat het allemaal zo'n vaart niet liep? Nu voelde ik me helemaal niet op mijn gemak.

Tja, dat kwam natuurlijk ook omdat ik niet had kunnen voorkomen dat mijn hele familie in dit groepje meeliep en achter me hoorde ik geregeld gemopper.

"Alweer zo'n takkenexcursie," klaagde Marleen luidkeels. "Waar zijn die beruchte beesten dan? Ik heb honderd dollar neergeteld om die monsters in levenden lijve te kunnen zien!"

"Stel je niet aan, Marleen," snauwde mam. "Je schijnt even te vergeten dat ik alle excursies heb betaald."

"Ik word gek van die hitte hier," jammerde Claudia. "Waarom vieren jullie je trouwdag eigenlijk niet op de Noordpool? Dan had ik een jas aan kunnen trekken tegen de kou."

"Fleur, zeg eens tegen die vent dat ik het er niet bij laat zitten!" brulde Marleen oververhit. "We lopen hier al meer dan een uur weg te smelten en geen draak te bekennen."

"Wat zeuren jullie nou toch?" vroeg oma. "Het is hier prachtig. Geniet nou eens van die mooie gekleurde vogels daar."

Op dat moment begon de voorste parkwachter opeens opgewonden te wijzen en iedereen schoot naar hem toe in de hoop nu eindelijk eens een varaan te kunnen spotten. Maar dat bleek ijdele hoop. De man wees op een enorme plas witte zooi die midden op het paadje lag en brulde: "Kijk, kijk! Dat is nu varanenpoep!"

"Volgens mij hebben ze hier gewoon een paar bussen witte verf leeggekieperd," was Marleens schampere commentaar. "En zelfs als het echt zou zijn... Daar hebben we toch niet zoveel geld voor betaald? Om hier een beetje bij een berg stront te gaan staan zwijmelen?"

De parkwachter besefte dat zijn geweldige ontdekking op zijn kritische gasten weinig indruk had gemaakt en hij liep weer snel verder. Daarna was het een tijdje stil tot Claudia's modelkinderen een klierbui kregen.

"BOE! IK BEN EEN DRAAK!" krijste Sander moordlustig. "BOE!"

"MAM!" jengelde zijn broer al net zo hard. "MAAAAM! IK

225

HEB DORST!"

"Rustig, jongens. Rustig nou," suste pap. "De mensen kijken naar jullie."

"OPA IS EEN OUWE ZAK!" gilde Herman opstandig.

"Claudia! Hou je kinderen in toom!" bitste mijn moeder. "Ik krijg hoofdpijn van dat geschreeuw."

"Mama! Waar bemoeit u zich mee? Ik kan mijn kinderen zelf wel opvoeden, hoor! Daar heb ik u echt niet bij nodig."

Kortom, de Zomerdijkjes hadden het weer ouderwets gezellig...

"Een flink pak voor de broek wil nog wel eens helpen bij dat soort verwende snotneuzen," hoorde ik Koens opa opeens luid en duidelijk zeggen.

"Wat denkt u wel niet, meneer Van Hout," mopperde Claudia boos. "Ik kan uw opvoedkundig gezanik missen als kiespijn!"

"Claudia!" zei oma scherp. "Ik tolereer niet dat je zo'n toon aanslaat tegen mijn verloofde!"

Oh help, oma en oop hadden toch afgesproken om het grote nieuws nog een tijdje geheim te houden? Nou zou je mijn moeder helemaal horen...

Ik draaide me haastig om en ja hoor: mam kreeg een halve rolberoerte van pure schrik. "Verloofde?" riep ze geschokt. "Moeder, wat krijgen we nou? Bent u dement aan het worden?"

Oop reageerde meteen. "Als arts kan ik je verzekeren dat je moeder nog perfect bij zinnen is, Ada."

"Ada?" schreeuwde mam overstuur. "Wat krijgen we nou? Voor u ben ik gewoon *mevrouw Zomerdijk*."

"Ik ga heus geen *mevrouw* zeggen tegen mijn nieuwe stiefdochter," bromde opa fijntjes.

"Stiefdochter!" Mijn moeder stikte zowat in het woord. "Maar dát gaat niet gebeuren. Dat verbied ik."

"Ada, rustig nou," suste pap bezwerend. "De mensen kijken naar ons."

"Nou én?" begon mijn moeder, maar ze werd onderbroken door Jannes van Mechelen. "Misschien moeten we allemaal een poosje onze mond houden. Het is echt geen wonder dat we nog geen varaan hebben gezien," zei hij. "Jullie doen niks anders dan voortdurend lawaai maken. Die beesten horen ons aan de andere kant van het eiland al aankomen."

"Dat ben ik helemaal met Jannes eens," verklaarde ik. "Allemaal maar eens een poosje de monden dicht graag."

"Dat laat ik mij door mijn kleine zusje echt niet zeggen, Fleur," snauwde Marleen kwaad. "Deze toestand is allemaal jouw schuld! Jij had weleens kunnen zeggen dat ze ons hier zinloos door de bloedhete rimboe zouden jagen."

"Laat Fleur met rust!" baste Jannes bevelend.

"Dat maken we zelf wel uit!" bemoeide mijn moeder zich meteen met het gesprek. "Marleen heeft gelijk. Het is allemaal de schuld van Fleur. Die had ons weleens mogen zeggen dat..."

"Ik verbied je om nog langer zo raar te doen tegen Fleur," zei Jannes op hetzelfde bevelende toontje.

"Hou toch je mond, vervelende kerel!" riep mijn moeder kwaad. "Bemoei je er niet mee. Jij hebt hier niks over te zeggen."

"Oh, ik heb hier wel degelijk iets over te zeggen, Ada. Dat weet jij maar al te goed."

"Hou je mond, jij! Ga weg!" brulde mam overspannen.

Intussen waren we al wandelend aan de rand van het oerwoud gekomen en we liepen nu een grote open plek op, waar het vol stond met mensen.

De gids legde zijn vinger bezwerend op zijn lippen en wees, maar niemand lette op hem. Wij keken allemaal naar Jannes, die pal voor mijn moeder ging staan. Hij sloeg zijn armen over elkaar en hield zijn hoofd een beetje schuin. "Ik heb lang genoeg gezwegen, Ada. Het is nu welletjes."

"Je waagt het niet!" schreeuwde mam. "Hoor je me, jij ellendeling! Je wáágt het niet!"

"Ik heb geen zin meer om naar jouw pijpen te dansen, Ada. Mijn dochter heeft het recht om te weten wie haar echte vader is."

Mijn moeder werd intens bleek en ze greep kreunend naar haar hoofd.

Hè, waar ging dit over? Wat had de dochter van Jannes met mijn moeder te maken?

Terwijl ik wat verbijsterd van mijn moeder naar Jannes keek, zag ik achter hen opeens een enorm groot beest op ons af komen. Het monster liep op zijn achterpoten en had zijn kwijlende kaken wijd opengesperd. Hij leek echt precies op een dinosaurus.

Op hetzelfde moment begon onze gids te brullen. "Kijk uit! Varaan!"

Met zijn stok recht naar voren rende hij schreeuwend op het aanstormende beest af.

Van alle kanten kwamen er parkwachters aangesjeesd en al die puntige stokken maakten blijkbaar flink indruk op de enge draak. De griezel bleef aarzelend staan en liet zich daarna braaf terugdrijven naar een waterplaats aan de zijkant van de open plek, waar hij slobberend begon te drinken. Ik zag al snel dat hij daar niet alleen was. Er zaten nog vier van die enorme monsters naar ons te loeren.

"Fascinerend, hè?" hoorde ik Koens stem naast me zeggen en er gleed een warme arm om mijn schouders heen.

Ik knikte. "Ja, ze zien er heel apart uit, maar... ik vind ze toch best een beetje eng."

"Geen zorgen, meisje. Ze hebben behoorlijk respect voor die parkwachters, dat heb je net toch gezien?"

"Ja, maar toch... Ik vind ze best wel groot. En dan die enge scherpe tanden..."

Er klonk een kreunend geluidje achter ons en we draaiden ons tegelijk om. Precies op tijd om mijn moeder als een mislukte champignonsoufflé in elkaar te zien zakken.

Marleen en Claudia begonnen te gillen, en opa schoot met een voor zijn leeftijd bewonderenswaardige snelheid op haar af. Hij zakte op zijn knieën bij mam neer, greep haar pols en legde zijn andere hand op haar voorhoofd. Daarna keek hij om naar de parkwachter, die wat onwennig achter hem stond. "Is er hier ergens een brancard? Ze moet zo snel mogelijk terug naar het schip."

De man knikte en draafde weg.

Pap was intussen naast mam gaan zitten en hij keek opa bezorgd aan. "Wat is er met haar? Is het ernstig?"

Oop schudde losjes met zijn hoofd. "Welnee, onkruid vergaat

niet. Ze heeft zich veel te druk gemaakt over mijn verloving met Greet. En vooral ook te weinig gedronken in deze hitte." Daarna gebaarde opa naar mij. "Fleur, wil jij de scheepsarts inseinen?"

Ik knikte en greep naar mijn mobiel. "Wat moet ik precies zeggen?"

"Vraag maar of hij hier meteen heen komt. Ze moet dringend aan het infuus."

Ik tikte haastig het nummer van de ziekenboeg in en vertelde de verpleegkundige in een paar volzinnen wat er aan de hand was. "De dokter is al aan land," antwoordde de zuster. "Het gebeurt wel vaker dat er op Komodo iemand van zijn stokje gaat. Jullie zijn bij de drinkplaats, hè? Ik roep hem meteen op. Het kan zijn dat hij je belt en anders zie je hem zo."

Hoofdstuk 12

Amper vijf minuten later kwam de scheepsarts aangespurt. Mam zat alweer wat wiebelig rechtop en liet zich – ondersteund door pap – door opa water in haar mond gieten.

"Goedemorgen allemaal," zei de scheepsarts. "Ik zie dat de patiënte bij u al in goede handen is, dokter Van Hout."

"Morgen, jongen," zei opa losjes en hij wees op de grote dokterstas die losjes over de schouder van de scheepsarts bungelde. "Heb je een infuus bij je?"

"Yep," zei de scheepsarts. "Is dat nog nodig, denkt u?"

Opa knikte. "Lijkt me verstandig. Haar pols is veel te hoog. Ze heeft zich erg opgewonden."

"Dan gaan we dat regelen," zei de scheepsarts. Hij maakte zijn tas open en ging samen met opa aan de slag.

Intussen hadden de parkwachters een brancard gebracht en nadat het infuus was geregeld, werd mam op de draagbaar gelegd. Terwijl pap naast de brancard het infuus zorgvuldig op de juiste hoogte hield, werd mam naar de steiger gedragen, die vlak bij de drinkplaats van de varanen was.

Ja klopt, die hele excursie had ook in een kwartiertje bekeken kunnen zijn, als de gids ons meteen naar de drinkplaats had gebracht. De parkwachters weten immers maar al te goed waar de varanen zitten. Maar ja, dan had het uiteraard klachten geregend over de prijs van het geheel. Vandaar dat we eerst zinloos anderhalf uur door de hete jungle waren gejaagd.

Onze hele groep liep wat bedrukt mee naar de steiger, waar ik de andere gasten nog even op de souvenirstalletjes wees.

"U kunt hier nog even rustig rondkijken en als u zover bent, mag u met één van de tenders terugvaren naar de Cupido. Die varen af en aan. U kunt dan gewoon aansluiten in de rij en aan boord gaan als u aan de beurt bent."

Daarna stapte ik met mijn familie en Jannes van Mechelen in de tender die speciaal voor het ziekenvervoer was overgevaren.

Er was een verpleegkundige meegekomen en die nam het infuus van pap over.

Het bootje voer zachtjes schommelend weg en ik merkte opeens dat pap scherp naar Jannes van Mechelen zat te kijken. Daarna richtte hij zijn blikken op mij.

"Ze is jouw dochter, hè," zei pap opeens tegen Jannes. "Fleur is jouw dochter. Ontken het maar niet. Jullie hebben dezelfde ogen." Hij beet op zijn lip. "Geen wonder dat Ada opeens flauwviel."

Ik slikte moeilijk. Wat zat pap voor onzin uit te kramen? Beweerde hij echt dat ik de dochter van Jannes was? Welnee, dat was niet waar.

"Doe niet zo raar, pap. Jij bent mijn vader."

Jannes haalde wat ongemakkelijk zijn schouders op. "Ik had het natuurlijk niet zo abrupt moeten zeggen, Onno. Het glipte er opeens zomaar uit. Het spijt me."

Mijn keel kneep raar dicht en mijn hart klopte ineens zo snel dat ik het gevoel had dat het zo dadelijk uit mijn borst zou springen. "Pap! Pap! Zeg iets! Dit is toch onzin?"

Pap haalde zijn hand over zijn ogen en staarde naar de ijzeren bodem van de boot. Alsof daar het antwoord lag.

Intussen keek Jannes mij lang aan. "Het is waar, Fleur. Ik ben je vader."

"Dat is regelrechte onzin! Pap is mijn vader. Toch? Pap?" Ik hoorde zelf dat mijn stem oversloeg van ellende.

"Waarom verbaast mij dit niet?" hoorde ik Marleen hatelijk zeggen. "Ik heb altijd al gedacht dat er wat mis was met Fleur. En nou zie je maar weer." Ze snoof overdreven. "De dochter van een kermisklant. Ha!"

"Hou je mond, Marleen," prevelde mam vanaf haar brancard. "Dit zijn jouw zaken niet."

"Je kunt beter zelf je mond houden, mama. Je doet altijd zo schijnheilig en ondertussen ga je met een aftandse zigeuner van bil."

"Helemaal mee eens," mengde Claudia zich fel in het gesprek. "Ik vind..."

Pap ging opeens recht zitten. "Sla niet zo'n toon aan tegen je moeder, Marleen. En jij ook niet, Claudia. Wat ze ook gedaan mag hebben, het is wel jullie moeder. Dat moeten jullie goed onthouden."

"En wie garandeert mij dat jij mijn vader bent?" snauwde Marleen kwaad. "Misschien zijn Claudia en ik wel van de melkboer."

"Of van de vuilnisman," vulde Claudia aan. "Met mama's rare smaak op mannengebied kun je alles verwachten."

"Hou op!" schreeuwde ik. "Laat pap met rust!"

"Puh... Het is je vader niet eens, mislukte reisleidster. Je hoort helemaal niet bij ons."

"Zou je op willen houden, Marleen?" zei Jannes van Mechelen bevelend. "Er zit niemand te wachten op jouw gestook."

"Moet je horen wie dat zegt," sneerde Marleen. "Als je maar niet denkt dat ik naar jou luister, jij verlopen kermisklant."

Jannes ging staan en stapte zo dreigend op Marleen af, dat die angstig wegdook.

Gelukkig kwam de tender op dat moment bij de Cupido aan en omdat het bootje even heel erg begon te schommelen, ging Jannes op aanwijzing van het boordpersoneel snel weer zitten.

De tender werd met sterke touwen aan de Cupido vastgemaakt en toen mam door behulpzame handen van boord gedragen werd, stond de dokter op. "Loopt u met ons mee, meneer Zomerdijk?"

Pap wierp een bijna wanhopige blik mijn kant op en knikte. "Ja, ik eh... Ik kom eraan."

Ik schoot op pap af. "Het maakt me niet uit wat ze zeggen, pap. Jij bent mijn echte vader. Ik hou zoveel van je."

Pap aaide me even over mijn hoofd. "Ik hou ook veel van jou, Fleurtje. We hebben het er nog wel over. Ik moet nu met je moeder mee."

"Kan ik jou zo even spreken, Fleur?" hoorde ik Jannes achter me zeggen.

"Nee," snauwde ik boos. "Ik heb absoluut geen tijd. Ik ben aan het werk."

Ik haastte me naar de uitgang van de tender en stapte de loopplank van de Cupido op. Daarna liep ik door naar de veiligheidscontrole, liet mijn pasje scannen, stormde het gangetje door en bleef in de grote bar wat wezenloos staan.

Wat moest ik nou?

Amper een tel later stond Koen bij me. "Gaat het Fleur? Zullen we eerst wat drinken?"

Ik knikte. "Ja, maar ik moet zo ook weer aan het werk."

"Ze kunnen wel even zonder je," vond Koen. "Kom."

We gingen met de lift naar het Lido en nadat Koen wat sapjes had besteld, zochten we een tafeltje bij het raam.

"Ik weet niet wat ik hiervan denken moet," prevelde ik. "Die smerige kletspraatjes van zo'n vent."

Koen nam een slok van zijn sap en keek me aan. "Ik denk dat je er toch rekening mee moet houden, dat het verhaal waar is, Fleur. En dat blijkt niet alleen uit de heftige reactie van je moeder." Hij nam nog een slok. "Het was mij al eerder opgevallen dat Jannes en jij dezelfde ogen hebben. Het is een hele speciale kleur. En die heb ik bij de rest van je familie niet gezien."

"Ja, maar... Wat moet ik nou? Pap..." stamelde ik overstuur.

"Je vader wist hier niks van, Fleur. Hij zag er behoorlijk lamgeslagen uit. Je moeder heeft het voor iedereen geheim gehouden."

"Maar als dat dan allemaal waar is, Koen... Wat bezielt die Jannes dan? Dat komt na achtentwintig jaar even gezellig mijn hele leven overhoop gooien!"

"Het spijt me, Fleur," hoorde ik opeens Jannes van Mechelen achter me zeggen. "Je moeder heeft me nooit wat verteld en..."

"Ga weg!" snauwde ik. "Ga alsjeblieft weg."

Koen legde zijn hand op mijn arm. "Laat hem maar even gaan zitten, Fleur. Hij heeft het recht om zijn kant van de zaak uit te leggen."

"Ik heb daar helemaal geen zin in. Ik..."

"Kom op, Fleur. Je moet je hoofd niet in het zand steken. Hoe eerder dit gesprek achter de rug is, hoe beter."

Na een korte blik op Koen ging Jannes aarzelend zitten. "Het spijt me echt heel erg dat het zo gelopen is," zei hij zacht. "Ik... Ik had het allemaal wat voorzichtiger naar buiten willen brengen... Maar je moeder behandelde je zo raar, dat werd mij gewoon te veel."

"Ja, dat zal wel," antwoordde ik schamper. "Je hebt je ook zo roerend om mij bekommerd de afgelopen jaren."

"Ik eh... Ik weet nog maar kort dat jij mijn dochter bent. Je moeder heeft me nooit iets gezegd."

"En wat heb ik aan die onzin?"

"Je ouders hadden destijds een dip in hun relatie. Je moeder wilde scheiden en toen ontmoette ze mij."

"Op de kermis."

"Ja, op de kermis. Het was liefde op het eerste gezicht. We kregen een... een heftige relatie en toen de kermis verder trok, heb ik een baan in de stad gezocht en ben gebleven."

Ik keek hem aan. "Maar dan moet je toch geweten hebben, dat mam zwanger was?"

Jannes schudde zijn hoofd. "Je moeder had me verteld dat ze zich had laten steriliseren, omdat Onno en zij geen kinderen meer wilden."

"Oh, daar weet ik niks van. Maar dat soort dingen werden bij ons thuis natuurlijk nooit besproken..."

"Het was een smerige leugen." Jannes drukte zijn vuist tegen zijn lippen. "Ze was zo vruchtbaar als wat. En toen kregen we ruzie, je moeder en ik. Het is niet zo moeilijk om ruzie met haar te krijgen, dat weet je zelf nog beter dan ik. Ik... ik haatte die ellendige kantoorbaan en ik verlangde naar het vrije leven op de kermis." Hij slikte moeizaam en praatte door: "Zij... Zij wilde haar huwelijk opeens niet meer opgeven, omdat ze dan Claudia en Marleen misschien kwijt zou raken. Toen ben ik uiteindelijk maar weggegaan."

"Terwijl mam in verwachting was."

"Dat wist ik niet, Fleur. Je moet me geloven, dat wist ik echt niet." Hij zuchtte diep. "En voor je vader komt dit ook als een verrassing."

"En wanneer wist je dat dan wel?" vroeg ik.

"Ik begon daar een week of zes geleden pas een vermoeden van te krijgen. Via een oude vriend van vroeger, waarmee ik al die jaren geen contact meer had gehad. Die liet me een foto zien. Van jullie gezin."

"Waarom loopt er een wildvreemde met onze foto's op zak?"

"Niet op zak. Hij staat op de Facebook-pagina van je moeder."

"Maar dat is toch een privé-pagina? Daar kan niet iedereen zomaar op."

"Die vriend wel, hij kent je ouders goed. Hij wist van mijn relatie met je moeder en hij vertelde me dat Ada's jongste dochter mijn ogen had. En dat je geboortedatum ook precies klopte."

"Maar wie is dat dan? Ken ik die persoon ook?"

"Ja, die ken jij ook, Fleur. Maar we laten hem er maar even buiten. Je moeder maakt hem af, als ze het hoort."

"Nou, dat vind ik eigenlijk belachelijk, want..."

Jannes deed net of hij mij niet hoorde en praatte gewoon door mijn woorden heen. "Daarom heb ik deze cruise geboekt. Om te controleren of hij gelijk had. En toen liep ik jou in dat hotel in

Singapore al onverwacht tegen het lijf en toen was het mij met een duidelijk. Je lijkt sprekend op je grootmoeder."

"Ik lijk helemaal niet op oma."

Jannes wreef over zijn neus. "Ik bedoel Greet niet, maar je andere oma. Die van mijn kant. Je hebt haar mooie haren ook geërfd."

"Dus ik heb nóg een oma?"

"Ja, dat heb je zeker." Jannes viste zijn mobieltje uit zijn zak, scrolde door het menu en liet mij een portretje zien van een vrolijk lachende vrouw met net zulke ogen en net zulke krullen als ik.

"Ze is een stuk jonger dan oma," stamelde ik. "Ik bedoel..." Ik slikte heftig. "Ze lijkt echt op mij. Maar dat kan toch niet? Ik heb toch niet echt..."

"Mijn moeder was vijftien toen ze me kreeg." Jannes glimlachte. "Zo gaan die dingen soms op de kermis."

"Ja, maar... Dit is toch raar?" prevelde ik. "Dit is toch ontzettend raar om ineens een totaal andere vader en een tweede oma te hebben? Waarom heeft mam dat nooit gezegd?"

Een domme vraag, dat snapte ik zelf ook wel. Het was immers maar al te duidelijk waarom mijn moeder nooit iets had gezegd. En ze had me consequent bij de kermis vandaan gehouden, omdat ze bang was dat mijn uiterlijk haar geheim zou verraden.

"Je moet het maar even laten bezinken, Fleur," haalde de stem van Jannes mij weer naar het heden terug. "Ik wil je vaders plaats niet innemen, absoluut niet. Hij heeft je opgevoed. Hij is er altijd voor je geweest. Maar ik zou het wel fijn vinden om... Ik heb nooit kinderen gekregen, Fleur. Ik heb alleen jou."

Jannes schoof zijn stoel naar achter en liep zonder groeten weg.

**

Terwijl ik Jannes piekerend nakeek, hoorde ik achter me opeens heftig klikkende hoge hakken aankomen.

"Oh help," fluisterde ik. "Is dat Emma Freiters?"

Koen knikte.

"Ik moet aan het werk," prevelde ik paniekerig en ik begon aan mijn stoel te sjorren, maar ik kreeg er in mijn haast weinig beweging in.

Tja, op een schip zijn de stoelen niet van waaibomenhout gemaakt, dan zouden ze bij ieder briesje omvallen.

Twee tellen later zakte Emma elegant op de plek die Jannes net verlaten had. "Zo Fleur, gaat het een beetje?"

Ik keek haar wat verbaasd aan. "Eh ja..."

"Ik hoorde dat je moeder weer naar haar hut is. Dokter Van Hout zal haar vandaag wat extra in de gaten houden."

Emma draaide haar gezicht naar de serveerster die als uit het niets ineens bij onze tafel stond. "Koffie graag." Ze wierp een onderzoekende blik op onze lege sapglazen. "Willen jullie ook nog iets?"

"Ik denk dat Fleur ook wel een koffietje kan gebruiken," verklaarde Koen. "Ze wil het lekker sterk en zwart."

"En Koen wil hetzelfde als ik," vulde ik aan.

"Drie sterke zwarte koffie dus," zei Emma tegen de serveerster. Die knikte gedienstig, nam Emma's pasje aan en draafde in ijltempo weg.

"Het is ongelofelijk hoeveel energie het personeel altijd ten toon spreidt, als ik in de buurt ben," grinnikte Emma. "Maar goed... Ik denk dat je vandaag verder maar vrij moet nemen, Fleur. Je ziet wat witjes."

"Dat hoeft helemaal niet. Ik voel me prima," protesteerde ik meteen, maar daar was Koen het niet mee eens. "Dat lijkt mij een erg goed plan," zei hij. "Fleur is behoorlijk geschrokken van al het gedoe."

"Dat kan ik me helemaal voorstellen. En je hebt er alle recht op, Fleur. Je hebt je vrije zeedagen immers doorgewerkt om ons uit de brand te helpen."

De serveerster bracht de koffie en zette ook een schaaltje met chocolade-muffins voor ons neer. Daarna gaf ze Emma haar pasje terug en draafde groetend weg.

"In dit soort gevallen heeft een vrouw chocola nodig," verklaarde Emma opgewekt. Ze pakte een muffin van het schaaltje, wees uitnodigend op ons en nam een flinke hap.

Ik proefde van mijn koffie en pakte daarna ook een muffin. En daar knapte ik echt van op.

***

Amper tien minuten later liet Emma ons alweer alleen en ik leunde achterover in mijn stoel. "Ik denk dat ik even bij mijn ouders ga kijken," zei ik langzaam. "Ik wil pap toch nog een keer zeggen, dat ik..." Ik haalde diep adem. "Ik vind het zo raar. Het is net of ik droom. Ik... Ik kan het eigenlijk nog steeds niet geloven."

"Daar kan ik me wel wat bij voorstellen," knikte Koen. "Ik zou ook niet weten hoe ik het had, als ik dit soort nieuws zou krijgen." Hij stond op. "Ga jij even rustig met je vader praten. En als je me nodig hebt: ik lig bij het zwembad."

"Dank je, Koen. Ik vind het echt fijn dat je me zo steunt. Ik had anders nooit met Jannes durven praten."

"Natuurlijk wel. Je bent een sterke vrouw, Fleur. Je kunt dit wel aan. Het zal even wennen zijn, maar je moet maar zo denken: je bent niemand kwijtgeraakt, je hebt er gewoon een extra vader bij."

"En een oma," mompelde ik langzaam.

"Dat bedoel ik. Zie er de positieve kant maar van in." Hij stond op en drukte een lichte kus op mijn wang. "Zie ik je straks bij het zwembad?"

"Ja, graag. Tot straks." Ik zwaaide naar Koen, wurmde me langzaam uit mijn stoel en ging via het trappenhuis naar de luxe hut van mijn ouders.

Terwijl ik mijn hand omhoog deed om op de deur te kloppen, ging die vanzelf al open en ik keek recht in het verbaasde gezicht van mijn vader, die met een grote koffer naar buiten wilde stappen.

"Ga je weg?" vroeg ik.

Pap reed de koffer naar buiten, trok de deur achter zich dicht en knikte. "Ja, ze hebben me een andere hut toegewezen. Op het achterdek. Ik wil je moeder voorlopig even niet meer zien." Het klonk emotioneel. "Ze heeft me gigantisch bedonderd." Hij schudde zijn hoofd. "Sorry, dat soort woorden is niks voor mij. *Bedrogen*, dat klinkt wat netter. Maar het komt uiteraard op hetzelfde neer."

"Zal ik maar even meelopen dan? Of kan ik beter eerst even bij mam gaan kijken?"

"Doe maar niet. Die is in alle staten. Het komt erop neer dat het allemaal onze schuld is. Ze bekijkt het maar met haar eeuwige aanstelleritis."

Pap ging op weg naar het trappenhuis en ik draafde haastig achter hem aan. "Maar ze ging behoorlijk van haar stokje, pap. Iedereen schrok zich rot."

"Dat was precies haar bedoeling. Allemaal aandachttrekkerij. Ze heeft al heel wat toneellessen gevolgd, dat weet je toch?"

"Jij denkt dat mam expres..."

Pap drukte stevig op het knopje bij de lift. "Nou en óf ze dat expres deed. Moet jij eens raden waarom ze weer zo snel naar haar hut kon." Pap wachtte niet op mijn reactie en gaf zelf het antwoord. "Omdat ze de ziekenboeg liever vrijhouden voor de echte noodgevallen. Daarom!"

"Zei de dokter dat?"

"Dat zei Coenraad van Hout. Leuke vent trouwens. Een aanwinst als schoonvader."

Er klonk een belletje boven ons hoofd en de liftdeuren gingen uitnodigend open. Pap reed zijn koffer naar binnen en drukte op de vier. "Het is wel een wat minder dek, maar het was alles wat ze nog hadden. Ik bof geweldig dat ik niet in het gezeur van Ada hoef te blijven zitten."

"Heeft ze je alles verteld?" vroeg ik.

'Deck 4. Lower Promenade Deck,' verklaarde de lift blikkerig. We stapten weer naar buiten en liepen in de richting van het ach-

terdek.

"Je moeder heeft me helemaal nul komma niks verteld," zei pap bitter. "Behalve dat Jannes volgens haar een psychiatrisch patiënt is, die ze dringend moeten opsluiten. Ze beweert bij hoog en bij laag, dat het allemaal gelogen is."

Al pratend keek pap naar de bordjes op de wand naast de hutten en hij stopte abrupt. "Hier is het. Een buitenhut met alleen een raam, dus ik ga het balkon wel missen, denk ik."

Hij haalde zijn cruisepasje door de lezer, stapte de hut in en reed de koffer naar een hoek. Vervolgens wees hij losjes naar het zitje. "Laten we daar maar even gaan zitten. Zal ik koffie laten brengen?"

"Nee, ik heb net koffie gedronken. Voorlopig kan het wel weer met de cafeïne."

"Oké." Pap sprong alweer overeind. "Laten we dan boven maar een borrel gaan scoren. Daar ben ik erg aan toe." Hij keek me aarzelend aan. "Als jij tenminste niet hoeft te werken?"

"Ik heb de rest van de dag vrij gekregen."

"Dat is mooi. Heb jij toevallig Jannes nog gesproken? Toen we daarstraks aan boord gingen, zag ik nog net dat hij achter je aan rende."

Ik knikte. "Ja, hij heeft mij alles uitgelegd. Tenminste, zijn kant van de zaak."

"Goed om te horen," knikte pap. "Ik wil daar alles over weten. Maar eerst een drankje. Kom op."

Dicht naast elkaar liepen we naar de Poemabar, waar pap een biertje koos en voor mij een roseetje bestelde. Daarna vertelde ik hem bijna woordelijk wat Jannes me had gezegd.

"Kijk eens aan," bromde pap uiteindelijk. "Dan heeft ze niet alleen mij, maar ook Jannes bedrogen. Ik hoef haar voorlopig écht niet meer te zien en dat galadiner voor onze trouwdag kan ze morgen ook vergeten. Ik ga daar niet gezellig zitten doen, terwijl het allemaal voorbij is."

Hij leunde achterover en zwaaide naar de serveerster om een nieuw biertje te bestellen. "Moet je nagaan," bromde hij zuur. "Ik heb het precies vijfendertig jaar minus één dag met haar uitgehouden. Ik heb wel een koninklijke onderscheiding verdiend." Hij lachte wat wrang om zijn eigen grapje en vervolgde: "Ongelofelijk eigenlijk. Al die jaren. Ik had al veel eerder bij haar weg moeten gaan."

"En waarom heb je dat dan niet gedaan?"

"Om jullie natuurlijk. Ik wilde mijn dochters niet kwijt. Maar jullie zijn nu groot. Kan ik eindelijk eens aan mijn eigen leven beginnen."

"Maar over een weekje vliegen jullie terug naar Nederland en dan gaan jullie weer naar hetzelfde huis."

"Dat heb ik daarstraks meteen met de nieuwe hut al geregeld. Ik ga niet terug. Ik vaar met de Cupido mee, helemaal naar Amsterdam." Hij keek me glimlachend aan. "Gezellig met jou, en natuurlijk ook met mijn schoonmoeder en mijn nieuwe schoonvader in spe."

"Hè, varen oop en oma ook mee terug naar Amsterdam?"

"Yep, dat vertelde Coenraad toen hij Ada kwam terugbrengen in de hut. Greet en hij willen elkaar goed leren kennen en dat gaat op een luxe boot veel beter dan in de Hollandse kou, vertrouwde hij me toe."

"Ze hebben groot gelijk." Ik knikte. "En jij kunt in die periode wat afstand nemen van mam en het allemaal nog eens rustig overdenken. Vier maanden is een hele poos."

Terwijl ik het zei, moest ik ineens aan Koen denken. Straks moest ik het ook vier lange maanden zonder Koen stellen. Het was heel erg de vraag of onze prille relatie die tijd goed zou doorkomen. Maar ik vond hem zo leuk!

"Ik heb recht op een proefmaand," zei ik vooral tegen mezelf. "Dan kan ik over drie weken gewoon naar Nederland terugvliegen."

"Waarom zou je dat doen?" vroeg pap. "Ik dacht dat je het wel naar je zin had in je nieuwe baan?"

"Ja, best wel. Hoewel ik nog behoorlijk aan de lange werktijden moet wennen. Bij deze job komt heel wat kijken."

"Nou dan."

"Het gaat niet om mijn werk, pap, maar om Koen. Ik weet niet of onze beginnende liefde een gedwongen scheiding van vier maanden overleeft. En daarna vaar ik trouwens weer verder." Ik staarde even nadenkend voor me uit. "Hoewel ik natuurlijk die baan als regiomanager bij *Zontravels* ook kan nemen."

"Als het ware liefde is, zal het allemaal wel lukken, Fleur. Het is misschien zelfs goed om hem een tijdje niet te zien. Er is immers ook alle kans dat je hem totaal niet mist. Er lopen genoeg leuke mannen rond op deze boot. Bovendien..."

Pap stopte met praten en keek me peinzend aan.

"Bovendien?" moedigde ik hem aan.

"Zo geweldig is de liefde ook niet, Fleur. Als ik aan mijn leven met je moeder terugdenk... Dan had ik haar beter niet tegen kunnen komen."

"Maar dan was ik er ook niet geweest," flapte ik er zonder nadenken uit en daarna drukte ik verschrikt mijn hand tegen mijn
mond.

Pap sloeg zijn arm om me heen. "Jij zult altijd mijn dochter blijven, Fleurtje. Voor mij is er niets veranderd." Hij slikte. "Maar
je hoeft niet tussen ons te kiezen. Ik heb Jannes wel naar je zien
kijken, Fleur. Hij hoopt dat je... dat je voor hem ook een dochter
wilt zijn."

Ik zuchtte diep. "Hij vertelde dat ik ook nog een oma heb. Ik
vind het zo raar. Ik kan het eigenlijk nog steeds niet geloven.
Niet echt."

"Je moet maar zo denken, Fleur. Je hebt niemand verloren. Je
hebt er juist een vader en een oma bij gekregen."

"Dat zei Koen ook al. Gek eigenlijk."

"Helemaal niet gek. Het is een prima vent, die Koen." Pap
kneep even liefdevol in mijn hand. "Het komt wel goed met jullie, Fleur. Daar ben ik heilig van overtuigd."

Ik sloeg mijn armen om mijn vaders hals en gaf hem een kus op
zijn wang. "Bedankt, pap. Je bent de beste vader van de hele
wereld. En daar komt niemand tussen."

***

Ik liep terug naar mijn hut om mijn zwemspullen te gaan halen
en ontdekte dat oma daar op het balkonnetje zat.

"Hé Fleur, ik dacht dat jij alweer aan het werk was. Gaat het een
beetje?"

"Ik heb vandaag verder vrij gekregen en ja, het gaat wel, hoor. Maar ik moet er best even aan wennen. Het is nog al niet wat."

"Ja, die moeder van je is me het type wel. Sinds ze in de overgang zit, is het helemaal een doffe ellende met haar. Maar ik begreep van Coenraad dat je vader eindelijk de knoop heeft doorgehakt."

"Klopt, die zit in een andere hut. En ik hoorde van hem dat jullie ook gezellig meevaren naar Amsterdam?"

"Ja, ideetje van Coenraad. Hij gaat drie keer in de week het spreekuur van de scheepsarts waarnemen en in noodgevallen springt hij bij. Op die manier kost het ook niet zoveel."

Ik moest erom lachen. "Die oop. Ik vind het een fantastische man."

"Als je maar weet dat hij van mij is," grapte oma. Ze was even stil. "Heb je je moeder eigenlijk al gesproken?"

Ik schudde mijn hoofd. "Dat heeft pap me afgeraden. Hij zei dat ze in alle staten was. En dit hele gebeuren is natuurlijk allemaal mijn schuld, als ik hem goed begrepen heb."

"Ze draait wel weer bij," stelde oma me gerust. "En je zussen ook, daar ken ik ze allemaal goed genoeg voor. Hoewel je geen excuses hoeft te verwachten."

Ik haalde mijn schouders op. "Ik kom ze hier op de boot vanzelf wel weer ergens tegen. En anders maar niet. Ik moet het eerst allemaal maar eens proberen te verwerken."

Oma glimlachte. "Ik kan me voorstellen dat je het even met ze hebt gehad. Maar die Jannes is een aardige man. Een aanwinst voor de familie." Ze keek me vragend aan en ik begreep dat ze graag van me wilde horen hoe de vork precies in de steel zat.

Ik ging naast haar zitten en terwijl ik het hele verhaal nog een keer vertelde, merkte ik dat ik er al wat minder moeite mee had. "Ik kom er wel overheen," besloot ik uiteindelijk. "Een paar nachtjes lekker slapen gaat vast helpen."

Oma keek me glimlachend aan. "Als je er nog meer over wilt praten, kun je altijd bij me terecht. Dat weet je toch?"

Ik gaf oma een knuffel. "Ja, dat weet ik, oma. Dank u wel."

Oma was even stil. "Zeg Fleur, als je nu vrij bent, zullen we dan lekker gaan zwemmen? Dat hadden we nog tegoed."

"Prima plan, oma. En dan ga ik daarna lekker naast Koen op een zonnebed liggen."

***

Een paar dagen later lag de Cupido in Bali aan de kade.

Ik had een dagje vrij gekregen en stond samen met Koen op het promenade-dek naar de Balinese danseressen te kijken, die op de kade onder begeleiding van een vrolijk gamelan-orkestje in de brandende hitte een voorstelling voor de passagiers gaven.

"Lekker de hele dag samen," zei Koen ontspannen. "Wat zullen we eens gaan doen als we zo van boord mogen?"

Ik wees in de verte. "Aan de andere kant van die brug is een prachtig strand. Goudgeel zand, wuivende palmbomen, een overvloed aan restaurantjes en barretjes..."

"Kun je daar snorkelen?"

"Oh ja, dat kan daar zeker. Dat lijkt mij ook leuk."

"Doen we dat."

Ik moest opeens diep zuchten en Koen keek me onderzoekend

aan.

"Gaat het, Fleur?"

"Ja... Weet je... Over een paar dagen zijn we terug in Singapore en dan zien we elkaar vier maanden niet."

Ik beet op mijn lip om de tranen die opeens achter mijn ogen begonnen te branden geen kans te geven. "Ik... Ik ga je zo verschrikkelijk missen."

"Die gedachte beviel mij ook voor geen meter," antwoordde Koen langzaam. "Daarom heb ik jouw goede voorbeeld maar gevolgd."

Huh?

"Goede voorbeeld? Wat bedoel je?"

"Ik ben eens bij de fitness gaan praten en die hebben daar wel plaats voor een ervaren fysiotherapeut die ook verstand van sporten heeft."

Ik geloofde mijn oren niet. "Hè, bedoel je nou..."

Koen knikte. "Ik ben daarna met Emma Freiters gaan praten en die wil de kleinzoon van de geweldige dokter Van Hout graag een kans geven."

"Maar... Is het echt? Blijf je echt aan boord?"

Er klonken wat piepjes en Koens antwoord ging verloren in de vrolijke stem van onze cruise director:

"Dames en heren, een hele goede morgen. Dit is uw cruise director Dave met een belangrijke mededeling voor alle passagiers en bemanningsleden. De havenautoriteiten hebben het schip zojuist vrijgegeven en u kunt vanaf nu via de uitgang op dek 2 van boord gaan. Omdat wij ook morgen nog in Bali liggen, moeten alle opvarenden morgenavond uiterlijk om zes uur

weer aan boord zijn. En voor wie liever op de Cupido wil blij-
ven, is er hier uiteraard ook genoeg te beleven. Ik noem de
workshop fotoshoppen die om elf uur in de Poemabar van start
zal gaan. Daarnaast is er natuurlijk onze speciale Balinese
kookles, waarin wij u vertrouwd gaan maken met de heerlijke
smaak van de stinkende vrucht doerian. Ik verwijs u graag naar
ons Cruise Magazine voor meer informatie. Namens de kapi-
tein wens ik u fijne dagen op Bali! Ladies and gentlemen..."

"Wat een kletsmeier is dat toch," zei ik gestoord.

Koen grinnikte. "En de komende vier maanden kunnen we nog volop van hem genieten."

"Dus je vaart écht mee?"

"Yep. Ik werd helemaal gek van het idee dat ik jou zo'n poos zou moeten missen."

Ik sloeg mijn armen om zijn hals. "Oh Koen, wat heerlijk. Wat ontzettend heerlijk!"

"Ik heb mijn baan nog maar even aangehouden," vervolgde Koen, met zijn mond in mijn haar. "Dus dan kunnen we in Amsterdam altijd nog beslissen of we in Nederland blijven of met de Cupido verder varen."

"Echt super, Koen! Ik ben helemaal blij."

"Zullen we dan nu van boord..." begon Koen, maar hij onderbrak zichzelf en wees naar beneden. "Moet je daar kijken."

Ik keek over de reling, en zag opa en oma innig gearmd over de kade wandelen. Achter hen liep pap, samen met Jannes.

Mijn twee vaders keken allebei tegelijk omhoog en zwaaiden naar ons.

We wuifden uitbundig terug.

"Je vader heeft Jannes al helemaal in zijn hart gesloten," zei Koen. "Dat gaat wel goedkomen tussen die twee."

Hij glimlachte naar me. "En jij begint er ook aan te wennen."

Ik knikte. "Ik mag Jannes graag. En het is best bijzonder om twee vaders te hebben."

Koen kuste me op mijn wang. "Wat dacht je ervan? Lekker snorkelen?"

Ik schudde mijn hoofd. "Ze gaan allemaal op excursie, dus de komende uurtjes hebben we mijn hut helemaal voor onszelf. En die tijd wilde ik maar even nuttig gaan besteden. Snorkelen kan altijd nog."

Koen begon te lachen en trok mij liefkozend dicht tegen zich aan. "Jij hebt altijd van die goeie ideeën, Fleur. Daarom hou ik zoveel van je."

En hand in hand liepen we lachend naar mijn hut...

Dierenhulp Zonder Grenzen

Graag wil ik al mijn lezeressen en lezers wijzen op het belangrijke werk van de Stichting Dierenhulp Zonder Grenzen, waarvan ik Ambassadrice ben.

Over de hele wereld worden zwerfhondjes en zwerfkatten vaak heel wreed behandeld. Ze worden geschopt, geslagen, opgehangen, vergiftigd, levend verbrand of letterlijk in de vuilnisbak gegooid.

Maar ook een zwerfdier is een levend wezen dat recht heeft op een fijn en veilig leven!

In samenwerking met plaatselijke dierenhulp-organisaties probeert de Stichting Dierenhulp Zonder Grenzen het afgrijselijke lot van zwerfhonden en katten te verbeteren door directe hulp aan schrijnende gevallen, voeder- en sterilisatie-projecten en adoptie.

De Stichting Dierenhulp zonder Grenzen is op dit moment vooral in de populaire vakantielanden Griekenland, Spanje, Portugal en in Roemenië actief.

Helpt u ook mee om de zwerfdieren een beter leven te geven?

Al vanaf € 5,- per maand of met een eenmalige donatie kunt u voor de hondjes en katten het verschil maken tussen hemel en hel.

De Stichting Dierenhulp Zonder Grenzen draait uitsluitend met vrijwilligers en heeft een enthousiast bestuur dat ook uit onbetaalde vrijwilligers bestaat.

Elke cent van uw bijdrage gaat dus helemaal naar de dieren.

Met uw donatie kan de Stichting Dierenhulp zonder Grenzen de arme zwervertjes helpen, daar waar de nood het hoogst is.

Ga voor meer informatie naar:

www.dierenhulpzondergrenzen.com

En u mag mij natuurlijk ook altijd een mailtje sturen.

Namens alle hondjes en katten alvast heel hartelijk bedankt voor uw steun!

Liefs,

☺ Anita

MEER LEZEN?

Uitgeverij Cupido publiceert heerlijke (ont)spannende liefdes-romans, vrolijke chicklits en eigentijdse romantische familie-romans.

Vrouwen van alle leeftijden kunnen genieten van onze Lekker-lui-lezen-romans, die uitsluitend geschreven worden door vrouwelijke Nederlandse top-auteurs.

Onze boeken hebben allemaal een positieve en vrolijke kijk op het leven en natuurlijk is er altijd een Happy Ending.

Want iedere vrouw houdt diep in haar hart van romantiek, maar dat schiet er in het drukke leven van alledag wel eens bij in.

Lekker languit op de bank of ondergedompeld in een warm bad even heerlijk wegdromen met een goedgeschreven boek vol humor en romantiek... Zo kun je ontspannen en jezelf weer op-laden voor de drukke dag van morgen.

** Voor leesbrilhaters en vrouwen die het wat minder kunnen zien, verschijnen onze boeken ook in een mooie groteletter-editie.

** Al onze titels verschijnen ook als e-pub.

** Voor bibliotheekleden zijn onze Cupido-Biebpubs te leen op www.bibliotheek.nl

Kijk voor meer informatie op www.uitgeverijcupido.nl

ROMANS VAN ANITA VERKERK:

* Sprong naar de liefde (Yes-special 1991)
* Als een zandkorrel in de wind
* Vergeten schande
* Rowena
* Xandra
* Myrthe
* Jasmijn
* Heisa in Venetië
* Etage te huur
* Princess Flirt
* Leve de liefde!
* Lentekriebels
* Bedrogen liefde (Amber Trilogie – 1)
* Een nieuwe toekomst (Amber Trilogie – 2)
* Eindelijk Gelukkig (Amber Trilogie – 3)
* Het meisje in de rode jurk
* Romance in Toscane
* Gevaarlijke erfenis
* Heimwee naar Lanzarote
* Cheesecake & Kilts
* Spetters & Schoenen
* Dochter van de zon
* Poeslief
* In Vuur en Vlam (Cupido Hot Romance)

Meer informatie over de allernieuwste titels op
www.uitgeverijcupido.nl